틀렸어요! 안 돼요!
이대로는, 인류가 멸망해요!
저희는 착각을 했던 거예요!
사신은, 백색의 신이 아니었어요!

아니, 좀, 이보세요.
너무 화끈한 거 아닌가요?
자동차는 그렇다 치고 빌딩이 날아오다니.
역시 이세계.
내 상식을 모조리 다 뒤집어주시는군.
그런데 말야, 이세계라도 이건 좀,
뭐랄까, 어우.
너무 지나치지 않나?

거미입니다만, 문제라도? 16

저자 바바 오키나
일러스트 키류 츠카사

contents

메라조피스

제4군 군단장

집사로서 케렌 가문을 섬기는 인족이었다. 하지만 궁지에 처했을 때 소피아에게 물려 흡혈귀로 변화했다. 극진하게 섬기던 케렌 영주 부부가 사망한 지금은 오직 소피아를 보호하기 위해서 목숨 바쳐 노력을 거듭하고 있다.

규리에디스트디에스

제9군 군단장

세계 및 시스템을 관리하는 관리인 중 한 사람이며 신이다. 그 권능으로 용(龍)과 용(竜)을 휘하에 거느리고 있다.

페르미나

제10군 군단장

본래 소피아가 다니던 학원의 학생이었다. 다만 이런저런 풍파의 끝에 약혼자를 빼앗겼고, 게다가 학원에서 쫓겨났고, 가문에서도 절연당하고 말았다. 가문의 이름을 잃은 페르미나를 시로가 주워다가 훌륭한 밀정으로 키워 냈다.

퍼펫 타라텍트 시스터즈

퍼펫 타라텍트. 소녀로 보이는 외모는 인형이며, 본체는 작은 거미형의 마물. 인형 안에서 몸을 조종한다. 아리엘 직속의 권속이었지만, 지금은 시로를 잘 따른다.

아엘

야무진 아이이면서 깍쟁이 기질도 있는 장녀 비슷한 존재.

리엘

괜히 허공을 쳐다보거나 기행을 저지르는 등 수수께끼가 많다.

사엘

명령받은 것 말고는 아무것도 못 한다.

피엘

장난을 좋아하고 붙임성 좋은 명랑한 아이.

아리엘

마왕

포티머스의 불사 연구 실험 중 만들어진 인간과 거미의 키메라. 포티머스의 연구소에서 구출받은 뒤 여신 사리엘의 고아원에서 자랐으나 스스로 만든 독소가 몸을 해쳤던 탓에 병약했다. 당대 마왕으로 취임 후 포티머스를 죽이기 위해 차근차근 준비를 진행했었지만, 엘로 대미궁에 갑자기 나타났던 수수께끼의 거미 때문에 애를 먹다가 최종적으로 함께 싸우는 길을 선택한다.

시로

제10군 군단장

진명 시라오리. 통칭 시로. 일본의 고등학생이었던 기억을 지닌 전생자이며 전세의 기억은 와카바 히이로. 엘로 대미궁에서 삶을 시작한 이후 수많은 생존 경쟁을 극복한 결과, 인간에게는 『미궁의 악몽』이라며 두려움을 샀고, 마왕 아리엘을 난감하게 만들었던 당사자. 대륙을 파괴한다는 강력한 폭탄 에너지를 흡수함으로써 신화를 이루어 냈다.

소피아 케렌

흡혈귀

사리엘라 국 케렌 영주의 외동딸. 전세의 이름은 네기시 쇼코. 전세에서는 「리호코(리얼 호러 코)」라는 별명으로 불리며 반 학생들이 무서워할 만큼 음침한 인물이었다. 현세에서는 이 세계에는 이미 존재하지 않는 흡혈귀 진조로서 태어났다.

라스

제8군 군단장

전세의 이름은 사사지마 쿄야. 고블린으로 다시 태어나서 행복하게 살아가던 중 제국군의 습격을 받아 마을도 가족도 모든 것을 잃어버렸다. 그 후 자아를 잃고 각지에서 폭주하던 처지에서 아리엘과 시로에게 구출을 받아 마족군 소속으로 합류한다. 전세에서는 용사 슈레인과 친우였지만, 지금은 입장상 적대 관계에 있다.

❖ 전생자

유리

성녀 후보

성 아레이우스 교국의 성녀 후보. 전세의 이름은 하세베 유이카. 신언교에 경도된 상태이며 포교에도 열심이다. 전세 때부터 슌에게 호의를 갖고 있었고 현세에서도 그 마음은 변함이 없다.

유고

렝잔드 제국의 왕태자로 다시 태어난 전생자. 전생 전 이름은 나츠메 켄고. 제국 내부의 분쟁에 큰 영향을 받아 성격이 비뚤어졌고, 거만한 태도를 취하게 됐다. 시로의 꼭두각시가 되어 애너레이트 왕국 전복 및 엘프의 마을 침공을 지휘했다.

쿠니히코/아사카

전세의 이름은 타가와 쿠니히코, 쿠시타니 아사카. 전세부터 소꿉친구였는데 현세에서도 소꿉친구. 마족령과 가까운 인마 완충 지대의 용병 마을에서 태어나 자랐지만, 갑자기 들이닥쳤던 마족 메라조피스가 일족을 괴멸시켰다. 모든 것을 잃은 두 사람은 전세의 이름을 내세워서 모험가가 됐다. 모험가 중 꽤나 유명한 실력자.

쿠도 사치

예전에는 반장이었던 아이. 지금은 엘프의 마을에 끌려와 갇힌 전생자들의 중재자 역할. 어리고 어린 시절에 부모의 손에 팔려서 엘프의 마을로 오게 되었다. 전세에서는 담임인 오카 쌤과 사이가 좋았지만, 마을을 못 벗어나는 감금 생활 때문에 지금은 불신감과 적의를 품고 있다.

쿠사마 시노부

신언교에 소속되어 밀정 활동을 담당하고 있다. 강한 사람에게는 적극 수그러들자는 정신으로 전세 때부터 심부름꾼 체질이었다. 엘프의 마을 공방전에서는 전이진을 마검으로 파괴하는 역할을 담당했다.

슌

용사

애너레이트 왕국 제4왕자로 다시 태어난 전생자. 전세의 이름은 야마다 슌스케. 전세에서는 어떤 분야에서도 평균적인 남학생이었지만, 현세에서는 왕자로 다시 태어난 데다가 또한 용사라는 칭호까지 계승한 까닭으로 격동의 인생을 보내게 된다. 존경하는 형이자 선대 용사였던 율리우스의 발자취를 좇고 있다.

카티아

남자 고등학생에서 공작가의 영애로 다시 태어난 전생자. 전세의 이름은 오오시마 카나타. 유고가 손을 쓴 세뇌를 자기 목숨을 끊음으로써 해제했고, 그때 슌이 목숨을 구해주었다. 그 사건을 계기로 몸과 마음 모두 여자로서 살아가겠다는 결단을 내려 지금은 어엿한 슌의 본처 위치를 획득.

페이

지룡으로 다시 태어난 전생자. 전세의 이름은 시노하라 미레이. 슌과 계약을 맺은 뒤 지룡에서 광룡으로 진화했다. 인간화 능력을 써서 인간의 형태를 취하는 때가 많지만, 전투력은 광룡일 때와 마찬가지인지라 기본 능력치만 두고 보자면 슌보다 강할지도 모른다.

필리메스

슌을 비롯한 전생자들의 담임이었던 오카자키 카나미 선생님. 엘프로 다시 태어나서 어린 시절부터 학생들을 보호하기 위해 사력을 다하며 바삐 뛰어다녔다. 포티머스의 지배 영역에 속한 엘프의 마을에서 태어나 자랐던 터라 「관리자는 적」이라는 관점이 머릿속에 깊숙이 박혀 있다.

❖ 기타

로난트 오르조이

제국 필두 궁정 마도사

과거에 『미궁의 악몽』이 구사하는 마법을 목격하고 반한 뒤 단신으로 엘로 대미궁에 뛰어들어서 스승이라 소리치기까지 했던 변태. 아무튼 인족 최강의 마도사임은 틀림없다. 엘프의 마을 공방전에서 포티머스의 병기와 대치하여 살아남은 몇 안 되는 맹자 중 한 명. 그때 퍼펫 타라텍트 시스터즈와 함께 싸우며(?) 사이가 돈독해졌다.

하이린스 쿼트

애너레이트 왕국 쿼트 공작가의 차남. 율리우스의 소꿉친구이자 용사 파티의 일원이었다. 율리우스가 사망한 후는 슌의 파티에 참가하여 큰형님처럼 엘프의 마을까지 이끌어준다. 진짜 정체는 규리에디스트디에스의 분체.

스우

애너레이트 왕국 제2왕녀. 슌의 이복 여동생. 슌에게 접근하는 인물 전원을 얼어붙을 듯한 시선으로 죽이려 드는 극도의 브라콤. 슌의 생명이 천칭에 올라갔을 때 시로의 협력자가 된다.

전권 줄거리 story

관리자 D가 선포한 월드 퀘스트로 인하여 인류는 대혼란에 빠져들었다. 〈금기〉 스킬을 전 인류에게 인스톨하는 조처로 인해 사건 및 기록이 명백해진다. 인류의 존속을 바라는 쿠로와 여신의 부활을 바라는 시로. 두 신의 긴 싸움이 시작되던 때에 관리자 D가 또다시 훼방을 놓는다. 이 세계에 살아가는 모든 사람은 기도를 올림으로써 흑색과 백색, 어느 한쪽에 힘을 보탤 수 있게 되었다……?!

❖ 엘프

포티머스

엘프의 마을의 족장. 시스템 구축 전부터 쭉 살아 왔었고, 세계를 붕괴 직전까지 몰아넣은 계기를 만들었던 원흉. 단 하나의 목적, 불사에 이르기 위해 수단을 가리지 않고 각지에서 암약했다. ……다만 시로라는 이레귤러의 앞에서 결국 무대 바깥으로 퇴장하게 된다.

❖ 신언교

더스틴 61세

신언교 교황

사후 기억을 계승하여 다시 태어나는 효과를 가진 스킬의 소유자. 시스템 구축 전부터 현대까지 장대한 기억을 보유하고 있으며 인족을 구원하기 위해, 세계를 구원하기 위해 수많은 세대를 건너 인생을 소모하고 있다.

❖ 여신

사리엘

이탈자 천사. 신언교에서는 신언의 신, 여신교에서는 여신이라 호칭하고 있는 인물. 세계를 붕괴로부터 구원하기 위하여 제 몸을 바쳐서 시스템의 중추가 되었고, 온갖 고통을 감내하며 시스템을 존속시키고 있다.

❖ 관리자

관리자 D

사신

여러 신들 중 특히 강력한 힘을 보유한 최상위 신의 일좌. 재미있다면 어떻게 되든 만족한다. 이야기를 휘저을 대로 휘저어 놓고 자신은 방관하는 최악의 훼방꾼.

아리엘 1

“자, 사정을 알지 못하는 사람도 있을 테니까 다시 쭉 짚고 넘어가자.”

나는 모아 둔 인원들에게 이렇게 먼저 말문을 뗐다.

이곳은 엘로 대미궁 근방의 도시로부터 걸어서 30분쯤 위치에 있는 개활지.

엘프를 잡고 접수한 우주선으로 엘프의 마을에 있던 사람들을 전부 태운 뒤 이곳까지 글자 그대로 쌩 날아왔다.

이곳에 모여 있는 면면들은 마족군 소속과 전생자들.

물론 제국군 생존자들까지 여기 부르지는 않았다.

마족군과 전생자들은 이후 선택할 길을 알기 위해서라도 내 이야기를 꼭 들어줘야 한다.

다만 제국군은 딱히 상관이 없는 녀석들이니까.

걔네는 일찌감치 가장 가까운 도시를 향해 출발시켰다.

“우선은 전제 조건인데, 이 세계는 멸망의 위기에 처해 있어. 과거에 포티머스와 그놈 입발림에 넘어갔던 인류의 어리석은 행동 때문이지. 그리고 위기에 처해 있다고 현재 진행형으로 말했듯이 아직도 이 위기에서 벗어나지 못했어.”

이것이 대전제.

과거에 포티머스가 퍼뜨렸던 MA 에너지.

만능의 에너지라는 수식어를 지닌, 인간을 진화시킬 만큼 강력한 힘을 지니고 있는 정말이지 꿈같은 에너지.

하지만 진짜 정체는 별의 생명력을 착취한 부산물이었고, 소비를 하면 할수록 별이 죽음에 가까워지기에 결코 사람이 손대서는 안 되는 힘이었다.

"그리고 이 별이 결국 멸망을 맞이하기 직전, 당시는 그냥 신들 중 하나였던 규리에디스트디에스가 더욱더 높은 위계에 있는 신이신 D님과 교섭해서 이 별의 구제책으로 시스템이라는 수단을 받아 왔어. 시스템의 이런저런 기능은 금기를 살펴보면 이해할 수 있을 거야."

시스템이란 사람이 싸우는 와중에 얻는 성장치, 즉 스킬 및 능력치 같은 힘을 사후에 회수해서 별의 재생에 사용하는 체계.

따라서 이 세계의 주민들은 싸워야 한다.

인족과 마족으로 나뉘어 끝나지 않는 싸움을 반복했던 이유도 이 때문이었다.

마족이란 MA 에너지를 사용해서 진화했던 인간들.

마족이 종족 전체의 쇠퇴에 몰렸는데도 끝내 싸움을 그만둘 수 없었던 이유는 MA 에너지를 대량 소비해버렸던 속죄를 위해.

그냥 조상들의 옛날이야기가 아니다. 당사자들이 같은 혼으로 전생을 되풀이하고 있다.

기억은 전생을 할 때마다 매번 사라지더라도 혼은 이 세계에 속박되었기에 별의 재생이 완료되기 전에는 윤회의 고리로 돌아가는 길을 허락받지 못한다.

이것은 마족뿐 아니라 이 세계에서 생명을 갖고 살아가는 모든 사람들에게 주어진 벌이다.

"시스템이 설치되고 정말 긴 세월이 흘렀어. 다만, 우린 별의 재생을 달성하지 못했지."

달성하지 못했다. 끝내 달성하지 못했다!

이제는 어떤 희생도 없이 목표를 달성하기는 아예 불가능해졌다.

"시스템의 핵이 되어 계시는 사리엘 님은 이미 한계를 맞이했고 조만간 존재 자체가 소멸할 거야. 게다가 수없이 되풀이됐던 전생 때문에 인류의 혼도 손상이 커지고 있어. 이후는 시간 경과와 함께 전생 가능한 혼도 줄어들겠지."

이 세계에 남은 시간은, 얼마 없었다.

"그러니까 선택해야 돼. 사람을 죽이거나, 신을 죽이거나."

그것이 월드 퀘스트.

"우리는 사람을 죽이기로 했어. 이 세계에 있는 인류의 절반 이상을 희생해서라도 사리엘 님을 구출하겠다고 결정한 거야."

내 말을 들은 청중들에게서 적잖은 동요가 나타났다.

그야 당연한 반응이지.

인류의 절반 이상을 말살해서 겨우 한 사람을 구출하겠다는 말이잖아.

인류의 관점에서는 도저히 천칭이 맞는 결정이 아니었다.

대(大)를 구하기 위해서라면 소(小)를 죽일 수밖에 없다는 화두가 있듯이 위정자라면 대를 선택해서 소를 죽이는 것이 올바르겠지.

나의 선택은 정반대이기에 옳다 말하기는 어렵다.

하지만 이미 충분히 잘 아는 사실이다.

나는 올바름 따위 내버리고 나의 고집을 관철하겠다고 결정했으니까.

"물론 우리의 선택을 인류가 받아들여줄 거라 생각하진 않았어. 그러니까 쭉 비밀리에 행동해왔지. 남은 건 들키지 않게 조용히 시스템을 파괴하기만 하면 끝이었는데, 그런데 D님은 이게 마음에 안 드셨나 봐."

어깨를 으쓱거렸다.

어느 누구라도 죽으라는 말에 「네, 알겠습니다」라고 답하지는 못한다.

나도 당연히 싫고, 시로 같은 녀석은 아주 맹렬하게 거부할 거야.

죽고 싶지 않다는 것, 생물로서 극히 당연한 감정이다.

포티머스의 경우는 도가 너무나 많이 지나쳤지만, 평범한 사람도 죽기 싫은 건 매한가지다.

다른 사람을 위해 목숨을 내던질 수 있는 사람은 보통 없거든.

만약 있다면 보통 사람이 아니지.

그러니까 우리 행동은 용인될 수 없다는 것을 당연히 알고 있었다.

지금처럼 전 인류에게 금기가 인스톨된 상황도 아니었잖아. 설령 소리를 크게 높여서 인류의 과오를 규탄하고, 사리엘 님을 구하기 위해서라고 호소해 봤자 사람은 본래 본인이 믿고 싶은 사실만 믿는 족속이다.

「그럴 리 없다」「헛소리 늘어놓지 마라」라고 외면하면서 침이나 뱉을 게 뻔했다.

어느 누구든 죽기는 싫은 것과 마찬가지로 누구든 전혀 알지 못하는 자신의 죄 따위 인정하려 들지는 않을 테니까.

우리의 주장은 즉 「너희는 전생에서 큰 죄를 지었으니까 죗값을 치르기 위해 죽어다오」라는 말이잖아.

아무리 떠들어 봤자 본인이 정작 전생을 기억 못 하는데 납득할 수 없겠지.

그런 의미에서는 모든 진실을 강제로 알게 해주는 전 인류 대상의 금기 인스톨도 우리 쪽에는 순풍이라고 말할 수 있겠다.

다만 따지고 보면 쭉 비밀로 했던 시스템 붕괴의 여파가 무엇인지 성대하게 들통난 손해가 훨씬 더 크니까 D님에게 감사할 수는 없지만 말야…….

시로랑 규리에한테 단편적으로 들어서 알게 된 D님의 성격을 감안하면 이대로 진행했을 경우 「재미없다」는 이유로 개입했을 텐데, 쓸데없는 짓이라는 생각밖에 안 들거든.

그야 D님이 개입하지만 않았다면 우리 쪽 승리는 무난하게 확정됐을 테니까.

이대로 시스템 붕괴의 여파를 쭉 숨긴 채 진행했다면 규리에랑 더스틴이랑 딱히 적대하지도 않고 목적을 달성했겠지.

뭐, 그런 전개는 딱히 재미가 없기 때문에 D님도 개입했을 테지만.

덕분에 승패를 가늠할 수 없는 승부를 하는 처지가 되어버렸다.

게다가 규칙상 이쪽이 불리하거든.

뭐, 규칙은 일단 넘어가기로 하고.

지금 우선해서 설명해야 할 부분은 우리가 무슨 사태를 일으키려고 하는 것인가.

"먼저 우리가 일으키고자 하는 것은 시스템의 붕괴야. 시스템이라는 거대 마술을 가동시키고 있는 에너지를 고스란히 가져다가 별을 재생하는 데 활용하자는 의도지. 이점은 별의 재생을 해결할 수 있다는 것. 또한 시스템이 사라짐으로써 시스템에 붙잡혀 있는 사리엘 님이 해방될 거야."

별의 재생이라는 숙제가 달성되는 것, 그리고 사리엘 님이 해방되는 것.

이 같은 두 가지가 최대의 이점이라고 말할 수 있겠다.

다만 사리엘 님은 이미 돌이킬 수 없는 지경까지 큰 손상을 입은 상태이다.

지금 구출해 봤자 생명을 살리기는 불가능하다.

가능한 것은 완전한 붕괴를 저지하고 혼을 윤회의 고리로 되돌려서 내세를 기원하는 정도.

다만 이 사실을 떠들 필요는 없겠지.

"손해는 질리도록 말했던 대로 인류의 절반 정도는 죽는다는 것. 이건 시스템의 붕괴와 동반해서 거기에 묶여 있는 스킬과 능력치를 구성하고 있는 에너지가 강제로 전부 다 회수되는 탓에 일어나게 될 현상이야. 힘이 회수될 때 발생하는 충격이랄까. 아무튼 이걸 못 견디는 사람은 죽어. 또한 회수를 할 때 발생하는 충격은 스킬과 능력치가 충실하거나 많은 사람일수록 더 커질 테고."

최악의 경우는 혼이 붕괴되어서 윤회의 고리에도 돌아가지 못할 테지만, 역시 구태여 떠들 얘기는 아니었다.

단순한 죽음과 혼의 붕괴, 둘의 차이는 무척 크지만 설명한들 과연 이해할 수 있을지 불분명한 데다가 정작 나 자신도 둘의 차이를 정확하게 이해하지는 못한다.

양쪽 다 이번 삶의 끝임은 똑같으니까 지금을 살아가는 사람들 입장에서는 별반 차이가 안 느껴지겠지.

뭐, 같은 이유로 사리엘 님의 이야기도 굳이 안 꺼냈지만.

어차피 죽게 될 상대를 굳이 구출하기 위해서 인류의 절반 이상을 죽게 만들자는 주장이니까 동의를 얻는 건 사실상 불가능하잖아.

"또 하나의 손해는 시스템이 사라지는 것 자체야. 이건 결국 스킬 및 능력치의 소실을 의미하니까. 지금까지 당연하게 할 수 있었던 것이 갑자기 불가능해지지. 스킬도 능력치도 생활과 밀접하게 관련이 있는 현 상황에서 갑자기 전부 다 사라지면 중대한 변고가 생기는 건 간단하게 예상할 수 있겠지?"

스킬 및 능력치는 어디까지나 이 별의 재생을 위한 에너지를 확보하려는 수단에 불과했다.

그러나 긴 세월이 지남에 따라 이것들은 생활에 밀착했고, 지금 와서는 절대 없으면 안 되는 도구로 자리 잡았다.

능력치의 경우는 힘쓰는 작업, 속도를 살리는 파발꾼 등등.

여러 스킬들은 일일이 언급하자면 끝이 안 날 만큼 갖가지 현장에서 활용되고 있다.

이것들이 불쑥 사라지면 지금껏 쭉 의지해왔던 사람들은 난감할 테지.

그뿐 아니라.

"스킬과 능력치는 인간만 잃는 게 아니야. 마물도 똑같아. 게다가 마물은 인간보다 스킬에 의지하는 측면이 더 강해."

태어났을 때는 아무 스킬도 없고 필요에 따라 스킬을 습득하며 성장하는 인간이라면 조금 곤란하기는 해도 당장에 죽어 나가지는 않는다.

다만 마물의 경우는 태어날 때부터 살아가는 데 필요한 스킬을 보유하고 있다.

물속에서 사는 마물의 유영 및 고열 지대에서 살아가는 마물의 불내성 등 이것저것.

저러한 스킬이 사라졌을 때 어찌 될 것인가, 솔직히 나는 상상을 할 수 없었다.

어쩌면 생물의 기본적인 기능으로 스킬 없이도 있을 때와 똑같은 활동이 가능할지도 모른다.

다만 대부분은 죽지 않을까 생각이 든다.

이렇듯 스킬에 의지하여 환경에 적응하는 마물뿐 아니라 많은 마물이 스킬 및 능력치를 잃음으로써 심각한 약체화를 피할 수 없겠지.

그렇게 되면 생태계 또한 심각하게 난리가 난다.

식용으로 이용하던 마물이 멸종되거나 무해했던 마물이 광폭화되는 등 갖가지 혼란이 발생할 수 있다.

"아무튼 뭐, 대혼란은 피할 수 없어. 시스템이 붕괴할 때 절반. 이후의 혼란기에서 또 절반. 이게 내 어림 계산이야. 사망하게 될 인류의 숫자는."

물론 최악의 경우 더 많아질지도 모른다. 그때는 살아남은 인류가 손을 맞잡고 노력해주면 좋겠다.

조금 무책임한데 난 저때까지 살아남아서 뭔가 도와줄 만한 힘이 이미 없거든.

될 대로 되지 않을까. 목적을 달성한 다음 세상이 어떻게 흘러가든 내 손을 떠난 문제잖아.

이게 우리가 밀어붙이려는 계획이다.

"반대로 우리 쪽 방법을 선택하지 않았을 경우. 더스틴, 즉 신언교 교황의 편을 들 경우. 여태껏 말한 피해는 발생하지 않아. 지금과 다를 바 없는 생활이 이어질 거야, 아마도."

마지막에 말꼬리를 살짝 흐렸다.

왜냐면 난 더스틴이 앞으로 뭘 어떻게 할 작정인지 알지 못하니까.

"솔직하게 말하면 더스틴이 이제 어떻게 할 작정인지 나는 잘 몰라. 어쨌든 월드 퀘스트로 지금 상황이 다 언급된 이상은 뭔가 대책을 강구하고 있기는 할 거야."

그게 아니라면 구태여 우리와 대비되는 형태로 사람을 구하거나 신을 구하라는 선택의 기로를 만들어 놓진 않았겠지.

현 상태를 계속 유지하면서 에너지 회수에 마냥 의지한다면 쭉 혹사당한 인류의 혼이 무사히 버틴다는 보장은 없다.

그런데도 신을 내치면 사람은 살 수 있다는 표현이 사용된 만큼 요컨대 저쪽도 뭔가 수단을 갖고 있다고 생각하는 게 맞겠다.

"그게 어떤 수단인지 난 몰라. 그러니까 이점도 손해도 파악할 수 없어. 어쩌면 우리 쪽보다 훨씬 더 적은 희생으로 지금 국면을 극복할 수 있는 획기적인 방안이 있을지도 몰라. 다만 신과 인간을 서로 떼어서 조건을 제시한 만큼 저 녀석들 방법을 쓰면 사리엘 님은 아마도 구원받지 못하겠지. 그래서는 의미가 없어."

내가 구출하고 싶은 대상은 바로 사리엘 님이니까.

"나는 어떠한 희생을 치러서라도 사리엘 님을 구출할 거야. 내 목표는 언제나 이것 하나였어. 그러니까 이 방침은 절대 달라지지 않아."

인류의 절반 이상을 희생해서라도 우리는 끝내 완수할 것이다.

"자, 우리 쪽 방침은 전부 이해됐겠지? 이제부턴 규칙을 다시 확인하면서 우리 쪽 승리 조건을 짚고 넘어가고 싶어."

이제껏 한 설명으로 우리 쪽 입장은 청중들에게 다 전달됐을 거야.

"우선 아까부터 계속 말했던 대로 우리 쪽 목표는 시스템의 붕괴를 달성하는 것. 저쪽의 목표는 이 계획을 저지하는 것이라고 생각하자."

저쪽의 목표로 어쩌면 플러스알파가 더 있을지도 모른다. 하지만 알 방법이 없는데 신경 써 봤자 시간 낭비야.

우리는 우리 목표를 달성하기 위해 움직일 뿐이다.

"근데 말이야, 시스템의 붕괴가 사실은 벌써 진행 중이거든."

내 말에 청중들이 술렁거렸다.

손짓해서 조용히 시킨 뒤 말을 잇는다.

"그렇다고 당장 시스템이 붕괴하는 건 딱히 아니야. 시스템 붕괴라는 큰 사업을 짧은 시간에 냅다 끝낼 순 없거든. 대강 상상하면 커다란 건축물을 해체하는 작업이랑 비슷하려나?"

건축물을 신중하게 해체하려면 시간이 걸린다.

시스템이라는 거대한 마술, 이것을 별의 재생에 사용되고 있는 에너지를 회수하면서 차근차근 조금씩 해체해야 하는 셈이다.

폭파 해체처럼 싹 날려버려서 끝낼 수 있는 작업이 아니니까 시간이 많이 걸리는 건 당연하지.

"물론 저쪽은 우리를 저지하기 위해 움직일 거야. 따라서 시스템 붕괴가 완료될 때까지 우린 철저하게 방어에 임해야 하지."

달리 말하자면 이쪽은 방어군이고 상대가 공격군.

"뭐, 보나 마나 이미 열심히 움직이고 있겠지만 말이야……."

시로와 규리에의 싸움은 벌써 시작됐잖아.

더스틴도 이미 물밑에서 열심히 활동 중이겠지.

"월드 퀘스트로 고지된 내용처럼 이미 백색의 신과 흑색의 신은 대결을 시작했어. 참고로 백색의 신이 우리 쪽 진영이야. 아~ 이미 시작됐다고 말은 했는데 이것도 시스템 붕괴와 비슷하게 금방 결판이 날 싸움은 아니니까 너무 허둥거리지는 말자."

신들의 대결은 소모전이다.

결판이 날 때까지 상당한 시간이 걸린다.

시로와 규리에의 경우는 특히 더.

시로, 생존 능력은 높은 주제에 공격력은 신답지 않게 부실하잖아.

끈질기게 살아남아서 슬금슬금 상대를 갉아 먹는 스타일이니까.

규리에의 힘이 어떤 종류인지 나는 잘 모르겠는데 어쨌든 시로가 맥없이 당할 것 같지는 않거든.

신이 되기 전부터 내가 결국은 토벌하기를 포기했을 만큼 끈질긴 녀석이니까.

"두 신이 싸우고 있는 장소는 아마 이공간일 테니까 우리가 직접 대결에 개입하는 건 불가능해."

뭐, 신들의 대결에 우리가 직접 개입해 봤자 거의 무의미하겠지만.

그만큼 전력 차이가 크게 벌어져 있다.

"다만 월드 퀘스트에 따라 간접적으로 이 대결에 개입할 방법이 생겼지."

그것이 기도.

어느 한쪽의 신에게 기도를 올림으로써 힘을 보내줄 수 있다.

한 사람 한 사람이 기도로 보낼 수 있는 힘은 아마도 무척 미미할 거야.

하지만 이 세계에서 살아가는 모든 인류의 힘이 더해진다면 방대한 양이 된다.

먼지도 쌓이면 큰 산이 된다잖아.

이 방법이 생긴 덕분에 싸울 힘을 전혀 가지지 못한 사람들도 미미하게나마 신의 대결에 개입할 수 있는 방법이 생겼다.

그 말은 요컨대 모든 인류가 대결에 참가할 수 있다는 뜻이다.

"까놓고 말하자면 두 신의 승패가 곧장 양 진영의 승패로 직결될 거야."

시로든 규리에든 어떤 누구와도 너무나 다른 경지에 있다.

둘 다 반대쪽 진영을 단독으로 섬멸 가능한 힘을 보유했는걸.

내가 만전의 상태였다면 규리에한테도 조금이나마 저항할 가능성이 아마 있었겠지만, 지금 상태에서는 많이 어렵다.

덧붙여서 시스템 붕괴를 담당하는 게 시로다.

시로 없이는 시스템 붕괴를 일으키지 못해.

즉 시로의 패배가 곧장 우리 진영의 패배라고 말할 수 있다.

"그런고로 우리 쪽 진영은 시로가 승리하기를 기도할 수밖에 없는 처지야. 이중의 의미로 말이지."

히죽 웃어봤는데 누구 한 사람도 웃지 않았다.

……무반응.

"아무튼 간에, 이 같은 상황에서 진짜 기도밖에 아무것도 못 하냐고 묻는다면 꼭 그렇진 않아."

웃길 의도가 아니었다는 듯이 태연하게 말을 이었다.

다들 진지한 표정을 짓고 듣는 중이잖아. 내 농담을 알아챈 사람이 오히려 적을 거야, 분명히!

"우린 시로가 지면 곧바로 끝장이지만, 상대에게는 시스템 붕괴를 막아 낸다는 수단이 또 남아 있거든. 좀 불공평하지. 그러니까 우리는 상대를 힘껏 방해해야 돼."

이번 규칙은 언뜻 보기에 모두가 싸움에 참가할 수 있는 공평한 판인 듯 보인다.

다만 실상은 우리 쪽에 무척 불리한 내용이었다.

그중 하나가 승리 조건이다.

우리는 시로가 지는 시점에서 패배가 결정되는데도 상대에게는 규리에가 만약 지더라도 또 하나 승리할 수 있는 조건이 남게 되잖아.

"그것은 시스템에 직접 간섭하는 방법이야. 지배자 권한, 7대 죄악 스킬과 7대 미덕 스킬, 특별한 스킬을 보유했고, 또한 지배자 권한 확립이라는 절차를 마친 사람만 가지고 있는 시스템 간섭 권한이지. 그 권한을 행사해서 시스템의 붕괴를 저지할 수 있어."

이 조건은 상당히 난해하다.

왜냐면 기본 전제로 7대 죄악 스킬이나 7대 미덕 스킬을 꼭 보유하고 있어야 하니까.

게다가 또 지배자 권한 확립을 신청해서 수리받아야 하는 절차가 있다.

그냥 7대 죄악 스킬과 7대 미덕 스킬을 보유만 하고 있어서는 안 돼.

참고로 권한의 신청 방법은 금기에 적혀 있다.

즉 7대 죄악 스킬과 7대 미덕 스킬을 보유해야 하고, 추가로 금기를 10레벨까지 다 올린 다음에야 비로소 지배자 권한을 손에 넣을 수 있는 셈이다.

뭐, 금기를 이미 올린 사람에게 방법을 배워서 하는 꼼수도 있기는 한데.

시로한테 지배자 권한을 빼앗긴 나츠메 군은 이 패턴이지.

그래 봤자 어차피 이 권한을 보유 가능한 사람은 최대한으로도 열네 명밖에 안 되는 좁은 문이었다.

그것은 전 인류에게 금기가 인스톨된 지금도 다를 바 없다.

다만 권한을 가진 한 사람, 신언교 교황 더스틴이 상대측의 우두머리인 이상 숫자는 이미 관계없다고도 말할 수 있겠다.

더스틴이 시스템 붕괴를 막아버리면 전부 끝이니까.

"그렇다 해도 이 지배자 권한을 단지 보유만 하면 아무런 조건도 없이 시스템 붕괴를 저지할 수 있는 건 아니야. 실행에 옮기려면 시스템에 직접 간섭 가능한 곳에 진입해야 하거든. 그곳이 바로 엘로 대미궁의 최하층, 가장 깊숙한 곳."

엘로 대미궁의 가장 깊숙한 곳에는 사리엘 님이 봉인되어 계신 시스템 중추와 연결된 문이 위치하고 있다.

엘로 대미궁은 그곳에 다다르기 위한 길이며, 동시에 그곳을 지키기 위한 요새이기도 하다.

"요컨대 우리가 할 일은 상대편의 지배자 권한 보유자가 그곳에 접근하지 못하게 막아 내는 거야."

더스틴은 반드시 온다.

그렇다면 더스틴이 엘로 대미궁의 최심부에 접근하지 못하도록 방어하는 것이 우리의 임무다.

시로의 승리.

아울러 엘로 대미궁 최심부 방어.

이렇게 두 가지 목표를 양쪽 다 달성해야 비로소 우리는 승리를 거둘 수 있다.

반대로 저쪽은 두 가지 중 어느 하나만 깨뜨리면 승리할 수 있고.

이 시점에서 우리 쪽에 불리한 규칙이라고 말할 수 있겠지.

게다가 우리 쪽에 가장 불리한 조건은 역시 기도로 시로와 규리에의 대결에 개입할 수 있다는 것.

누구든 죽고 싶지는 않은 이상 어쩔 수 없이 규리에한테 기도하는 사람 숫자가 더 많아질 거야.

누구에게든 미래를 선택할 기회가 주어진다는 의미에서는 공평한 규칙이라고도 말할 수 있겠지만, 당사자인 우리 입장에서는 상대에게 너무 유리하고 불공평한 규칙인 셈이었다.

그럼에도 이기는 건 우리다.

“여기까지 설명을 듣고 어떠한 선택을 할지 그것은 너희의 자유야.”
청중들이 술렁거렸다.
자연스레 같은 편을 들라는 말이 나올 것이라 생각했겠지.
하지만 난 진짜 우리 편밖에 신용하지 않는다.
뒤에서 칼을 꽂을지도 모르는 인원에게 등 뒤를 맡길 생각은 없다.
“엘로 대미궁 방어는 우리끼리 알아서 할 거야. 이 이후 엘로 대미궁에 걸음을 들여놓는 인물은 설령 누구든 간에 적으로 간주하고 배제하겠어. 그러니까 우리의 편을 들고 싶다면 엘로 대미궁 바깥에서 활동해주면 좋겠네.”
적인지 아군인지 분명하지 않은 인물을 목표 지점과 가까이 데려다 놓을 순 없거든.
“우린 이제부터 엘로 대미궁에 진입할 거야. 솔직하게 말하면 자기 앞가림하기도 벅차서 더 이상은 지원해줄 수 없어. 그러니까 자기 앞길은 자기가 결정해서 자기 의지로 행동하자. 그 결과 우리와 적대하게 되더라도 난 원망하지 않아. 어느 쪽이 이기든 간에 그것이 세계의 의지라고 생각하고 받아들일 생각이야.”
여기까지 왔으면 원망하고 말고 할 상황이 아니니까.
어느 한쪽이 올바르거나 나쁜 것이 아니다.
단지 지키고 싶은 대상이 다를 뿐 누구도 틀리지는 않았으니까.
서로 원망하지 말고 부딪쳐보자고.
“마지막으로, 각자의 무운을 빌게.”
그 말을 마지막으로 나는 연설을 마쳤다.

시로 1

『자, 전달은 대강 끝났으니 열심히 해보세요.』

……진짜?

뭔데, 이러기야? 진짜로?!

전투 중 멍하니 굳어버렸는데 어쩔 수 없지 않을까!

그치만 말야, 쿠로랑 막 신나게 치고받는 와중에 느닷없이 D가 머릿속으로 말을 걸어왔단 말이지!

월드 퀘스트와 관련된 안내는 나한테도 잘 들렸다.

맨 처음 안내는 안 들렸지만, 나와 쿠로가 싸움을 시작한 이후 안내는 평범하게 잘 들렸거든.

그래서 월드 퀘스트와 관련된 규칙도 파악했어.

아마도 쿠로도 마찬가지일 테고.

쿠로한테도 마왕과 교황의 선언은 잘 들린 것 같거든.

원래는 이런 알림도 시스템을 매개로 전 세계에 방송되는 식이니까 아예 시스템과 연결이 끊어져버린 나한테도 소리가 들리는 건 이상하다.

이상하긴 한데, 뭐, 이번 알림을 보낸 녀석이 D잖아…….

나한테도 들리게 하는 건 식은 죽 먹기겠지.

요컨대 나한테도 소리가 들리도록 뭔가 수작을 부렸다는 뜻인데 말이야…….

딱히 공격을 당한 건 아니어도 내 방어 술식이랑 인식이랑 진짜 모조리 다 뚫어버리고 들어왔다는 걸 실감하게 되니 피아의 전력 차이가 더욱 절절하게 느껴진달까…….

으으, D는 일단 넘어가자. 고민해 봤자 소용없어.

그래, 뭐, 아무튼 간에 나랑 쿠로는 마왕과 교황의 각각 주장을 쭉 들었는데 말이죠.

이렇게 멋진 연설을 듣게 되면 말이야. 우리도 진짜 제대로 해보자고! 막 의욕이 솟는 법이거든요.

나도 쿠로도 서로 의욕을 가득 불태우면서! 자, 붙어보자! 벼르던 때에 딱 찬물을 끼얹는 느낌으로 하필 D가 통신을 보냈던 거야. 당연히 맥이 쭉 빠지죠!

맙소사~.

무조건 타이밍 노려서 말 걸었어! 맞지?!

월드 퀘스트도 그렇고 방금 전 참견질도 그렇고 외부인을 자칭하려면 마지막까지 조용히 구경이나 하란 말이야.

아주 신나게 끼어들잖아…….

너무 황당한 사태라서 쿠로도 움직임이 뚝 멈춰버렸다.

공격 기회이기는 한데 나도 머리를 부여잡고 싶은 기분이니까 일단은 잠깐 휴전을 한 셈 치자.

『이렇게 말해 봤자 쉽사리 받아들이기는 어려울 테니 질문 있다면 받아줄게요.』

나도 쿠로도 꽁꽁 얼어붙었기 때문인지 D가 한 줌의 친절을 베풀어준다.

그 친절, 사태를 복잡하게 만들지 않는 방향으로 써주면 좋았을 텐데.

"금기를, 전 인류에게 배포했다는 말이 있었다만?"

『네.』

앗, 쿠로가 머리 부여잡았다.

당연히 머리를 부여잡고 싶어질 거야.

나조차 말을 들었을 때는 정신적 타격이 꽤 컸거든. 지금 지상은 아비규환의 지옥도가 되지 않았을까?

아니, 과거형이 아니라 현재 진행형으로 아비규환의 지옥도가 그려지고 있겠네.

"금기도, 일단 스킬에 속하지 않나. 그 에너지는 대체 어디에서 조달했지?"

아! 맞다, 이 문제도 있었네!

금기도 엄연히 스킬 중 하나이니까 상응하는 에너지를 담고 있단 말이야.

그런 걸 갑자기 모든 인류에게 나눠 주려면 막대한 에너지가 필요했을 텐데.

이 세계의 얼마 안 남은 에너지를 자기 장난질에 쓰면 안 되잖냐!

『안심하세요. 이번에 쓴 에너지는 내가 부담했으니까요.』

휴. 일단은 안심.

……안심?

자기가 부담했다?

세상에, D가? 에너지를? 이 세계를 위해서, 굳이?

『뭐, 따지고 보면, 내가 부담은 했어도 본래 출처는 이쪽 세계의 에너지였지만요.』

내 의문을 해소해주려는 듯이 D가 폭탄 발언을 했다.

본래 출처는 이 세계의 에너지였다고?

대체 어디에서 가져온 에너지야?

『전생자를 만들어 낸 계기가 됐던 그 폭발이에요.』

……역시 이 녀석은 내 사고를 읽어 내는 게 아닐까?

본인은 내가 신이 됨으로써 사고를 읽어 내는 건 불가능해졌다고 예전에 말을 했었지만…….

뭐, 됐고.

아무튼 지금은 에너지의 출처가 더 궁금하다.

전생자를 만들어 낸 계기가 됐던 폭발이라면 지구의 교실에서 일어났던 그 사건이겠지.

선선대 용사와 선대 마왕이 저질렀다는 헛짓.

걔네들 탓에 이 세계의 에너지가 왕창 줄었고, 애꿎게 휘말렸던 전생자들이 뜻하지 않게 이쪽 세계로 전생했잖아.

그런데 그건 D를, 정확하게는 관리자를 죽이기 위해 발사됐던 공격이다.

에너지는 이미 공격을 위해 모조리 소비된 게 아니었어?

『명색이 신인 관리자를 죽이고자 한 공격이 겨우 교실 하나를 날려버리는 위력이었다는 것이 이상하다는 생각은 안 해봤어요?』

……듣고 보니까 맞네.

신을, 관리자를 죽이기 위한 공격.

그런 공격이 겨우 교실 하나만 폭파시키는 위력이었다는 것은 위화감이 있다.

그런 정도의 위력이면 신은커녕 아라바급의 용도 못 죽이니까.

그럼에도 불구하고 저 헛짓 때문에 이 세계에 비축되어 있던 에너지가 대폭 줄었다.

공격의 위력과 잔뜩 소비된 에너지의 양이 비례하지 않아.

『요컨대 그 차이만큼 내가 에너지를 회수해서 보관했던 거예요.』

앗, 쿠로가 휘청거렸다.

그야 현기증이 좀 솟아도 어쩔 수 없지.

선선대 용사와 선대 마왕이 D를 노리고 저질렀던 공격.

사실 본래의 목표는 쿠로였는데도 여신 사리엘이 억지로 D한테 날렸던 탓에 전생자들이 이쪽 세계에서 다시 태어나는 등 에너지 보유량이 대폭 하락하는 등 이런저런 여파가 발생했잖아.

그 사건에 쿠로는 무척 큰 책임감을 느끼는 것 같았거든~.

에너지를 D가 몰래 회수했습니다~ 불쑥 진실이 밝혀지면 충격받아도 어쩔 수 없지.

아무튼 이건 상당히 좋은 소식이었다.

전부 다는 아니더라도 잃어버린 에너지 중 일부나마 이 세계로 돌아온 셈이니까.

……그게 하필 금기로 바뀌었다는 건 눈을 감아야지.

그때 쿠로가 뭔가 깨달았는지 화들짝 놀랐다.

"잠깐! 전 인류라고 말했나?! 만약 이 상태에서 시스템이 붕괴할 경우 인류는 어떻게 되지?! 금기도 역시 스킬일 텐데?!"

앗. 맞네~ 맞는 말이야.

금기도 스킬이지.

시스템이 붕괴할 때 인류뿐 아니라 이 세계에서 생명을 갖고 살아가는 생물들 전부에게서 스킬이 싹 뽑혀 나간다.

그 충격으로 모든 인류의 대략 절반이 죽을 거라고 우리도 대강 계산했었고.

그냥 죽기만 하면 차라리 다행인데 개중에는 혼이 붕괴되는 경우도 있을 것이다.

또한 스킬을 많이 가지고 있을수록 죽을 가능성이 더 높아진다.

금기가 스킬인 이상 소유자에게 또 부담을 줄 테니…….

『당연히 죽는 인간이 더 늘어나겠죠.』

그렇겠죠~!

앗, 쿠로가 무릎 꿇었다.

……응, 뭐, 힘내, 굳세게 살자.

『걱정하지 마세요. 당신이 승리해서 시스템 붕괴를 막으면 되는 거예요.』

잠깐만.

그 말은 나더러 지라는 소리인데요.

그런 소리 꺼내면 쿠로가 죽자 살자 싸우지 않겠냐!

『아, 깜빡했어요. 만약 당신이 이겨도 나는 딱히 보복을 할 뜻이 없으니까 안심하세요.』

휙, 쿠로가 얼굴을 들어 올렸다.

"하지만, 그대는 권속에게 해를 끼치면 절대 용서하지 않는다던데."

『내가 저 아이를 권속으로 들이겠다는 말은 했는데요, 아직 정식으로 인연을 맺은 건 아니거든요. 즉 권속으로 점찍었을 뿐 아직 권속은 아닌 상태랍니다.』

으, 음.

맞긴, 맞는데.

나랑 D는 아직 아무런 사이도 아니다.

『이곳에서 헛되이 죽는다면 그게 끝이죠. 결국 나의 권속이 되기에는 모자랐다는 사실만 남는 거예요.』

진짜 화딱지 나네~!

……아니, 좀?

저도 말이죠? 딱히 말이죠? D의 권속이? 되고 싶지는? 절대로? 응, 절대로! 않았는데 말이죠? 저런 말을 들으면 말이죠? 뭔가 좀? 막 화딱지가 나잖아요?

후, 후후후.

말 진짜 얄밉게 하네.

우호호호호…….

결론, 절대로 질 수 없군요.

서로 간에 질 수 없는 이유가 늘어나버렸어.

난 다시금 쿠로와 대치했다.

"후환은 사라졌군. 개인적인 원한은 없다. 오히려 감사해야 할 부분이 더 많지. 하지만, 그럼에도, 나는 네 녀석을 쓰러뜨려야겠다."

새롭게 결의를 표명하는 쿠로에게 맞서서 나는 말없이 덤비라고 손짓을 했다.

"간다!"

그렇게 우리는 대결을 재개했다.

『즐겁게 지켜볼게요.』

……사신(邪神)이라는 관전자의 시선 아래에서.

불편하네!

근대적인 고층 빌딩 사이를 종횡무진 뛰어다니는 그림자가 둘.

한쪽은 쿠로.

다른 한쪽은 나다.

하반신을 아라크네의 거미 형태로 만들어서 이 빌딩, 저 빌딩을 폴짝폴짝 뛰어다니고 있다.

아라크네 형태라면 뛰어난 도약력은 물론이고 여덟 개의 다리를 활용해서 벽 타고 달리기 같은 재주도 부릴 수 있어서 이런 입체적인 움직임은 특기 분야였다.

또한 실까지 같이 활용하면 공중에서 불쑥 방향을 전환하는 곡예사 같은 움직임도 가능한 데다 단순하게 비거리를 늘리는 것도 가능하다.

큭큭큭.

결전 장소를 아무것도 없는 평탄한 광야로 설정하지 않은 자신의 선택을 후회하거라!

장해물이 잔뜩 넘쳐나는 필드에서 거미의 기동력을 당할 수 있겠냐!

내심 득의의 미소를 짓고 있던 때 뒤쪽에서 뭔가 맹렬한 속도로 들이닥치는 낌새가 느껴졌다.

세상에~ 설마 내 속도를 따라올 수 있다고?

그렇게 경악하며 고개 돌렸더니 이쪽으로 곧장 날아드는 것은 자동차.

자동차앗?!

허둥지둥 피했다.

후유. 쫄았네.

무심코 피하긴 했는데 설마 자동차가 휙 날아오다니…….

역시 이세계.

이세계에서는 자동차도 하늘을 날아다니는구나.

그렇게 마음속으로 바보 같은 생각을 하던 중 갑자기 주위가 어두워졌다.

무슨 일이냐?! 서둘러 올려다보니 위에 보이는 것은 태양을 차단하며 이리로 날아드는 빌딩.

빌디잉?!

몹시 허둥지둥 다른 곳으로 이탈하자 직후에 그 위치로 빌딩이 격돌.

땅울림과 굉음이 발생하며 모래 먼지가 흩날린다.

아니, 좀, 이보세요.

너무 화끈한 거 아닌가요?

자동차는 그렇다 치고 빌딩이 날아오다니.

역시 이세계.

내 상식을 모조리 다 뒤집어주시는군.

그런데 말야, 이세계라도 이건 좀, 뭐랄까, 어우.

너무 지나치지 않나?

또 위쪽을 올려다본다. 뺨이 자꾸 씰룩거리려고 한다.

저 위에는 하늘을 나는 빌딩들이 있었다.

막 방금 전까지 내가 폴짝폴짝 뛰어다니던 장소에 있던 빌딩들이다.

이상하네~. 왜 건물이 하늘에 떠 있는 걸까~? 진짜 신기하네~.

헛소리나 할 때가 아니잖아?!

내가 전속력으로 그곳을 벗어난 것과 하늘에 떠 있던 빌딩들이 나를 목표로 날아든 것은 거의 동시.

한 채, 한 채가 거대한 질량 덩어리인 빌딩들이 탄환이 되어 나에게 들이닥친다.

우오오오오오오!

힘내라, 내 다리 근육!

거미 다리가 근육으로 움직이는지는 나도 잘 모르겠지만!

아무튼 힘내라, 내 다리!

힘껏 달려서 벗어나라!

뒤쪽에서 굉음이 단속적으로 울려 퍼지고, 그때마다 진동도 같이 전해지고 있다.

그냥 빌딩이라면 또 모를까 이곳은 쿠로가 만들어 낸 이계였다.

저기 보이는 빌딩이 그냥 빌딩과 똑같을 거라 생각하면 안 돼.

덜컥 깔리면 나도 상당한 대미지를 받을 거야.

……아니, 그냥 빌딩이어도 깔리면 당연히 대미지는 받겠지만 말야?

어휴! 빌딩을 탄환 대신에 날리면 어떡하니! 너무 비상식적이잖아!

엥? 메테오를 탄환 대신에 쓰는 녀석이 할 말이냐고?

그건 그거고. 이건 이거고.

애당초 여긴 쿠로가 만든 이계인걸?

그런데 쿠로 본인이 빌딩을 쑥 뽑아 던져버리는 환경 파괴는 아니고 이계 파괴를 저지르는 건 달리 말하면 자기 집을 자기 손으로 부수는 짓거리잖아.

안 찝찝한가?

난 도저히 흉내를 못 내겠어.

감탄일까, 황당함일까. 스스로도 잘 알 수가 없는 감상을 품은 탓이려나, 혹은 너무나 죽기 살기로 도망 다녔던 탓이려나. 전방의 공간이 일그러졌을 때 대처가 살짝 늦어졌다.

앞쪽 일그러진 공간에서 튀어나오는 쿠로.

쳇?! 허를 찔렸다!

원래 이런 때 전이는 나쁜 수였다.

공간 마술 사용자끼리 대결할 때 전이는 발동이 너무 느리니까.

지금의 나라면 전이를 발동시키는 데 필요한 시간은 대강 1초가 될까 말까 하거든.

그런데도 많이 느리다.

1초가 있다면 상대는 거뜬히 개입할 수 있다.

애당초 전이 술식은 무척 복잡하고 치밀하니까 살짝만 건드려도 무너져버린다.

그렇게 되면 전이는 실패하지.

그냥 물건을 전이시킬 때는 실패해도 별 손해가 없겠지만, 자기 자신을 전이시키는 경우는 위험도가 확 뛰어오른다.

최악의 경우 차원의 틈새기에 잡아먹혀서 소멸을 맞이하는 무서운 사태도 벌어질 수 있다.

물론 그렇게까지 끔찍한 사태는 일어나지 않게 안전장치를 설치해 놓지만, 상대의 개입 정도에 따라서는 절대 자신감 있게 장담을 못 하거든.

그러니까 본래 전이를 전투 중 사용하는 것은 신들의 싸움에서는 나쁜 수밖에 안 되지만, 이번에는 빌딩 탄환을 미끼로 쓴 탓에 감쪽같이 허를 찔렸다.

그야 갑자기 시끌벅적하게 빌딩 탄막이 눈앞에 들이닥치면 시선을 확 빼앗기기에는 충분, 음, 너무 지나치잖아!

바짝 다가드는 쿠로의 손에는 검이 쥐여져 있다.

저건 맞으면 큰일 난다.

내리 휘두르는 검의 일격을 막 호들갑까지 떨어 가면서 옆으로 뛰어 피했다.

"놓치지 않는다!"

그러나 피한 위치로 떨어지는 빌딩.

아~ 진짜~! 대체 왜 빌딩을 갖다 떨구는 거야!

천변지변이냐?! 이런 게 신의 힘이냐?!

인플레 배틀 만화에서나 구경할 수 있는 광경에 이를 갈면서 실을 쭉 뻗어 빌딩을 막아 냈다.

빌딩이 떨어지는데 거미집으로 막아 낸다는 것도 좀 인플레 같다는 생각은 든다.

아무튼 막아만 내고 끝내지는 않아!

고스란히 기세를 실어 쿠로에게 내리찍는다~!

오의! 빌딩 되받아쳐 떨구기!

유능제강(柔能制剛)이라는 말 아냐!

자기가 날린 빌딩 공격에 깔려버려라!

싹둑~! 막 떨궜던 빌딩이 두 동강 났습니다.

……어어, 어.

이런 정도의 공격으로 설마 쿠로가 당할 리 없다는 건 뻔히 알았거든?

그런데 말야, 빌딩을 두 동강으로 잘라버리는 건 대체…….

그런 짓은 인플레 배틀 만화 속에서만 해주면 안 될까?

마음속으로 하소연을 늘어놓아도 쿠로가 들어줄 리 없었다. 칼끝이 나를 노리고 세차게 날아든다.

나는 방금 전과 똑같이 무척 호들갑스럽다고 표현할 수 있는 기세로 뛰어 물러나서 검의 사정거리 바깥으로 피했다.

저 검은 위험하다.

저 검에서 무시무시한 에너지가 느껴진다.

저 무기에 베이면 물리적 대미지뿐 아니라 나한테 내재되어 있는 에너지까지 피해를 받을 거야.

신 대 신의 싸움은 에너지의 소모전이다.

누가 상대의 에너지를 더 많이 갉아먹냐에 따라 승패가 결정된다.

만약 빌딩을 두 동강 내는 위력에 베이더라도 육체의 대미지는 수복하면 그냥 끝이다.

다만 저 검에 깃들어 있는 에너지의 양은 단순히 물리적인 파괴력만 발휘하지는 않을 것이다.

물리적인 파괴력뿐 아니라 에너지까지 같이 침식하는 힘이 깃들어 있을 거야.

안 그래도 불리한 상황이다. 절대 맞아주면 안 된다.

……그나저나, 저런 무기는 쿠로도 에너지 소모가 엄청 격심할 텐데 아까워하지도 않고 막 휘두르는구나.

공격하는 데도 에너지가 소비된다.

어설픈 공격에 괜히 에너지를 막 낭비하면 금방 연료가 바닥나잖아.

아무리 강력무쌍한 일격이어도 회피당하거나 방어당하면 결국 헛손질이니까.

그러니까 공격에 에너지를 듬뿍 퍼붓는 건 진짜 이때다 싶을 때로 한정 짓는다는 게 나의 인식이었거든.

쿠로 녀석, 마음 단단히 먹었구나.

저 검이 가장 많은 에너지를 소모하고 있지만, 빌딩을 날려 보냈던 것도 이공간을 유지하는 것도 분명히 상응하는 에너지가 소모되어야 하는데 말이지~.

소모되기는커녕 오히려 자꾸자꾸 에너지가 늘어나지 않나?

……착각이 아니라 늘어나고 있네, 진짜로.

젠장~! 이게 기도의 효과인가!

사람들이 어느 한쪽의 신에게 기도를 올림으로써 조금이나마 힘을 보탤 수 있다는 규칙.

아까 전부터 쿠로의 에너지가 늘어나는 듯 보인 이유는 틀림없이 이 규칙의 영향이겠다.

규칙을 들었을 때부터 예상은 할 수 있었는데 역시 쿠로가 받는 힘이 더 많은 것 같군.

훗. 나는 인망이 없는 사람이라네…….

스, 슬프지 않다네, 전혀!

나는 진짜배기 외톨이 속성이니까!

어중이떠중이의 힘 따위 없이도 이겨줄 테다!

음, 분발하는 건 좋은데 이게 상당히~ 빠듯한 상황이거든?

지금 싸우고 있는 장소는 쿠로가 만들어 낸 이계다.

지구와는 좀 다른 근대적인 거리의 풍경은 아마 시스템이 만들어지기 이전 먼 옛날 이 별의 도시를 본떴을 거야.

어쩌면 쿠로와 사리엘의 추억이 담긴 도시인지도 모른다.

……그렇게 추억이 담긴 도시의 빌딩을 막 뽑아다가 던져도 되는 건가 싶기는 한데.

뭐, 아무튼 간에 이곳은 쿠로의 필드다.

쿠로가 만들어 낸 필드니까 쿠로한테 유리하게 작동한다.

초전부터 이 필드로 끌려 들어온 것은 큰 실수이기도 했고, 조금 오산이기도 했고.

이게 전부 다 아무런 전조도 없이 월드 퀘스트인지 뭔지를 선언했던 D 때문이지만 말이야!

맨 처음에 나한테 소리가 안 들렸던 것도 내 초전 대응을 조금이라도 늦추기 위해서였을 테고!

그게 아니면 이후의 안내는 평범하게 잘 들렸는데도 맨 처음 알림만 안 들렸다는 게 설명되지 않는다.

못된 사신 녀석! 철저하게 내가 불리해지도록 손을 썼겠다!

덕분에 쭉 수세로 몰려버렸다.

나는 쭉 주위를 둘러봤다.

근대적인 도시를 침식하는 모양새로 무수히 많은 하얀색 거미가 공간을 물어 찢고 있었다.

3차원의 공간에 마치 2차원의 그림이 벌레에 먹힌 것 같은 광경이 펼쳐지고 있다.

꽤나 신기한 광경인데 벌레 먹은 부분은 전체의 1할에도 못 미친다.

이게 현 상황에서 나와 쿠로의 세력 구도였다.

1할 미만이 나, 나머지 9할 이상이 쿠로.

1할 가까이 침식이 진행됐다고 표현해야 할까, 아직 1할도 못 채웠다고 표현해야 할까.

쿠로의 필드가 우세를 점한 동안에 나는 공세에 나설 수 없다.

나설 여유가 없어.

수세를 취한 채 버텨야 한다. 아니면 에너지가 팍팍 깎여 나가서 반격의 기회도 없이 나가떨어질 테니까.

지금은 꾹 참고 견디며 쿠로의 필드를 침식하고, 이쪽의 필드로 바꿔 나가는 게 먼저였다.

필드의 세력 구도가 비등비등해졌을 때 비로소 반격의 여유가 생길 것이다.

다만 분체들이 열심히 필드를 넓히고자 애쓰고 있기는 한데 성과는 좋지 않았다.

자꾸 외부에서 쿠로에게 에너지를 보내주는 탓에 맨 처음보다 저항이 더 강해졌기 때문이다.

밀려날 정도까진 아닌데 침식이 점점 느려지고 있다.

이러면 상당히 시간이 걸릴 테니까 미리 각오를 다져야겠다.

침식 상태가 비등비등해질 때까지 어떻게든 쿠로의 맹공을 버텨야 하니 말이야.

벌써 지치네~.

다만 쿠로도 딱히 여유가 넘치는 건 아니거든.

침식이 진행 중, 즉 공간 마술의 힘은 내가 더 우위에 있다는 뜻.

지금이야 필드의 주도권을 상대가 쥐고 있지만, 필드의 세력 구도가 뒤집어지면 형세는 단번에 내게 기울어진다.

공수 역전이다.

그리고 공간 마술의 힘은 내가 더 우위에 있는 이상 공수가 일단 역전되면 쿠로에게 만회의 여지는 없다.

쿠로도 잘 알고 있어서 필드를 유지하고 있는 동안에 결판을 내고자 이렇게 맹공을 퍼붓는 셈이고.

그게 아니면 아무리 외부에서 에너지 공급을 받는 입장이라지만, 저렇게 노골적으로 에너지를 마구 퍼먹는 검을 꺼내 들 리가 없는걸.

저래서는 손에 쥔 순간부터 에너지가 잔뜩 소비될 테니.

뭐, 지금 시점에서는 그럼에도 살짝살짝 증가하는 듯 보이니까 얼마나 많이 에너지를 받는 건가 싶어 기가 막히는 심정이지만.

그렇다 해도 전달받는 에너지가 무진장은 아니다.

전 인류라는 숫자 제한이 있는 이상 당연히 전달받는 에너지에도 제한이 있지.

시간 경과와 함께 전달받는 에너지의 양도 줄어들 거야.

그런 의미에서도 쿠로는 시간이 지날수록 점점 불리해진다.

시간은 나의 편이다.

시간이 지나면 지날수록 형세는 내게 기울어진다.

다만 어디까지나 내가 이대로 쭉 무사하게 만전의 상태를 유지했을 때의 이야기다.

뭐, 당연하지.

뻔한 소리인데 지구력이 우수하더라도 부상을 당한다면 힘도 온전하게 발휘되지는 않는 법이니까.

신들의 대결에서 몸에 난 상처는 순식간에 재생이 가능하지만, 한 번 잃어버린 에너지는 돌아오지 않는다.

겉모습은 상처 하나 없어도 에너지는 텅텅 비었다~ 요런 상태에서는 역전이 아예 불가능해지지.

쾅, 커다랗게 한 방 맞아서 에너지가 듬뿍 깎여 나가면 위험하다.

한 발 정도는 저 검에 맞아도 치명상은 아닐 거야, 아마도.

그치만 설마 죽지는 않는다며 방심한 채 맞아줘도 될 만한 공격은 절대 아니거든.

저 검에 맞으면 대체 얼마나 에너지가 깎여 나갈지 가늠이 안 되는 이상은 맞지 않도록 피하는 게 당연히 최선이다.

최악의 경우 딱 한 방 맞았는데 에너지를 왕창 갉아먹혀서 역전이 불가능할 만큼 큰 대미지를 입을지도 모르니까.

나는 필드를 재구성할 때까지 쿠로의 맹공을 버티고 싶다.

반대로 쿠로는 그 전에 어떻게든 내게 대미지를 입혀서 역전의 싹을 뽑고 싶겠지.

내가 끝까지 견디느냐, 쿠로가 끝내 공격을 적중시키느냐.

이런 양상으로 전개되고 있다.

내가 이기기 위해서는 오랜 시간을 끝까지 쭉 버텨야 하는 데다가 단 한 순간도 마음을 놓을 수 없는 셈인데 진짜 너무하다.

쿠로가 더 유리한 필드에서 한 방도 맞아주면 안 된다는 건 엄청 피곤하거든!

사기다~.

왜 쟤가 더 강한 녀석인데 오히려 내가 핸디캡을 받고 시작해야 돼?

진짜 사기야…….

막 들이닥치는 쿠로의 검을 피했다.

직후에 쿠로의 입이 벌어지더니 거기에서 브레스가 날아온다.

인간 몸뚱이로 불쑥 브레스 뱉지 마!

그야 쿠로의 정체는 용(龍)이니까 당연히 가능은 하지!

나도 마음만 먹음 가능한걸!

다만 그림이 쫌, 인간 몸뚱이로 브레스 날리는 건 뭐랄까, 별로 멋이 안 난다고 생각하거든!

허를 찌른다는 의미에서는 무척 효과가 좋았지만!

실제로 내가 지금 막 정통으로 얻어맞았고!

나의 인간 몸뚱이 상반신이 브레스 한 방에 허망하게 싹 날아가 소멸되었다.

하지만 뭐, 거미 몸뚱이의 하반신은 잘 남아 있기도 하고, 싹 날아간 인간 몸뚱이의 상반신도 금방 재생할 수 있다.

재생을 위해서는 물론 에너지를 소비해야 하지만, 그것도 전체의 양으로 보면 미미한 수준.

대미지를 표현하자면 기껏해야 찰과상이다.

상반신이 싹 날아갔지만.

겉에 보이는 대미지와 실제 대미지가 똑같지는 않다는 것이 신들의 대결에서 골치 아픈 부분이기도 하고, 까다로운 부분이기도 하고.

언뜻 봐서는 누가 더 우세인지 판단하기가 어렵거든.

지금 공방도 브레스를 맞아서 몸 일부가 날아간 쪽은 나지만, 정작 사용한 에너지는 나랑 쿠로랑 별반 차이가 없어.

나는 싹 날아간 상반신을 재생하는 데 에너지를 소비했지만, 쿠로도 브레스에 쓴 에너지가 있단 말이지.

신들의 대결은 에너지를 먼저 다 소모하는 쪽이 패배한다.

공격에도 방어에도 에너지가 소비되니까 단순하게 공격을 퍼붓고 있는 녀석이 꼭 유리하지는 않다.

공격을 하든 방어를 하든 얼마나 에너지를 소비하는지 세세하게 계산해서 임해야 한다.

내 경우는 방금 브레스는 맞든 안 맞든 양쪽 다 별로 지장은 없었다.

그러니까 허둥지둥 회피할 바에 일부러 맞아주고 이후의 추가 공격인 저 검을 피하고자 태세를 갖추는 선택을 했다.

자, 봐봐. 역시나!

쿠로가 휘두른 검의 일격을 어려움 없이 피했다.

쿠로도 방금 전 브레스가 나에게 큰 대미지를 못 준다는 건 잘 알고 있었을 테니까 진짜 노림수는 뒤이어 곧장 휘두른 이 검이라는 게 뻔했던 거죠~!

하~핫하!

그렇게 뻔하고 뻔한 작전으로 나에게 일격을 먹일 셈이냐, 100년은 빠르다!

이제까지 싸워보고 깨달은 것이 있다.

쿠로는 싸움에 익숙하지 않아!

아니, 강하긴 강하거든?

움직임은 정확하고 초보자 티는 없어.

그런데 정작 뭐랄까, 훈련만 열심히 하고 실전에는 익숙하지 못한 느낌이네.

뭐랄까, 교본 같단 말이지, 싸우는 방식이.

무슨 수를 써서라도 상대를 죽인다! 이런 집념이나 처절함이 없어.

뭐, 생각해보면 쿠로는 긴 세월을 적수가 없는 상태로 세계의 관리를 맡아 살아온 녀석이니까 오래도록 실전을 멀리했을 테고. 아니, 시스템이 만들어지기 전에라도 목숨을 건 전투는 해본 적 있나? 의문도 든단 말이지.

태어난 직후부터 목숨을 건 서바이벌 생활에 열중했던 나랑 비교하자면 실전 경험의 차이가 있다는 게 딱히 이상하지는 않지.

덕분에 지금까지는 치명적인 일격을 당하지 않고 버틸 수 있었다.

버티고 있기는 한데, 그렇다고 해서 이 상황이 편하냐고 묻는다면 당연히 엄청 피곤하거든~!

쿠로가 비록 실전에 익숙하진 않아도 스펙이 높단 말이야!

쿠로의 검 다루는 솜씨는 그냥 모범적이고 허실도 뻔하다.

따라서 다음에 어떻게 나올지 읽는 건 비교적 간단한데 예측 가능하다고 피하기도 쉬운 건 절대 아니란 말야!

상단에서 내려치는 아무 수작도 없는 공격.

단 하나, 엄청나게 빠르다는 것을 제외하면.

그 일격을 피한 내 귀에 뒤늦게 바람 가르는 소리가 들렸다.

소리를 뒤에 놔두고 들이닥친다는 건 요컨대 음속을 가볍게 뛰어넘는다는 뜻이죠…….

눈에 잘 보이지도 않는 속도의 연타다.

아무리 검법이 쉽게 읽히더라도 피하는 게 엄청 고생이야.

한순간이라도 긴장을 풀면 곧바로 순식간에 싹둑 절단당할 테니까.

젠장!

하다못해 이 손에 마이 무기, 대낫이 있었다면!

그 대낫이라면 아마 쿠로의 검에도 대항할 수 있다.

뭔가 내 무기인데도 미묘하게 독립된 의사가 있는 것 같고, 아마 신기(神器)라고 표현해도 괜찮을 만큼 스펙이 좋거든.

쿠로의 검과 대놓고 맞붙어도 일방적으로 밀리진 않는다.

그뿐 아니라 내 대낫으로 공격하면 쿠로한테도 적잖은 대미지를 줄 수 있을 거야.

게다가 본체인 나랑은 다른 영역에서 에너지를 저축하고 있고.

외장형 에너지팩?

대낫이 손에 있었다면 전략의 폭이 확 넓어졌을 텐데!

그럼 어째서 맨손이냐고 묻는다면 쿠로가 죽기 살기로 대낫의 전이를 방해하고 있기 때문이다.

나도 당연히 대낫을 손에 불러오려고 애쓰는 중이고, 대낫도 자기가 알아서 전이로 넘어오려는 듯한 낌새는 느껴진다.

그런데 쿠로도 명백하게 방대한 에너지를 내포하고 있는 그 대낫을 경계하는지 전이를 못 하게 전력으로 방해하고 있다.

방금 전에도 말했듯이 전이는 방해하는 게 무척 쉽거든.

어쩔 수 없다고 말해야겠지.

나 같아도 그냥 척 봐도 위험한 무기가 적의 손에 소환될 것 같으면 방해할 테니.

만약 만전의 상태에서 전투가 개시됐었다면 대낫도 손에 들려 있었을 테니까 분명 지금보다 훨씬 더 수월했겠지…….

전부 다 D 때문이다! 짜증 나!

아까부터 지겹게 계속 떠들었는데 따지고 보면 모조리 그 자식 때문이야!

여기에서 무사히 살아남으면 언젠가 꼭 뒤통수를 퍽퍽 때려주겠어!

아니면 수지가 안 맞으니까.

뭐, 일단 무사히 살아남는 게 먼저다.

지금은 눈앞의 상대에게 집중하자.

쿠로의 맹공에 버티며 시간을 끌면 나의 승리.

그 전에 내가 밀려서 나가떨어지면 쿠로의 승리.

솔직히 내 몸 챙기는 것도 벅차서 다른 데 손쓸 겨를이 없다.

그러니까 바깥쪽 일은 마왕한테 맡길 수밖에 없다.

맡긴다는 생각을 하니 좀 불안감이 들기는 든다.

지금까지 나는 누군가에게 뭔가 맡기더라도 분체의 눈을 통해서 관찰했었고, 언제든 개입할 수 있도록 손을 써왔다.

하지만 이번에는 진짜 아무것도 못 해.

즉 개입의 여지가 없이 완전히 다 맡겨야 한다.

하필이면 가장 중요한 지금 국면에서.

불안감은 든다.

그러나 이 지경까지 왔다면 마왕과 다른 녀석들을 신뢰하자.

마왕은 물론이고 흡혈 양이랑 오니 군도 수많은 수라장을 넘어왔잖아.

분명 이번에도 잘 넘어가줄 거라 믿기로 하자.

으음~ 뭐냐, 그거, 맞아맞아! 도, 동료, 동료다! 서로 의지하는!

아아앗! 뭔가 좀, 다른 사람을 신뢰하고 맡긴다는 게 엄청~ 낯간지럽고 부끄러워!

이게 뭐지?! 이게 뭐지?!

뭐라고 표현할 수 없는 마음이 솟구치지만, 내가 어떻게 생각하든간에 마왕이랑 다른 애들한테 다 맡겨야 하는 상황이라는 건 변함없다.

좋든 싫든 무작정 신뢰할 수밖에 없는 상황이구나…….

만약 마왕이나 다른 녀석들 신변에 뭔가 일이 터져도 난 달려가줄 수 없다.

……역시 불안해!

시간을 끌면 이쪽이 유리해진다?

그런 느긋한 소리를 할 때가 아니었어.

전력을 쏟아 후다닥 이 싸움을 끝내야 한다!

아까부터 전력을 쏟아 내고 있지만 말야!

그렇다면 한계를 뛰어넘어라!

울부짖어라, 나의 풀 파워~! 우오오오!

앞으로 나아가고자 했던 내 얼굴을 쿠로의 검이 스치고 갔다.

우어으오으…….

여, 역시 선불리 치고 들어가면 안 되겠네!

마왕이랑 다른 녀석들이 걱정된다고 괜히 안달복달하면 안 돼.

급한 마음으로 이길 수 있는 만만한 상대가 아니니까.

차분하게, 차분하게.

이미 전력으로 싸우고 있는 내가 더 한계를 뛰어넘겠다고 무리해 봤자 결과는 괜히 빈틈만 노출시킬 뿐이다.

침착하게, 이렇게 쭉 대처하는 게 최단 경로야.

마왕은 물론 걱정되지만 일단 다른 사람들은 머릿속에서 비워 내야겠다.

다들 분명히 괜찮을 거야.

믿고 맡기려면 제대로 믿어줘야지.

그리고 분명 마왕도 나를 신뢰해서 행동해주고 있을 테니까.

그럼 그 신뢰에 부응해서 활약해줘야지.

상대는 이 세계를 오래도록 지켜왔던 관리자, 쿠로.

게다가 수많은 인류의 백업이 딸려 있다.

상대하기에 부족함은 없구나!

마왕의 신뢰에 부응하기 위해서라도 멋지게 이겨보자고!

……지금은 이리저리 도망만 치는 신세지만!

나는 다시금 분발하며 쿠로의 검을 피해서 도망치고자 화려하게 백 스텝을 선보였다.

슌 1

나는 이 자리에 있는 사람들에게 어느 진영에도 가담하지 않고 혹시나 희생이 발생하지 않는 길이 있을까 찾아보겠다는 뜻을 전했다.

이 자리에 있는 인물은 카티아, 페이, 스우, 유리, 로난트 님, 그리고 나츠메와 나까지 일곱 명이다.

고작해야 일곱 명으로 세계의 운명을 바꾸고자 하는 셈이니까 나 스스로도 무모하다는 생각이 든다.

그러나 분명 율리우스 형님이었다면 이런 때에도 포기하지 않았을 테지.

그러니까 나도 포기하지 않는다.

설령 전부 다 헛수고로 끝나더라도 최대한 힘껏 발버둥을 쳐보는 게 좋잖아.

어차피 내 힘은 보잘것없고 와카바의 발밑에도 못 미친다.

밑져야 본전.

시도하기 전부터 포기하지 말고 최대한 힘껏 부딪쳐보고 싶다.

"거 말이야 쉽지만, 뭘 어떻게 할 작정이냐?"

각오를 다진 나에게 나츠메가 나른한 목소리로 묻는다.

다른 사람들은 모두 내 의견에 찬성해주었지만, 유독 나츠메는 의욕이 느껴지지 않았다.

딱히 부정은 하지 않았으니 소극적인 찬성이라고 말할 수 있는 태도였다.

엘프의 마을에서 벌어졌던 전투 이후에 정신을 차린 뒤 나츠메는 줄곧 이렇게 살아갈 기력마저 잃어버린 듯한 모습이었다.

세뇌를 당해 와카바에게 꼭두각시로 이용당했다는 지난 처지를 생각하면 지금 상태도 어쩔 수 없기는 하다.

물론 나츠메가 저지른 짓을 용서할 생각은 없다.

절대로 없다. 하지만 나츠메 본인도 용서받을 마음이 없는 듯싶고, 살아갈 기력까지 잃었기에 이후 인생은 죗값을 갚는 데 마음대로 써달라는 말을 늘어놓기도 했다.

진심으로 죗값을 치를 의지도 기력도 없다는 것이 괘씸하지만, 어쨌든 본인이 말한 대로 철저하게 부려 먹어줄 작정이다.

"그 문제 말인데, 우리는 상황 파악이 너무나 안 돼 있어. 어떻게 움직이든 일단은 정보 수집부터 하는 게 맞다고 봐."

금기도 모르는 게 많고 와카바에게 들었던 여러 이야기 또한 우리의 입장에서는 갑작스레 알게 된 사실들뿐이다.

정보의 진위를 의심해서 파헤치자면 끝이 없으니 일단 믿기로 하고, 우선은 다시 한 번 와카바에게 자세한 이야기를 들어보는 게 좋겠다.

"그런 이유로 로난트 님, 다시 엘프의 마을로 돌아가고 싶습니다. 힘을 빌려주실 수 있겠습니까?"

"물론이니라. 엘프의 마을뿐 아니라 내가 가본 적 있는 곳이라면 어디에든 데려다주도록 하마."

히죽, 자신감 가득한 표정을 짓는 로난트 님.

과연 인족 최강의 마법사라고 불리는 인물이었다.

엄청난 관록이다.

공간 마법의 권위자이기도 한 로난트 님이 이곳에 같이 있고, 게다가 아군으로 행동해준다는 것이 마음 든든하다.

로난트 님의 전이가 아니었다면 어딘지도 알 수 없는 이 장소에서 우왕좌왕하며 제자리걸음만 했겠지.

아마도 와카바의 노림수도 그것이었겠지만, 로난트 님이 와주신 덕에 이동의 문제는 해결됐다.

대강 설명을 들었는데 로난트 님도 이곳에 직접 온 경험은 없었지만, 나와 페이가 맺은 사역마 계약을 단서로 추적해서 이곳에 전이할 수 있었다고 한다.

로난트 님도 처음으로 하는 시도였다는데 다행히 성공을 한 셈이다.

그 말을 듣고서 나는 정말 무시무시한 행운이라고 생각했다.

마치 처음부터 판을 차려준 것처럼 필요한 요소가 딱 갖춰졌기에 제때 나를 도우러 올 수 있었다.

그래, 작위적일 만큼.

이런 전개는, 짚이는 것이 한 가지 있다.

내 고유 스킬인 하늘의 가호다.

하늘의 가호의 효과는 온갖 상황에서 자신이 원하는 결과를 이끌어 내기가 수월해진다는 것, 상당히 애매모호한 내용이다.

눈에 확 띄어서 실감이 되는 종류는 아닌지라 어디까지가 이 스킬의 효과 덕분인지 가늠을 할 수 없었다.

나 자신도 지금껏 살아오며 이 스킬의 혜택을 강하게 느낀 경험은 없었다.

따라서 운이 살짝 좋아지는 정도의 스킬이라고 생각했다.

다만 이렇게까지 마치 밥상을 차려준 듯한 상황을 목전에 두게 되니까 어쩌면 이 스킬은 내가 생각했던 것보다 훨씬 더 뛰어난 효과를 발휘하는 게 아닐까 하는 의문이 솟아난다.

아울러 나의 의문이 만약 옳다면 어째서 굳이 와카바가 나를 이곳으로 날려 보내서 따로 격리했는지 이유를 어렴풋이 짐작할 수 있겠다.

와카바에게 나는 예측할 수 없는 불확정 요소가 아니었을까?

마왕을 상대할 때 우위를 점하게 되는 용사의 칭호에다가 나는 하늘의 가호라는 불확정 요소까지 가지고 있다.

아마 와카바의 입장에서 봤을 땐 틀림없이 말판에서 멀리 치워버리고 싶었을 테지.

아직은 이게 이유였다고 확정된 건 아니지만, 아주 틀리진 않을 거라는 생각이 든다.

그 부분도 포함해서 확인해야 한다.

이것저것 생각하던 중 로난트 님의 장거리 전이 마법이 완성되어 우리는 엘프의 마을로 다시 돌아왔다.

다만…….

"아무도 없는데요……."

카티아가 중얼거린 말처럼 이곳은 이미 빈껍데기가 되어 있었다.

『꽝이야~. 하늘에서 쭉 둘러봤는데 보이는 범위에는 진짜 아~무도 없더라.』

용 형태로 날아 내려온 페이도 사람은 발견하지 못한 듯하다.

"그렇게 많은 사람이 있었는데 이 짧은 시간에 어떻게……?"

엘프가 전멸했다는 이야기는 들었다만, 그 밖에도 제국군의 생존자 및 마족군이 이곳에 남아 있어야 했다.

군단 단위의 인원이 이 짧은 시간에 페이의 눈으로도 추적하지 못할 거리까지 이동했다는 게 대체 어떻게 가능하지?

"굳이 고민까지 할 필요는 없구나. 중요한 것은 수단이 아닌 결과이니라. 이곳에는 아무도 남지 않았다는 결과가 분명 있으니 우린 그것을 전제로 다음 행동을 결정해야 한다."

로난트 님의 말씀이 맞았다.

어떻게 그 많은 인원을 이동시켰는지 수단을 고민해 봤자 소용없었다.

아직 합류하지 못한 안나와 하이린스 씨의 안부가 걱정되지만, 이곳에 없는 이상 신경 써 봤자 아무런 방법이 없다.

머리를 부여잡아도 답이 안 나오는 문제를 신경 쓸 바에야 이제 우리가 어떻게 할지가 더 중요하다.

"쫓아가야 하나?"

혼자 중얼거리고 곧 현실적이지 않음을 깨달았다.

"쫓아가려고 해도 어디로 향했는지를 모르는걸요, 게다가 이동수단의 차이 때문에 따라잡을 수 있다는 보장도 없어요."

나의 마음속 생각을 긍정하듯이 카티아가 문제점을 지적해준다.

어디로 갔는지도 알지 못하는 탓에 방향을 정할 수 없는 데다가 전이 등 특별한 수단으로 이동했을 경우는 제아무리 애써 봤자 따라잡을 가망이 없다.

어물어물하는 동안에 사태는 더욱 심각해지겠지.

시간을 헛되이 쓰는 선택은 피하고 싶다.

"그러면, 대체 어떻게 하지……."

와카바와 다시 이야기를 나눠보자는 처음 계획은 벌써 어긋나버렸다.

이야기를 들어보고 이것저것 다시 고민해볼 생각이었는데 첫 시작부터 좌절된 터라 느닷없이 막다른 길에 몰렸다.

"이야기를 듣는 게 목적이라면 사정을 잘 아는 인물이 하나 더 있지 않느냐."

로난트 님의 조언에 화들짝했다.

"신언교 교황."

와카바, 마왕군과 적대하는 진영의 수장.

교황이라면 확실히 우리보다 더 많은 사실을 알고 있겠지.

어쨌든 나츠메를 용사로 날조해서 세간에 발표했던 전적이 있는 인물이다.

그 시점에서 이미 나츠메를 조종했던 와카바와 한통속이었음은 명백하다.

얼마나 깊이 와카바와 정보를 공유했고, 또한 어째서 결국 반목하게 되었는지 자세한 사정은 알지 못한다.

하지만 직접 만나서 물어보면 되는 문제였다.

"성(聖) 아레이우스 교국으로 날아갈 수는 있다. 갈 테냐?"

"예. 부탁드립니다."

로난트 님의 물음에 힘주어 대답했다.

불쑥 찾아간들 과연 우리와 대화를 해줄 것인가 장담은 못 한다.
하지만 다른 단서가 없는 건 분명했다.
가만히 앉아 걱정이나 할 틈이 있다면 행동하는 것이 낫겠지.
다시 로난트 님의 장거리 전이 마법이 발동되었다.
전이 후 풍경이 전환되자 그곳은 돔 형태의 건물 안쪽이었다.
발밑에는 전이진이라 짐작되는 시설이 있다.
"이곳입니까?"
"그래, 성 아레이우스 교국에는 세계 각국과 연결된 전이진이 설치되어 있지. 이곳은 개중에서도 제국과 연결된 전이진이 있는 공간이란다. 나도 이곳에 처음 방문했을 때는 이 전이진을 써서 왔었더랬지."
대화 나누는 동안 아마도 경계를 맡은 병사이려나? 아무튼 다수가 허둥지둥 달려왔다.
"나는 제국 필두 국정 마도사 로난트 오르조이! 신언교 교황을 만나 뵙고자 한다!"
병사에게 로난트 님이 소리를 높여 외쳤다.
병사들의 반응은 극적이었다.
하지만 서로 얼굴을 마주 보면서 우왕좌왕할 뿐 도저히 성 아레이우스 교국의 중요 시설인 전이진이 있는 공간을 경비하는 정예로 보이지는 않는다.
그만큼 월드 퀘스트 때문에 정신이 없는 상황이기 때문이겠지만.
"에잇! 허둥거리지 말고 어서 달려가서 보고를 올리지 못할까!"
로난트 님이 일갈하자 그제야 병사 몇 사람이 바깥으로 달려 나갔다.

"……이래서야 기대를 하긴 어렵겠구나."

로난트 님이 달려서 떠나가는 병사들을 기막혀하며 바라본다.

나도 같은 의견이었다.

병사들의 상태를 잠깐이나마 본 바로 이곳 성 아레이우스 교국도 큰 혼란에 빠진 듯싶었다.

안 그래도 무척이나 바쁠 교황이 이런 혼란한 와중에 약속도 없이 갑자기 찾아온 우리와 만나줄 것 같지는 않다.

헛걸음이 될 가능성이 높았다.

다만 기다리기를 몇 분, 나의 우려는 빗나갔다.

되돌아온 병사는 우리에게 교황이 있는 곳까지 안내하겠다고 말해주었다.

"잘 와주셨습니다. 다만 상황이 상황인지라 극진하게 대접해드리지 못하는 점은 아무쪼록 양해를 부탁드립니다."

안내를 받아 간 곳에서 만난 교황은 높은 지위에 어울리지 않는 저자세로 우리를 맞아주었다.

우리의 얼굴을 온화하게 미소 지은 채 둘러본다.

저 웃음에서 정체불명의 압박감을 느낀 사람이 나 혼자만은 아니었을 것이다.

그러다가 시선이 나츠메에게 멈췄을 때 교황의 웃음은 놀라움으로 바뀌었다.

"으음? 유고 왕자. 무사하셨습니까."

"헹! 네놈이야 내가 콱 죽어버리는 게 좋았을 테지?"

"그럴 리가요. 몸성히 살아 있어주어 더없이 기쁠 따름입니다."

진심으로 반가워하는 듯 온화하고 친절한 눈빛으로 나츠메를 바라보는 교황.

그러자 나츠메는 머쓱한 표정을 지었다.

……역시, 방심할 수 없다.

저 온화한 분위기에 덜컥 마음을 놓지 않도록 조심해야겠다.

이자가 신언교 교황.

세계를 구원하고자 하는 인류 측 수장인가.

"자, 비어 있는 자리에 앉으십시오. 이제부터 저희 진영이 어떠한 방침을 세워 놓았는가, 또한 이후에 어떻게 움직일 계획인가 설명해드리겠습니다."

교황이 손짓한 곳에는 회의에 쓰는 긴 책상이 있었다.

책상 주위에는 이미 몇몇 인물이 자리를 채워서 앉아 있다.

"무척 준비성이 좋군?"

"본래 막 작전 회의를 하려던 참이었습니다. 마침 시기가 잘 맞아떨어졌으니 어서 같은 자리에 모시자고 생각했을 뿐입니다."

로난트 님이 우리의 인원수만큼 딱 맞게 비어 있는 자리를 보고 눈살을 치켜올렸다.

"흠. 그렇다고 치도록 하지. 한데, 사전에 말해 두겠는데 우리는 자네들의 편을 들어주고자 온 것이 아닐세. 우선 말이야 들어보겠으나 우리의 힘을 덥석 계산에 넣지는 말게나."

"앗?! 로난트 님?!"

"상관없습니다. 저희의 이야기를 다 들어보신 다음에 판단을 내려주십시오."

느닷없이 적대 선언으로도 받아들일 수 있는 발언을 한 로난트 님 때문에 당황했지만, 교황은 대범하게도 고개만 끄덕거린 뒤 넘어갔다.

로난트 님은 교황의 이런 태도에 심기가 상했는지 살짝 난폭하게 자리에 걸터앉았다.

로난트 님을 따라서 우리도 각자 자리에 앉는다.

그때 시선 한쪽에 유리의 얼굴이 힐끔 보였다.

심연과 같은 눈으로 교황을 뚫어져라 쳐다보고 있다…….

뭐지. 괘, 괜히 봤나?

솔직히 무서워…….

성녀 후보이자 경건한 신언교 교도였던 유리에게 이번 사태는 여러모로 많은 생각이 들었을 것이라고 쉽게 상상할 수 있다.

언뜻 보아도 언짢아하는 기색인 로난트 님 이상으로 유리가 폭발하지 않을까 걱정되었다.

벌써부터 이 대담의 향방이 불안해지고 있는 가운데 앞쪽에 앉아 있는 면면들의 얼굴을 본다.

긴 책상의 이쪽 방향에는 우리들 일곱 명이 앉아 있고, 마주 바라보는 형태로 교황 및 다른 사람들이 앉아 있다.

저쪽도 교황을 포함해서 일곱 명.

또한 모두가 초대면이었는데 상당히 개성이 강한 사람들이라서 나중에도 잊기는 어렵지 않을까 싶다.

외모만 두고 말하자면 반라의 근육질 거한, 차분한 분위기가 있는 묘령의 미녀, 수상쩍은 웃음을 띤 성별 불명의 인물, 모히칸 머리의 말라깽이 남자, 나른한 표정을 짓고 있는 미녀, 척 봐도 머리가 나빠 보이는 양아치.

여성 두 명과 중성적이라 성별을 알 수 없는 인물은 제대로 잘 차려입어서 이 자리에 같이 있어도 이상하다는 생각은 안 든다.

다만 나머지 세 명.

반라에 모히칸에 양아치.

신언교의 총본산, 본래 신성한 곳이어야 하는 이곳과 어울리지 않는 것은 확실했다.

특히 모히칸과 양아치.

반라의 거한은 큰 반석과 같이 중후한 분위기 덕에 어쨌든 위엄이 있기는 한데 모히칸과 양아치는 어딘가의 세기말에서 잘못 데려온 게 아니냐고 몹시 따지고 싶다.

아, 하지만 세기말이면 반라의 거한도 패왕 자리가 잘 어울릴 테니까, 앗! 이런 시답잖은 생각을 할 때가 아니잖아.

저쪽 인원들의 임팩트가 너무나 많이 강했던 터라 이상한 생각에 빠져버렸다.

비록 남자 3인조의 외모 임팩트에 가려졌만, 여성 두 사람과 성별 불명의 인물도 심상치 않은 분위기를 드러내고 있다.

굳이 감정을 하지 않아도 느껴지는 강자의 기세다.

"우선은 자기소개부터 시작해볼까요. 저는 잘 알고 계시겠지만, 신언교 제57대 교황 더스틴 61세입니다. 그리고 이쪽에 계신 분들은 이 세계를 쭉 수호해주셨던 고룡분들이십니다."

고룡?!

교황이 말한 단어에 놀라서 새삼 저쪽에 있는 인원들을 빤히 쳐다보고 말았다.

용종이 인간화를 할 수 있다는 것은 페이와 함께 지내면서 알았다.

더구나 상위종이며 고룡이라면 당연히 할 수 있겠지. 오히려 못하는 것이 이상하겠다.

그러니까 저 말 자체는 딱히 놀랍지 않았는데 문제는 용들, 게다가 고룡이 이 자리에 같이 있었다는 사실이었다.

용(龍)은 아무리 낮아도 위험도 S랭크로 분류되는 강력한 마물이다.

심지어 고룡이라면 더 높은 위험도, 인류는 대항할 수 없다고 알려져 있는 신화급에 도달했을 것이다.

어쨌든 고룡은 이름이 나타내는 대로 고대부터 살아온 용이니까.

용에게는 수명이 없다고 알려졌다.

게다가 노화에 따른 전투력의 저하도 없다.

요컨대 용은 오랫동안 살면 살수록 더 강해진다.

고룡이라 불릴 정도면 전투력이 대체 얼마나 강한 것인지 나는 상상조차 할 수 없었다.

엘로 대미궁에서 막 진화를 마친 지룡 상대로도 파티를 짜서 도전하여 간신히 승리했던 우리 실력으로는 절대로 감당할 수 없겠지.

"화룡의 수장, 그웬이다."

고룡이라는 말에 놀라던 중에 반라의 거한이 더욱 놀라운 자기소개를 했다.

화룡의 수장이라는 말은, 즉 단순한 고룡이 아니라 다른 고룡들을 포함해서 화룡을 다스리는 존재라는 뜻인가.

고룡이라는 말에서 이미 놀랐는데 그러한 고룡 중에서도 일족을 지휘하는 입장에 있는 수장이라니…….

"수룡의 수장, 이에나예요."

그러나 나의 놀라움은 계속 이어졌다.

나긋나긋한 분위기였던 묘령의 미녀도 역시 수룡의 수장이라고 자신을 소개했으니까.

"암룡의 수장, 레이세야."

"풍룡의 수장, 휴번이다."

"빙룡의 수장, 니아이니라."

"내 차례인가?! 나는 뇌룡의 수장, 고카 님이시다!"

차례차례 자기소개를 하는 고룡들.

……전원이 수장인가.

놀라기도 지치네.

어째서 이런 거물들이 이곳에 쭉 모여 있는지 신기하지만, 월드 퀘스트라는 이상 사태가 진행 중인 지금이라면 아주 불가능한 상황이라고 말할 순 없겠군.

저쪽의 자기소개가 끝났기에 우리도 각각 자기소개를 마쳤다.

서로 자기소개를 끝내고 나서 교황이 다시 말을 이었다.

"자, 심각한 사태가 벌어졌습니다."

"동감이다. 하필 드디어 포티머스 하이페너스를 처단한 직후에 이런 사태라니."

교황의 말에 동의하며 반라의 거한, 화룡 그웬 씨가 묵직하게 고개를 끄덕거렸다.

쭉 둘러보면 다른 고룡의 수장들도 동의하는 분위기였다.

아무래도 용들의 사이에서도 포티머스라는 남자는 적이라는 인식이었나 보다.

이렇게 공적 취급을 받는 엘프들을 구하기 위해 엘프의 마을로 달려갔었던 우리는……. 아니, 이 문제는 더 이상 생각하지 말자.

마음만 답답하지 달라질 게 없어.

사태가 수습되면 속죄든 뭐든 하게 될지도 모르겠지만, 지금은 우선 눈앞의 월드 퀘스트와 관련된 사안에 집중해야 한다.

그냥 문제를 뒤로 미루는 셈이지만, 일단은 잊어버리기로 하자.

게다가 해결되지 않은 문제로 골머리를 앓기 시작하면 우리가 엘프의 마을로 가게 된 계기였던 맨 처음의 사건, 즉 부왕의 살해부터 모국 애너레이트 왕국의 내란 소동까지 거슬러 올라가야 한다.

지금 왕국이 어떻게 되었을지 물론 신경 쓰인다.

하지만 월드 퀘스트를 우선하기로 결정한 이상 그쪽도 지금은 머릿속 한쪽 구석에 밀어 놓아야 했다.

이런저런 문제에 다 손을 뻗어도 될 만큼 내 능력이 뛰어나지는 않으니까.

"저희 신언교의 입장을 말씀드리자면, 흑색의 신 규리에디스트디에스 님을 지원하기로 결정되었습니다."

그것은 얼마 전 월드 퀘스트 알림에 이은 각자의 주장에서 이미 선언이 끝난 사실이었다.

교황의 연설은 직전에 들려왔던 마왕의 연설과 대비되는 내용이었다.

신을 구하기 위해 사람에게 죽어달라고 말했던 마왕.
사람을 구하기 위해 신에게 죽어달라고 말했던 교황.
양립될 수 없는 주장이기에 완전히 결렬되었다.
양측이 이끌고 있는 진영이 충돌하는 것은 불가피하며, 이미 양 진영의 대표라고도 말할 수 있는 흑색의 신과 백색의 신은 대결을 시작했다.
교황도 절대 물러날 순 없겠지.
"하지만 현 상황에서 흑색의 신, 흑룡님께 지원을 할 방법은 오직 기도뿐입니다. 다만 가만히 앉아서 구경만 할 생각도 물론 없습니다."
교황이 웃음을 지워 낸다.
단지 표정만 바뀌었을 뿐인데 분위기가 무거워지는 것 같았다.
"시스템이 붕괴를 막는 수단은 흑룡님께서 승리하는 것 이외에도 한 가지가 더 있습니다. 그것은 엘로 대미궁 최하층의 최심부에 있는 시스템 중추에서 지배자 권한을 행사하여 직접 입력하는 정지 명령입니다."
교황의 입에서 나온 발언의 내용에 놀랐다.
설마 그런 방법이 있었다니.
월드 퀘스트의 개요에는 분명히 적혀 있지 않았는데.
"지배자 권한을 갖고 계시는 분은 소수인지라 이런 방법을 쓸 수 있음을 아는 분께서도 적을 테지요. 저 또한 이 방법을 써서 성공할 수 있을지 판단하기가 어렵습니다. 지배자 권한을 행사하는 시스템 직접 개입의 방법은 금기에 나와 있습니다만, 유사 이래 실제로 사용되었던 사례는 없습니다. 또한 더 말씀을 드리자면 백색의 신이 시스템에 이미 손썼을 것이라 예측되는 현 상황에서는 지배자 권한을 동원하더라도 개입이 거부당할 우려까지 있습니다. 그럼에도, 우리는 해내야만 합니다."

그렇군.

교황도 딱히 승산이 있어서가 아니라 비록 앞날은 불투명하더라도 달리 방법이 없어서 이러는 건가.

"무척이나 불리한 모험 같네만."

"옳은 말씀이십니다."

로난트 님이 지적한 대로 이것은 무척 불리한 모험일 테지.

기본 전제로, 애당초 엘로 대미궁의 최하층에서 더 깊숙한 곳까지 진입하는 것이 가능한가?

엘로 대미궁은 세계 최대의 미궁이다.

인류의 활동 범위는 아직껏 상층의 일부뿐이며, 중층조차 먼 옛날 고명한 모험가들이 도전했다가 도중에 철수하면서 끝을 맞이했다.

그러니 중층보다 더 아래의 하층은 거의 미지의 영역이다.

최하층은 존재 자체가 확인되지 않았다.

"나도 엘로 대미궁의 무서움은 몸소 경험했었다네. 하층에서는 나의 힘도 별 도움이 되지 않더군."

로난트 님은 하층에 가본 경험이 있었던 건가?!

게다가, 로난트 님조차 역부족이었다고?!

정말이지 상상 이상의 마경이구나…….

"그 부분은 이곳에 같이 계시는 고룡분들의 힘을 빌리면 문제없다고 생각하는 바입니다."

그런가.

인간 형태를 취하고 있어서 잊을 뻔했는데 이곳에 있는 것은 고룡들, 게다가 수장들이다.

차마 가늠할 수 없는 힘을 보유했을 테니까 이 사람들이 같이 나서준다면 엘로 대미궁의 마물들도 싹 날려버릴 수 있지 않을까.

"다만 문제는 엘로 대미궁이라는 장소가 아닌 그곳을 지키고 계실 마왕 아리엘 님과 휘하 인원들일 테지요."

심각한 표정으로 깍지를 끼는 교황.

……음?

일순간 교황이 말하고자 하는 바를 이해할 수 없었다.

마치 교황의 발언은 마왕 쪽 진영이 벌써 엘로 대미궁에서 기다리고 있다는 것 같지 않은가.

이상한데, 불가능하지 않나?

왜냐하면 마왕을 포함하여 저쪽의 인원들은 모두 직전까지 엘프의 마을에 있었으니까.

엘프의 마을과 엘로 대미궁 사이의 거리를 생각하면 마왕이 이미 엘로 대미궁에 도착하는 것은 말이 안 된다.

"아리엘 님은 이미 엘로 대미궁에 도착하셨습니다. 아마도 엘프의 병기를 접수하고 그것에 타서 이동한 것 같더군요."

거짓말이지?

이곳에 온 다음부터 놀라움의 연속이었다.

나의 상식으로는 생각할 수 없는 사태가 자꾸자꾸 튀어나온다.

"저기, 그 병기라는 게 뭡니까?"

"하늘을 나는 거대한 배, 우주선입니다. 어느 수준의 무장이 탑재되었는지는 알 수 없군요. 다만 엘로 대미궁과 가까운 곳에 위치한 도시에서 엘프의 마을을 침공했던 제국군 병력이 보호받고 있다는 것은 확인을 마쳤습니다. 그들에게 들은 이야기를 정리해보면 엘프의 마을에 남아 있었던 인원들을 전원 태우는 규모인 것 같습니다."

우주선까지 나왔어…….

하하. 정말 그동안의 상식이 먹히질 않네…….

"저기, 그중에 안나와 하이린스 씨도 있었습니까?"

"대단히 죄송하오나 확인은 하지 못했습니다."

이런 때 물어봐도 될 말은 아마도 아니겠지만, 동료의 안부가 걱정됐던 나는 끝내 물어보고 말았다.

다만 돌아온 것은 내가 바랐던 대답이 아니었다.

그런가. 안나와 하이린스 씨의 안부는 확인되지 않았구나.

걱정되지만 확인할 방법은 없다.

애당초 교황은 어떻게 저 멀리 떨어져 있는 엘로 대미궁의 주변 사정을 이토록 상세하게 파악한 걸까.

이것만 봐도 신언교라는 조직이 왜 무서운 곳인지 편린이나마 실감할 수 있다.

신언교에서도 두 사람의 안부를 미처 확인하지 못했다면 내가 나선들 소용없을 것이다.

두 사람이 무사하기를 기원할 뿐.

분명 괜찮을 거야.

용사 파티의 방패수로 활약한 하이린스 씨는 물론이고 안나도 일류 마법사잖아.

……소피아와 쿄야의 파격적인 힘 앞에서는 아무 위안이 되지 못함은 잘 알고 있다.

하지만, 그럼에도 나는 실낱같은 희망에 기댈 수밖에 없었다.

"저희는 시스템의 중추에 진입하려 들 테고, 아리엘 님께서 부하분들과 함께 막아설 것입니다. 신언교는 총력을 기울여서 아리엘 님과 부딪칠 각오입니다. 각국에도 이미 협력 요청의 사절을 보냈습니다."

"전 세계를 전쟁에 끌어들일 작정입니까?!"

"이미 끌려들어 와 있는 상태입니다. 이것은 세계의 명운을 건 전쟁이니까요."

내가 반사적으로 소리 높여서 외치자 교황은 태연하게 대꾸했다.

분명히 옳은 말이지만, 옳은 선택이 아니잖아!

"흐음. 숫자만 많이 갖추들 전투에 보탬이 될 수 있겠나?"

로난트 님이 지적을 한다.

나 또한 염려했던 문제 중 하나였다.

소피아와 쿄야의 힘을 이미 목격했다. 단순히 병력의 숫자가 많아봤자 대항할 수 있다는 생각은 안 든다.

나의 공격력으로도 소피아에게는 상처 하나 낼 수 없었다.

요컨대 나보다 더 낮은 능력치를 가진 사람은 아무리 수가 많아도 소피아에게는 상처 하나 낼 수 없다는 뜻이기도 하다.

헛된 죽음을 맞이하러 가는 셈이다.

그런 사실을 설마 교황이 알지 못할 리 없었다.

"솔직히 말하자면 별 의미는 없겠지요."

아니나 다를까, 염려했던 대로 교황은 긍정했다.

"목적은 무엇인가?"

로난트 님이 험악한 표정을 지은 채 추궁한다.

전투에 보탬이 되지 않음을 뻔히 알면서도 굳이 소집하는 이유를 캐묻는다.

"심정의 문제입니다. 시스템이 붕괴했을 때 죽을 확률이 높은 것은 스킬이 많은 분들, 요컨대 무력을 갖고 계시는 분들입니다. 가만히 앉아 사태가 종식되기를 기다릴 텐가, 자신의 힘을 믿고 참전할 텐가. 당사자들에게 선택의 기회를 주자는 취지입니다. 물론 참가는 강제가 아닙니다."

일리가, 있나……?

확실히 이런 국면에서 무엇인가 꼭 해야 한다고 절박감을 느끼는 사람은 많을 것이다.

나 또한 같은 심정이니까.

그러니까 전장을 마련해주고 참전을 권하는 것은 합리적인 조치인지도 모른다.

아무것도 못한 채 단지 손가락을 물고 기다리기만 하는 처지도 괴로울 테니.

"흥! 그래, 본심은?"

"조금이라도 더 많이 에너지를 회수하기 위해서입니다."

"뭐?!"

언짢아하며 거듭 추궁한 로난트 님께 교황이 꺼낸 대답은 몹시 거

침없었다.

그러나 마치 아무것도 아니라는 듯이 나온 발언은 너무나 잔인했다.

"그 말은 요컨대 죽어서 에너지의, 시스템의 양분이 되라는 뜻입니까?"

나는 자신의 얼굴이 바짝 굳어졌음을, 음색도 푹 가라앉았음을 자각했다.

"예, 맞습니다. 이번 전쟁에서 승리하든 패배하든 대량의 에너지를 필요로 함은 달라지지 않습니다. 아울러 목숨을 건 전투에서는 스킬의 성장도 빠르지요. 레벨도 많이 올라갈 테니 더 많은 에너지를 회수할 수 있을 것이라 예상됩니다."

"사람의, 생명을, 뭐라고 생각하는 거야?!"

너무나 담담하게 사람의 생명을 에너지원으로 간주하는 발언을 하는 교황에게 나는 주먹을 꽉 부르쥐며 노려봤다.

"꼭 필요한 희생입니다."

"큭!"

반사적으로 몸을 일으킬 뻔했지만, 로난트 님이 눈앞에 손을 뻗어서 나를 제지했다.

"뭐라 말한들 이 남자는 그만두지 않는다. 지금은 이야기를 듣는 게 먼저이니라."

"……예."

나는 살짝 들어 올렸던 몸을 낮춰서 다시 앉았다.

로난트 님의 말씀대로 내가 이 자리에서 뭐라 말해도 교황은 뜻을 바꾸지 않을 것이다.

또한 교황의 행동을 막을 힘이 내게는 없다.

지금은 가만히 들어주는 게 좋겠다.

와카바와 대화를 했던 자리에서도 나의 감정적인 의견으로 무엇인가 딱히 달라진 것은 없었다.

오히려 쓸데없이 소란만 부렸을 뿐 질문의 기회를 잃었다.

내가 어떠한 말을 늘어놓은들 와카바는 전혀 마음이 흔들리지 않았다. 아무것도 달라지지 않았다.

나의 말에는 힘이 없다.

그럴싸한 말을 떠들어 봤자 눈앞에 있는 교황이나 와카바처럼 이미 각오를 다진 사람들의 마음을 움직이기에는 정작 아무런 의지도 뜻도 없으니까.

그게, 분하다!

"요컨대 대부분은 죽으라고 보내는 병사들이렷다. 또한 그 병력으로 시선을 빼앗은 틈에 자네들 정예가 엘로 대미궁에 쳐들어가려는 심산일 테지?"

"예, 맞습니다."

"오호라. 그래, 일단 작전의 옳고 그름이나 성패를 이것저것 운운하지는 않겠네. 내가 궁금한 것은 차후의 방침이니."

로난트 님이 똑바로 교황을 눈을 쳐다본다.

"자네들은 이 전쟁에서 승리했다고 치고, 차후에 어떤 방침을 내세우고자 하는가? 금기를 보아 알 터이나 이대로 두면 멸망은 결국 닥쳐들 걸세. 백색의 신의 진영은 그것을 알고 있기에 시스템의 붕괴라는 과감한 수단을 써서 일발 역전을 꾀하고 있지. 그에 반하여 자네들 흑색의 신의 진영은 어찌 대처를 할 작정인가. 계획을 들려줄 수 있는가?"

"……과연 로난트 님이십니다. 사태를 깊이 이해하시고 저희가 밝히기 어려워할 부분을 딱 짚어 물어보시는군요."

교황이 쓴웃음을 지었다.

그렇다. 이것은 이 세계의 명운을 건 전쟁이지만, 차후의 문제도 간과해서는 안 된다.

오히려 차후의 방침을 결정짓기 위한 전쟁이라고 말할 수 있겠다.

백색의 신의 진영은 인류의 절반 이상을 희생해서 별의 재생을 완료하고자 획책하고 있다.

그럼 흑색의 신의 진영은?

"월드 퀘스트에 이런 표현이 있었더랬지. 흑색의 신이 승리했을 경우는 여신 사리엘과 그 후임을 맡은 흑색의 신을 희생하여 인류와 별을 구원한다고. 자네들은 흑색의 신을 산 제물로 바치려 한단 말이군?"

"……우리의 주인 본인께서 바란 일이다."

로난트 님의 추궁에 그웬 씨가 묵직하게 답했다.

우리의 주인이라는 말은 흑색의 신을 가리키는 것인가.

교황도 방금 전 흑색의 신을 흑룡님이라고 불렀지. 용은 모두가 흑색의 신의 권속 비슷한 존재인지도 모르겠다.

"본인이 바란 일이라면 이러쿵저러쿵 떠들지 않겠네. 한데 내가 묻고 싶은 것은 그게 아닐세. 교황이여, 기탄없는 의견을 들려주게나. 그렇게 하면, 부족함은 없겠나?"

"……부족합니다."

"어?!"

나는 무의식중에 교황과 로난트 님을 번갈아 쳐다보고 말았다.

부족하다?

그 말은, 흑색의 신이 승리해서 자기 몸을 산 제물로 바치더라도 에너지가 부족하다는 뜻인가?

게다가 이런 질문을 꺼낸 로난트 님은 에너지가 부족할 것을 예측할 수 있었던 건가?

"암, 부족할 테지. 혹여나 충분했다면 전해 들었을 뿐이나 흑색의 신의 성격상 이미 실행하지 않았겠는가."

벌어진 입이 다물어지지 않는다.

과연 대단하다고 말하고 싶다.

로난트 님이 금기를 습득한 시기는 불과 얼마 전인데도 이미 흑색의 신의 성격이며 행동까지 파악할 수 있다니.

듣고 보니까 확실히 자기 자신을 산 제물로 바치겠다는 결심까지 한 신이 지금껏 실행을 하지 않았다면 거기에는 실행하지 못한 이유가 명확하게 있다는 뜻이 되겠다.

에너지가 부족하다는 쉽고 분명한 이유가.

"하면? 부족한 몫을 어떻게 보충하려는 계획인가?"

"신언교를 바칠 겁니다."

……더는 머리가 돌아가지 않았다.

교황이 꺼내는 말의 의미를 이해할 수 없다.

"신언교는 이번 사태에서 권위가 대폭 실추되었습니다. 세계의 진실을 줄곧 숨겨왔고 인족과 마족의 전쟁을 부추기면서 전란을 일으켰던 원흉. 여신 사리엘 님을 죽음으로 몰아넣은 모든 악행의 근원. 이러한 시나리오로 여신교와 전면 대결을 벌인 뒤 패배할 겁니다."

그래서, 결국에 무슨 뜻이지?

"자네들 또한 흑색의 신과 마찬가지로 산 제물이 될 심산인가."

"바로 그러합니다."

로난트 님의 물음에 긍정하는 교황.

"……인류의 절반까지는 아닐지언정 많은 피해자가 발생하겠군."

"그것도 역시 꼭 필요한 희생입니다. 이미 희생이 없이 원만하게 사태를 수습할 방법은 없사온지라."

꼭 필요한 희생…….

그 안에는 교황 본인도 포함되어 있구나.

방금 말했던 시나리오대로 사태가 흘러간다면 신언교의 수장인 교황도 절대 무사히 살아남을 수 없다.

신언교는 세계 최대의 종교이며 많은 나라에서 신앙하고 있다.

그런 신언교와 세계에서 두 번째로 거대한 종교인 여신교가 맞붙는다면 전란이 크게 확대될 것은 자명하다.

본래의 세력 구도로 말하자면 신언교가 압도하겠지만, 그때는 여신교를 편드는 나라도 많아질 테지.

게다가 세력의 힘은 아래에 있더라도 이제껏 신언교와 적대하면서 존속해온 여신교가 약할 리 없었다.

세계를 둘로 나누는 전쟁이 벌어질 것이다.

월드 퀘스트가 끝나도 평화는 아득히 먼 곳에 있겠구나.

"그렇다 해도 저희들 또한 되도록 희생자의 수를 줄이고 싶은 마음입니다. 또한 충분히 가능하다는 계산을 하고 있습니다."

"신은, 한 명 더 있죠."

교황의 말에 이제껏 묵묵히 말을 듣기만 했던 카티아가 입을 열었다.

여신 사리엘, 흑색의 신, 두 신을 바쳐도 에너지는 부족하다.

그러나 신은 한 명 더 있다.

즉 지금 흑색의 신과 싸우고 있는 백색의 신. 바로 와카바였다.

달리 말하면 교황은 단지 와카바를 쓰러뜨리자는 것뿐 아니라 시스템에 산 제물로 바치겠다는 계획을 갖고 있다는 소리인가.

"진짜 독하구나."

나츠메가 불쑥 감상을 중얼거렸다.

나도 나츠메와 같은 심정이었다.

율리우스 형님을 죽인 와카바에게는 물론 원한이 있다.

나츠메도 꼭두각시놀음을 당한 원한이 있겠지.

그럼에도 교황의 방식은 너무 지독한 데다 지나치게 과한 것이 아니냐는 생각부터 든다.

하지만 교황은 밀어붙일 것이다.

꼭 필요한 희생이니까.

교황은 선언한 대로 신들을 모두 죽일 작정이다.

인류를 살리기 위해.

"물론 승리를 거두지 못한다면 아무 의미가 없습니다만."

교황이 악랄함과는 인연이 없어 보이는 온화한 미소를 짓는다.

어째서 저런 온화한 미소를 지을 수 있을까. 너무나 이상하다.

나의 이해 범주를 뛰어넘은 막막함, 섬뜩함이다.

"이상이 저희 진영의 방침입니다. 다대한 희생을 각오해야 함은 충분히 잘 알고 있습니다. 커다란 은혜를 베풀어주신 신들께 원수로 되갚는 철면피의 행동이라는 것도. 그럼에도, 기필코 이겨야 하는 입장입니다."

다만 이어지는 저 말은 온화하기에 더더욱 섬뜩했던 미소와 어울리지 않게 쓰디쓴 내심을 토로하는 듯한 발언이었다.

어쩌면 온화한 미소는 단지 속마음을 꾹 감추기 위한 가면인지도 모르겠다.

그런 생각이 들 만큼 당장에라도 피를 토할 것 같은 음성이었다.

교황이 일어선다.

"인류의 승리를 위하여 부디 저희에게 힘을 빌려주시겠습니까?"

그리고 교황은 우리에게 머리를 푹 숙였다.

용사이며 게다가 자비 스킬의 보유자인 나.

엘로 대미궁의 하층에도 발을 들여놓은 경험이 있으며 공간 마법사인 로난트 님.

로난트 님이 있어준다면 전이로 엘로 대미궁 하층까지 쉽게 침입할 수 있다.

나츠메도 색욕과 탐욕 스킬의 보유자다.

시스템 중추에 액세스해서 시스템 붕괴를 막기 위해서는 지배자 권한 소유자가 많을수록 성공 확률도 높아지겠지.

우리는 전투력이라는 의미에서는 별 보탬이 안 되겠지만, 다른 부분에서는 중요성이 높았다.

교황의 입장에서는 무슨 일이 있어도 꼭 끌어들이고 싶을 것이다.

그래서 이렇듯 머리를 숙이고 있다.

교황이 수단을 가리지 않는 인물임은 잘 알았다. 자존심 따위 내버리고 머리를 숙이는 것쯤이야 간단할 테지.

로난트 님이 나에게 눈짓을 했다.

아마도 내 입으로 설명하라는 뜻이겠다.

"머리를 들어주십시오."

내 말에 교황이 머리를 들어 올린다.

"유감스럽지만 저희는 당신에게 협력할 수 없습니다."

내가 말을 마치는 순간, 장내의 분위기가 긴장에 휩싸였다.

마치 목에 칼날이 바짝 와 닿은 듯한 긴박감.

나는 마른침을 삼키고 어떻게든 다음 발언을 입에 담았다.

"그렇다고 해서 백색의 신의 진영에 가담하겠다는 것도 아닙니다. 저희는 어느 한쪽에 속하지 않은 채 희생이 발생하지 않는 길이 있을지 모색하겠습니다."

압력이 조금 약해진 것 같았다.

교황을 비롯해서 고룡의 수장들도 나를 철없는 어린아이 대하는 듯한 눈으로 바라보고 있었다.

내 발언은 분명 저 사람들에게 꿈결의 이야기, 망상을 늘어놓는 말로 들렸을 테지.

현실을 직시하지 못하는 어린아이의 헛소리라고.

그럼에도 나는 포기하지 않는다.

"꿈이어도 좋아요. 실현 불가능한 헛소리라고 웃고 싶으면 웃으세요. 하지만 목표로 두고 애쓰는 게 잘못은 아니잖습니까. 평화롭게 다 같이 웃으며 살 수 있는 세계. 저는 그 이상을 좇을 겁니다. 죽을 때까지. ……형님의, 선대 용사였던 율리우스의 말입니다."

이번 발언에는 교황이 살짝이나마 눈을 크게 떴다.

"율리우스 형님이 갖고 계셨던 목표를 저도 따라가겠습니다."

내가 선언을 마치자 교황은 체념한 듯 눈을 감았다.

"크큭! 멋진 말이군! 그러면 이 몸도 같이 따라가주마!"

불쑥 소리친 것은 풍룡의 수장이라고 소개를 했던 모히칸 머리, 휴번 씨였다.

"이봐."

"하핫! 거미한테는 바로 얼마 전 신세를 꽤 졌단 말이지! 처음부터 별로 내키질 않았다고! 그럼 올라타는 게 맞지 않겠냐! 이 빅 웨이브에 말이다!"

그웬 씨가 나무라도 휴번 씨는 술주정뱅이처럼 흥분하며 일어나더니 긴 책상을 뛰어넘어서 나의 등 뒤에 착지, 내 어깨를 끌어안았다.

이 사람(?), 퍼스널 스페이스가 좀 가까운데?!

"그러면 나도 그쪽을 따라가고 싶군."

추가로 또 한 명, 같은 선언을 하는 사람이 있었다.

나른한 분위기가 감도는 미녀, 빙룡의 수장 니아 씨였다.

"니아?"

어딘가 가시가 느껴지는 말투로 니아 씨의 이름을 부르는 수룡 이에나 씨.

"언니, 나 또한 백색의 신에게 은혜를 입은 처지라서 말이오."

"어차피 넌 그냥 싸우는 게 귀찮아서잖아."

"그런 이유는 딱히 아니오만."

뺀질거리는 니아 씨에게 이에나 씨가 냉랭한 시선을 보낸다.

친절한 사람 같다고 생각했었는데 이에나 씨를 보고 느꼈던 처음 인상은 잘못되었는지도 모르겠다.

"잠깐, 잠깐만. 휴번도 니아도. 자신이 한 말의 뜻을 이해하고 이러는 건가?"

"아무렴! 다 각오를 했다네!"

"뭐, 될 대로 되지 않겠는가."

휴번 씨와 니아 씨의 대답에 그웬 씨가 두통을 견디듯 이마에 손을 가져갔다.

"주군의 명을 어기겠다?"

이에나 씨가 싸늘한 음색으로 두 사람에게 묻는다.

"기꺼이! 어겨주겠어!"

휴번 씨가 티끌만큼도 악의가 느껴지지 않는 밝은 목소리로 선언했다.

곧장 반응한 것은 이에나 씨였다.

부글부글 노기가 어린 기세를 쏟아 내면서 천천히 일어선다.

"이에나, 기다리지."

"못 기다리겠는데요."

"이 자리에서 충돌한들 이득을 보는 것은 백색의 신, 적 진영이잖아?"

이에나 씨를 말린 것은 암룡의 수장 레이세 씨.

이에나 씨는 혀를 차면서 다시 의자에 앉았다.

……가장 차분한 인상의 외모인데도 이에나 씨가 가장 싸움꾼인지도 모르겠다.

"괜찮지 않나? 그냥 휴번도 니아도 보내주자고."

다만 레이세 씨의 말에 또 곧장 이에나 씨가 몸을 일으킨다.

"레이세!"

"어차피 이렇게 된 이상 둘 다 멋대로 뛰쳐나갈걸. 억지로 남겨봤자 의욕이 없으면 써먹지도 못해. 설마 뒤에서 칼을 꽂지는 않을 테지만, 그런 불안을 감당해야 할 바에야 차라리 없는 게 낫지."

레이세 씨는 담담하게 말한 뒤 어깨를 으쓱거렸다.

"휴번과 니아의 마음은 이해가 돼. 나도 마스터가 죽길 바라진 않으니까."

"그건……."

레이세 씨의 한마디 말에 이에나 씨의 표정이 흐려졌다.

다른 고룡의 수장들도 비슷한 표정이었다.

이런 분위기를 보건대 아마 흑색의 신은 존경을 받는 듯싶다.

"이번만큼은 명령이기 때문이 아닌 스스로의 의사로 나아갈 길을 정하는 게 좋지 않겠어?"

레이세 씨의 말을 들은 고룡의 수장들이 갈등하는 표정을 짓는다.

"이 몸은 방금 선언한 대로 꼬맹이들을 따라가겠어."

"나도 마찬가지이니라."

휴번 씨와 니아 씨는 의견을 뒤집지 않으려나 보다.

"……나는 역시 명령을 수행하겠어요."

"……나 또한."

이에나 씨와 그웬 씨는 계속 이대로.

"잘 모르겠는데 아리엘을 처죽이면 된단 말이군?!"

보아하니 뇌룡의 수장 고카 씨도 이대로 교황의 지시에 따르려나 보다.

잘 모르겠다는 말은 했다만…….

모두의 시선이 자연스럽게 마지막 한 명, 레이세 씨에게 향했다.

"용사 군."

그런데 레이세 씨의 시선은 어째서인지 나를 향하고 있었다.

"네가 어느 정도의 온도감으로 그런 이상을 목표로 나아가겠다는 말인지 알고 싶어."

"온도감이요?"

"그래. 어떤 고난이 있어도 꼭 달성할 각오인가. 아니면 그냥 가능하면 좋겠다는 정도의 막연한 바람인가. 어떤 느낌이야?"

레이세 씨의 물음에 나는 잠시간 생각했다.

"솔직히 말하자면 과연 달성이 가능할지 저는 판단할 수 없습니다. 오히려 결국 실패할 확률이 높겠죠. 어쩌면 거의 불가능하지 않을까요. 다만, 그게 발버둥 치지 말아야 할 이유가 되진 않습니다. 그러니까 거의 불가능하다는 생각은 갖고 있지만, 그래도 끝까지 사력을 다할 각오입니다."

말재주가 많이 모자라구나. 말을 꺼내며 생각했다.

어쨌든 이것이 나의 거짓 없는 본심이다.

"잘 알았어."

레이세 씨는 한 차례 눈을 감았다.

"나도 용사 군을 따라가겠어."

그리고 눈을 떴을 때 그렇게 선언했다.

이에나 씨와 그웬 씨가 놀라서 레이세 씨를 쳐다보고 있다.

저렇게 놀라는 모습을 보면 아마도 레이세 씨는 흑색의 신의 명령에 충실한 사람이었을 것이다.

"도박을 하고 싶어졌거든. 사력을 다하겠다는 용사 군의 말에."

그렇게 말한 레이세 씨는 나를 오싹할 만큼 날카로운 시선으로 꿰뚫어 봤다.

사력을 다하겠다는 말을 어기려 하면 용납하지 않겠다는 압박감이 담긴 시선으로.

일순간 기가 죽을 뻔했지만, 지금 위축된 태도를 내보이면 안 된다.

나 또한 어중간한 각오로 한 말이 아님을 증명하기 위해서라도 꾹 버티며 정면에서 가만히 저 시선을 받아 냈다.

"……작전을 처음부터 다시 검토해야겠군요."

교황이 지친 목소리로 말했다.

교황의 입장에서는 최고 전력 중 세 명이 불쑥 빠져나가게 된 사태다.

머리가 꽤 아프겠지.

"……저는 이제 나아갈 길을 바꿀 수 없습니다. 다만 여러분의 시도를 응원하고 싶군요. 무운을 빌겠습니다."

교황, 당신도.

나는 마음속으로만 짧게 대답을 했다.

흑색의 신의 진영에도 백색의 신의 진영에도 나는 가세할 수 없다. 하지 않는다.

단지 양쪽 다 죽지 않기를 바란다.

그러니까 마음속으로 교황과 다른 사람들의 무사를 기원했다.

바라건대 누구 한 사람도 희생되지 않는 길이 있기를.

그것이 설령 꿈같은 망상에 편의주의와 같은 전개이더라도.

발트

이것은 아마 주마등이겠군.

머릿속에서 마구 뛰어다니는 기억을 나는 스스로도 놀랄 만큼 차분하게 받아들일 수 있었다.

정신없이 흘러가는 기억의 영상은 내가 어린아이였던 시절부터 시작하여 어른이 되어 마왕성에서 일을 시작한 즈음까지 쭉 이어졌다.

마족의 명문 귀족 가문인 피사로 공작가의 장남으로 태어난 나는 신분에 부끄럽지 않은 출세 가도를 쭉 달려왔다.

다만 그것은 나의 노력과 능력을 인정받은 결과가 아닌 어떠한 분야에서든 일손이 필요했기 때문이었다.

딱히 비하하는 것은 아니다. 어지간한 인물보다 우수하다는 자부심은 있다.

다만 지금은 사망한 제1군 군단장 아그너 님에게는 모든 부분에서, 무력 면에서는 동생 브로우에게, 마법 실력은 제6군 군단장 휴이에게, 권모술수에서는 사나트리아에게 제각각 뒤떨어진다는 것은 분명했다.

자신보다 우수한 인물이 있는 와중에 그럼에도 과하게 순조롭다고 느껴질 만큼 출세했던 것은 오로지 높은 신분과 시대상의 덕을 두루 보았기 때문일 테지.

마왕의 부재, 그리고 오래도록 지속된 인족과의 전쟁으로 앞 세대의 다수가 죽음을 맞이했기에 어디든 일손이 부족했던 까닭이었다.

그 때문에 출세의 기쁨보다도 업무에 바빠 졸도할 것 같다는 심정이 더 컸다.

만신창이가 된 마족을 다시 일으키기 위하여 동분서주했다.

그것은 이번 대의 마왕님이 마왕 자리에 취임한 다음에도 달라지지 않았다.

오히려 분주함은 더욱 심해졌다.

애써 재건한 내정 상황도, 군대도 인족과의 대규모 전쟁 때문에 또 원점으로 돌아가버렸다.

그 사실에 원통함을 억누를 수 없었으나 끝내 마왕님을 거역하지는 못했다.

마왕님에게 거역하면 만에 하나라도 승산이 없다. 그렇다면 조금이나마 승산이 있는 인족과 싸우는 것밖에 다른 길이 남지 않았으니까.

결과는 무승부.

아그너 님을 비롯해서 휴이, 아울러 동생 브로우, 세 명의 군단장이 저세상 사람이 됐다.

전사자의 수는 파악하고 싶지도 않다.

한편 인족도 용사를 비롯하여 많은 강자가 거꾸러졌다.

양군에 다대한 피해가 발생했음은 명백하다.

마왕님이 계산한 대로.

마왕님의 목적은 마족의 승리가 아니었다.

그저 마족에게도 인족에게도 수많은 사망자를 강제하고자 했다.

그 이유는 월드 퀘스트에서 마왕님의 선언을 듣고 납득했다.

그럼에도 할 말이 없지는 않다.

마족은 줄곧 인족과 전쟁을 벌여왔다.

지금껏 남아 있는 가장 오래된 역사서의 시대에서도, 줄곧.

만신창이가 되어 더 이상 종족으로서 자립을 하지 못하는 처지까지 겨우 한 발짝이 남았는데도, 줄곧.

이 세계를 위하여.

이 세계의 초석이 되기 위하여.

과거에 욕심을 부려 제 몸을 마족으로 바꿈으로써 MA 에너지를 대량 소비했던 죗값을 치르기 위하여.

그럼에도 다 갚지 못했던 것은 유감스럽게 여긴다.

하지만 오랜 세월에 걸친 마족의 노력을 태평하게 살아왔다는 말로 치부하거나 기대하지 않겠다며 내치는 것은 용납하기 어렵다.

그렇다면 나는 지금껏 무엇을 위해 노력해왔단 말인가?

무엇을 위해, 브로우는 죽었나?

아그너 님은, 휴이는, 지난 전쟁에서 죽은 수많은 병사들은, 역사 속에서 죽어 갔었던 허다한 마족들은.

그 전부가 헛된 죽음이었다고 말할 셈인가?

이러고도 아직 부족하다고, 더 빼앗아 가겠다고?

브로우의 죽음을 들은 뒤 자신의 방에서 홀로 눈물 흘리고 있는 장면을 보았을 때 나는 주체할 수 없는 분노에 휩싸였다.

그다음에도 또 기억의 영상이 흘러간다.

이것은, 월드 퀘스트가 발령된 직후의 모습이군.

"도대체 어떻게 된 일인가……."
회의실에서 나는 고개를 푹 수그렸다.
마왕님이 원정을 나간 이때에 전대미문의 사태가 벌어지고 말았다.
고개를 숙일 만하지.
"그러게, 어떻게 된 걸까? 나도 궁금하네."
사나트리아가 나의 태도에 기막혀하며, 다만 어딘가 당황해하는 듯한 목소리로 한숨과 함께 대꾸하고는 어깨를 으쓱거렸다.
이 자리에는 사나트리아 이외의 군단장도 모여 있었다.
그렇다 해도 지난번 대전에서 전사한 군단장 및 마왕님의 원정에 동행한 군단장도 많다.
이곳에 있는 것은 나를 포함하여 불과 네 사람.
제2군 군단장 사나트리아.
제3군 군단장 코고우.
제5군 군단장 다라드.
그리고 나까지 네 사람이다.
이번 의제는 물론 갑작스레 들려온 월드 퀘스트의 상세한 내용이었다.
사신의 계획을 저지, 혹은 협력하라는 게 도대체 무슨 뜻이지?
애당초 월드 퀘스트란 무엇인가?
이런 사태는 마족의 긴 역사 속에서도 분명 일어난 사례가 없었다.
"……모두의 의견을 듣고 싶군."
나는 고개를 푹 숙인 채 간신히 말을 쥐어짰다.
"의견을 말하고 싶어도 아예 정보가 전혀 없는걸. 다들 똑같이 뭐가 뭔지 몰라서 의논해 봤자 답은 안 나올 거야."

사나트리아가 지당한 의견을 꺼냈다.

맞는 말이었다.

《월드 퀘스트 발동. 세계의 붕괴를 저지하기 위해 인류를 산 제물로 바치고자 획책하는 사신의 계획을 저지, 혹은 협력하라.》

갑작스레 이런 소리가 들려왔었는데 분명하게 말해서 어떤 의미가 있는 말인지 전혀 이해할 수 없었다.

급히 조사한 결과, 모든 마족이 이 소리를 들었다고 한다.

물론 마족들 전부에게서 다 보고를 받진 않았기에 이곳 마왕성 주변에서만 일어난 현상일지도 모른다.

마족은 들었는데 인족은 듣지 못했을 가능성도 고려할 수 있겠다.

다만 그것을 지금 당장에 조사할 수는 없다.

조사해서 상황이 진전되느냐고 묻는다면 꼭 그렇지도 않을 테고.

그보다 사신은 대체 누구지?

저지를 하든 협력을 하든 어떻게 움직여야 하지?

저 짧은 통보로는 아무것도 알 수 없었다.

모르는 게 너무 많아서 어떻게 하는 것이 정답인지 도저히 가늠할 수 없다.

마왕님이라면 혹시 무엇인가 알고 계실까…….

하필 마왕님이 부재중일 때 이러한 사태가 벌어지다니 시기가 너무 안 좋았다.

"아는 게 없더라도 일단 어떻게든 수습을 위해 움직여야 한다. 민중이 혼란에 빠졌으니."

나조차 영문을 알 수 없는 상황이다.

일반 민중도 어찌할 바를 몰라서 당황하고 있다.

개중에는 불안에 휩싸인 부류도 적지 않았다.

그 이유는 월드 퀘스트라는 통보의 내용이 몹시 불온했기 때문이었다.

바로 얼마 전 인족과 대규모 전쟁을 끝낸 참인데 이 같은 사태잖은가.

최악의 경우 불안감 탓에 평소의 울분이 폭발하여 폭도로 돌변할 수도 있겠다.

안 그래도 무리한 징병 및 이후의 대전에서 정부에 대한 반발이 강해졌다.

그것이 여태 억제되었던 까닭은 오로지 마왕님이라는 절대적인 공포가 있기 때문이었다.

따라서 마왕님이 부재하는 지금은 작은 계기로도 폭발할 수 있다.

그런 사태를 막기 위해서라도 당면한 월드 퀘스트의 통보를 두고 정부로서도 무엇인가 발표를 진행해야 한다.

"그렇지만 우리도 딱히 아는 게 전혀 없잖아? 대충 꾸며서 아무 말이나 할 수도 없고. 솔직하게 아무것도 모른답니다~ 털어놓는 건 물론 바보짓이고."

"……그렇긴 하지."

그랬다가는 정말 폭발의 불씨를 던져주는 격이다.

정부는 왜 이리 무능하냐는 말이 나오겠지.

다만 실제로 아무것도 알지 못하니까 맞는 말이기는 하다.

"……코고우는 할 말이 없나?"

"으음?! 어어……. 미안하다. 어려운 건 모른다……."

기대하지는 않았으나 역시 코고우에게 묘안은 없었다.

"다라드는?"

"흠. 평시였다면 마왕님에게 지시를 받아 움직여야 했을 사안이다만, 지금은 우리끼리 대처하는 것이 맞겠지."

팔짱을 끼고 고민하는 다라드.

다라드는 마왕 지상주의자라는 점을 제외하면 문무가 두루 우수하다.

그런 다라드 또한 곧바로 판단을 내리기는 어려운가 보다.

그렇게 말하자면 나도 마찬가지이다만…….

"아무튼 간에 발트 공의 말처럼 방관만 할 수는 없다네. 우선 서둘러 조사 중이라는 취지를 공표해서 큰 소동이 벌어지지 않도록 달래줄 수밖에 없군."

"……그게 가장 현실적인가."

단순히 시간 끌기밖에 못 되지만, 조사 중이라는 자세를 보여줄 수는 있겠다.

그런다고 불만이 전부 가라앉을 리 없으나 어느 정도는 효과가 있을 테지.

"도시 안 순찰을 늘리고 비상 태세에 들어가도록 하지."

"하지만 치안 병력을 지나치게 많이 늘리면 그게 오히려 자극을 하는 셈 아니겠나?"

"일리가 있군……. 그래, 청취 조사를 명목으로 각 집안에 병사를 보내도록 하지. 퀘스트 통보를 모든 사람이 들었는지 일단 확인은 해야 하니까."

"괜찮네. 그 방법이면 도시 안쪽에 병력들을 자연스럽게 늘릴 수 있겠어."

"그래. 게다가 현재 조사하는 중이라는 소식도 전할 수 있다."

다라드가 내놓은 해결책 덕에 당장의 방침은 정해졌다.

근본적인 해결은 못 되지만, 당장 도시 내부의 혼란을 억제할 수는 있겠지.

"실행은 제2군에 맡겨도 되겠나?"

"알았어."

"이 주변은 그렇게 대응하기로 하고, 다른 도시는 어찌하겠나?"

"다른 곳도 가능한 한 일찍 대처하고 싶은 마음이다만, 지금은 일손이 부족하군. 기껏해야 파발을 한 기, 각각의 도시에 보내는 것이 한계일 테지."

"흠. 그럼 그 역할은 제5군에서 맡도록 하지."

"고맙군."

각자의 할 일이 척척 결정된다.

회의를 시작하기 전에는 어떻게 하면 되는지 전혀 가늠할 수 없었건마는 어찌어찌 시급한 대응책은 수립이 되는구나.

……대략 한 명, 가만히 앉아 있기만 하며 장식품 노릇을 한 인물도 있었다만.

"문제는 근본적으로 이 월드 퀘스트라는 게 대체 무엇인지 전혀 정체를 알 수 없다는 점인가."

"그러게."

아마도 그것은 신의 계시다.

그렇다면 중요성은 이루 말할 수 없겠지.

이렇게 쭉 아무것도 모른다는 이유로 방치할 수도 없는 노릇이다.

"후. 어떻게 해야 하나……."

무심결에 한숨을 쉬며 푸념했다.

그때였다.

《월드 퀘스트 시퀀스 1. 전 인류에게 금기 인스톨을 개시합니다.》

"……뭐?! 읍! 아! 끄앗?!"

또다시 갑작스레 들려온 통보.

그 말의 의미를 이해하기 전 들이닥친 두통에 부들거리며 책상에 푹 엎어져버렸다.

그렇게 머릿속에다가 직접 끓는 물을 들이붓는 것 같은 불쾌감을 차마 견디지 못하고 나는 의식을 잃어버렸다.

그랬다.

이후 눈을 떴을 때 우리는 금기가 무엇인지를 몸소 알게 되었고, 그다음 이어졌던 월드 퀘스트 시퀀스 2와 3에서 마왕님의 진정한 뜻을 알게 되었다.

아울러 나는 선택하기로 했다.

싸우는 길을.

서둘러서 행동에 나섰다.

인족의 제국에 정전 사절의 파발로서 나 자신이 방문했고, 그동안 남아 있었던 사나트리아가 희망자를 모집하여 부대를 편성했다.

정전 제안이 난항에 부딪힐까 염려했는데 상대도 쾌히 수락해주었고, 우리는 제국이 보유한 전이진의 사용 허가까지 받을 수 있었다.

신속한 대응.

저쪽도 앞뒤 가릴 처지가 아니라는 것이 잘 느껴졌다.

"진정 마왕님의 충신임을 자처하겠다면 귀공들을 막아서야 할 테지."

출발 전, 제5군 군단장 다라드는 가라앉은 목소리로 저렇게 말했다.

"……나는 마왕님의 충신이 되지는 못하려나 보군."

다라드는 씁쓸하게 웃고 있었다.

군단장들이 모두 하나로 단단하게 결속된 것은 아니었다.

사나트리아를 필두로 마왕님에게 반기를 들고자 했던 군단장도 있었고, 휴이와 같이 마왕님에게 마음이 꺾여 복종했던 군단장도 있었다.

다만 순수한 마족 군단장들 중 마왕님에게 진심으로 충성을 맹세하는 인물이 거의 없었던 것은 모두에게 공통된 경향이었다.

제1군 군단장 아그너 님조차, 또한 나 자신도 마왕님에게 딱히 충성을 맹세하는 입장은 아니었다.

따르지 않으면 마족이 멸망해버린다.

그래서 따를 수밖에 없었다.

그중에서 다라드는 유일하게 순수한 마족이면서도 마왕님에게 진심으로 충성을 맹세하는 군단장이었다.

다라드의 가문이 마왕을 극히 신봉하는 일족이었다는 이유도 있다.

그런 가문의 일원이면서도 다라드는 마왕의 자리가 비어 있었던 시대에 태어났다.

마왕을 직접 모시는 날을 꿈꾸다가 마침내 군단장이 되어 곁에서 함께할 수 있는 권리를 얻음으로써 염원을 이룬 다라드의 심정을 나는 도저히 상상조차 할 수 없다.

아무튼 지닌 바 충성심은 진짜였을 테지.

한데 다라드조차 마왕님의 전열에 참가하는 것은 허락받지 못했다.

마왕님이 엘프의 마을을 침공할 때 데려갔던 것은 결국 마왕님이 직접 군단장으로 등용한 인물들뿐이었다.

마왕님은 결국 다라드의 충성심을 알아주지 않은 셈이다.

월드 퀘스트가 발령되어 마왕님의 본심과 목적이 공개되었고, 이제 마왕님은 마지막 싸움에 임하고자 한다.

"마족령의 치안 유지는 내가 책임지겠네. 잘 다녀오게나."

그리고 마왕님에게 바친 충성심과 마족의 귀족이 수행해야 할 책무를 두고 갈림길에 선 다라드가 내린 결론은 불참전이었다.

본인이 말한 대로 끝까지 마왕님의 충신이기를 견지하겠다면 마왕님과 적대하기를 선택한 우리들을 막아 세우는 것이 정답일 테지.

하지만 그와 동시에 다라드는 백성들을 보살펴야 하는 귀족이기도 하다.

백성들이 죽어 나가는데도 방치하는 것은 불가능했을 테지.

그렇다고 해서 마왕님에게 칼날을 휘두르는 것도 도저히 불가능했으리라.

다라드의 선택을 이것도 저것도 아니라며 책망할 수는 없다.

나는 한발 먼저 인족과 접촉하기 위해 출발했었지만, 원정 준비를 사나트리아에게 맡길 때 싸울 의사가 있는 병사만 소집하도록 당부했다.

상대는 바로 마왕님이다.

싸우면 죽을 것이다.

뻔히 죽게 될 싸움에 거부하는 병력을 데리고 가 봤자 걸림돌 노릇을 할 뿐이었다.

뻔히 죽게 될 앞날을 각오한 뒤에 싸우겠다고 나서는 병사만을 데리고 간다.

그렇게 모인 마족군은 예상보다 수가 많았다.

"많군."

"그러게, 많네."

나의 솔직한 감상에 사나트리아가 나른하게 답했다.

그렇다. 하나 더 예상을 벗어나서 사나트리아도 이곳에 같이 있었다.

"너는, 마족령에 남을 것이라 생각했다만."

"……나도, 어째서 와버렸을까 하고 후회하던 참이야."

사나트리아는 한숨을 쉬면서도 뒤늦게나마 도망치려는 생각은 없는 듯했다.

"나 말야, 전 세계에서 인기가 많은 여배우였나 봐."

"전생 이력을 본 건가?"

"응. 꽤 담담한 반응이네. 너도 봤구나?"

"뭐, 봤지."

금기의 전생 이력.

그곳에 적힌 것은 지금까지 자신이 어떻게 전생을 하며 살아왔는가 알 수 있는 기록들이었다.

혼에 각인된 기억을 다시 불러들인다고 표현해야 할까.

해당 인생을 선택하면 당시의 기억을 쭉 떠올릴 수 있는 방식이다.

나는 맨 처음 한 사람의 기억을 선택해서 훑어봤는데 겨우 하나인데도 방대한 기억이었다.

이렇듯 일순간에 쭉 기억을 떠올린다면 뇌가 파열하는 것이 아닐까 싶도록 큰 충격을 받았다.

다행히 나는 가볍게 현기증이 솟았을 뿐 쓰러질 정도는 아니었다만.

고작 하나의 기억도 만만치 않았던 만큼 아마도 모든 기억을 떠올리는 행위는 위험하겠지.

내가 비교적 가벼운 후유증으로 버텼던 것은 기억 스킬을 갖고 있었던 덕분이리라.

뭐라 말해야 할까, 시스템의 내부에 전투와 거의 관계가 없는 기억 스킬이 존재하는 이유는 바로 이 때문이었겠지.

"주연을 맡은 영화도 한둘이 아니었다?"

"그래, 굉장하군."

"그런데 이제 어디에도 작품이 남아 있지 않아."

책 따위 기록 매체는 시스템의 작용으로 무척 빠르게 열화된다.

책은 어렵게나마 사본을 만들어 후세에 남길 수 있겠지만, 영화는 달리 방법이 없다.

사나트리아의 첫 번째 인생, 어느 여배우가 출연했던 작품은 이미 세상에 단 하나도 남아 있지 않다.

"죽는 모습도 굉장히 허망했거든. 그 기억을 쭉 살펴보니까 내 인생은 대체 뭐였을까 싶어서 갑자기 되게 슬퍼져버렸어. 그러니까 지금 도망치면 안 되겠다는 생각이 든 거야. 어울리지도 않게 말이지."

"……그런가."

"너는?"

"나 말인가?"

"내가 이렇게 얘기해줬는데 자기만 말을 안 해주면 불공평하지 않아?"

"너 혼자서 떠든 게 아닌가."

"에이, 알려줘."

후유, 한숨을 쉬며 나는 안경의 위치를 손가락으로 조정했다.

"나는 적당히 국력이 있는 나라의 왕족이었다."

"어? 왕자님이었어?"

"뭐, 맞다. 그래 봤자 정치는 의회가 있어서 아무 실권도 갖지 못했지만 말이지."

마족의 정치를 관할하고 있는 지금과 달리 당시의 나에게는 실권이 무엇 하나도 없었다.

가진 것은 오로지 왕족의 의무뿐.

쭉 답답한 생활만 이어졌다.

"그래도 나는 조국을, 그리고 그 땅에서 살아가는 국민들을 사랑했어."

지금은 이미 존재조차 하지 않는 나라다.

"그러니까 이번에야말로 꼭, 나는 지키고 싶다."

그것이 설령 은혜를 원수로 갚는 행위일지라도.

설령 이 몸이 고꾸라질지라도.

바라보는 곳은 전방, 보이는 것은 지상을 가득 메워서 꿈틀거리는 검은 그림자.

전부가 거미 마물이다.

그리고 저곳 중심에 우뚝 자리를 잡고 있는 거대한 마물이 바로 퀸 타라텍트.

아직 상당히 거리가 있는데도 불구하고 그럼에도 저 압도적인 위용은 거센 공포심을 조장한다.

꿀꺽, 누군가가 마른침을 삼키는 소리가 들려왔다.

어쩌면 내가 스스로 낸 소리였는지도 모른다.

엘로 대미궁의 입구가 있는 평원에 우리 마족군은 포진을 했다.

또한 엘로 대미궁의 입구 부근에는 퀸 타라텍트 및 휘하의 거미 군단이 포진하고 있다.

우리 마족군과는 떨어져 있는 위치에서 인족의 군대도 포진하고 있다.

아무래도 바로 얼마 전까지 죽고 죽였던 불구대천의 적대 관계인 만큼 이웃하여 포진하는 것은 차마 불가능했다.

다만 거미 군단을 협공하는 형태로 위치를 선정했다.

등을 맞대고 싸우기는 어려워도 결과적으로 협력하는 형태가 되는 포진의 방식이었다.

퀸 타라텍트를 향하여 격한 벼락이 떨어진다.

그것이 개전의 신호였다.

마치 지면이 그대로 움직이는 것처럼 타라텍트 떼가 파도를 치며 전진한다.

"대마법 준비! 방패를 들어라!"

소리친다.

"아직이다! 아직! 더 가까이 끌여들여라!"

밀려닥치는 파도.

생리적 혐오감을 자극하는 떼거리.

"쏴라!"

나의 신호를 시작으로 연합군이 있는 곳곳에서 대마법이 발사됐다.

가득 밀려닥치는 타라텍트 떼를 날려버린다.

그러나 날아가서 생긴 빈 자리를 후속 타라텍트가 달려서 채운다.

"다음! 쏴라!"

물론 아군은 미리 대비를 했다.

대마법을 시간 차이를 두고 발사한다.

그럼에도 계속 밀려드는 타라텍트 떼.

대마법의 틈을 비집고 방패를 든 전위에 도착하는 것은 시간문제일 테지.

"겁내지 마라! 한 마리 한 마리는 별것 아니다! 허둥대지 말고 냉철하게 대처하면 된다!"

놈들에게는 죽음의 공포가 없는 것 같았다.

다만 그것은 아군도 마찬가지.

"우리의 생명! 마족의 미래를 위해 바친다!"

"발트! 발트! 정신 차려!"

화들짝 놀라며 눈을 떴다.

지금, 뭐였지?

……아, 주마등인가.

그렇다면 나는 죽었고, 이곳은 사후 세계인가?

"발트! 깨어난 거 맞지?!"

"으읏, 사나트리아? 너도 죽은 건가?"

"무슨 소리야?! 아직 나도 너도 살아 있다고!"

희미해졌던 의식이 천천히 원래대로 돌아오자 그제야 현 상황을 파악할 수 있었다.

나는, 살아 있다?

"큭?! 상황은?!"

"코고우가 버티고 있어. 아직 전선이 붕괴되진 않았어."

황급히 몸을 일으켰다.

욱신, 머리에 묵직한 통증이 치달렸다.

전투 중 머리를 부딪혀서 정신을 잃은 것 같다.

오래도록 서류 업무만 한 터라 전쟁의 선두에 서지 않았던 폐해로군.

최근에는 제대로 훈련도 하지 못했기에 몸이 둔해질 대로 둔해졌다.

머리를 흔들어 의식을 각성시켰다.

그러고 나서 보이는 것은 빈말로도 좋다고 말할 순 없는 전황이었다.

이곳저곳에서 거미 마물과 전투를 벌이고 있다.

이미 대열은 별 의미를 갖지 못하는 상황이다.

이것은 전부 다 거미 마물이 펄쩍 뛰어올라서 전열을 넘어 안쪽으로 쑥 파고들어 오기 때문이었다.

게다가 상위종인 큼지막한 개체는 작은 개체와 비교해서 능력치가 훨씬 더 높다.

비록 숫자는 작은 개체와 비교해서 많진 않을지언정 불쑥 큼지막한 개체가 나타나면 전열이 버티지 못해 돌파를 당해버린다.

그렇게 생긴 구멍에 작은 개체가 떼로 돌격하는 식이다.

그 결과, 적과 아군이 뒤섞여 난전이 벌어지고 있다.

거기까지 확인했을 때 불쑥 다리가 뒤얽혔다.

큰일이군. 아직 대미지가 다 회복되지 않은 듯하다.

무심코 뻗은 손이 무엇인가에 닿았다. 그것을 붙잡고 간신히 쓰러지는 신세를 모면할 수 있었다.

자신이 손에 붙잡은 물체를 보고 흠칫 놀란다.

그것은 거대한 거미 마물의 시체였다.

……그래, 생각났다.

나는 불현듯 들이닥친 이 녀석에게 머리를 얻어맞아서…….

아마도 내가 정신을 잃은 뒤 병사들이 이놈을 쓰러뜨렸나 보다.

그렇다면 나 대신 지휘를 맡아준 것은 이곳에 있는 사나트리아일 테지.

"미안하다, 사나트리아."

"괜찮아, 별거 아니야."

한 번 더 머리를 흔들어 다시 기합을 넣었다.

아직껏 둔통이 느껴지는 머리에 손을 뻗어서 치료 마법을 건다.

"발트, 치료 마법사의 소모가 심해. 치료 마법을 쓸 수 있다면 그쪽에 손을 보태줘."

"치료 마법사가?"

"맞아. 저 녀석들, 한 마리 한 마리는 대단할 게 없는데 독이 골칫거리거든."

"독인가."

확실히 독은 골칫거리다.

언뜻 보아도 작은 개체는 상당히 약했다.

병사의 일격으로 쉽게 쓰러뜨릴 수 있다.

다만 숫자가 많아 공격을 받기 전 전부를 쓰러뜨리기는 어려웠다.

능력치가 낮은 편이라 한 번에 몇 마리에게 둘러싸여서 물려도 큰 부상을 당하지는 않으나 이빨에 독이 있다면 대응을 달리해야 한다.

"알겠다. 돌아다니며 해독 마법을 걸어주도록 하지."

"잘 부탁해."

그 이후 나는 전장을 뛰어다니며 안색이 나쁜 병사들에게 해독 마법을 걸어줬다.

작은 개체는 별것 아니다.

몸이 가벼워 펄쩍펄쩍 도약하면서 전열을 무시하는 탓에 당초에는 혼란이 발생했으나 점차 익숙해지자 대처 방법을 찾을 수 있었다.

침착하게 맞서 처리하면 문제는 없다.

물려도 능력치가 낮은 이유도 있어 찰과상으로 끝난다.

독에 당했다면 나와 다른 치료 마법사가 해독해준다.

그렇게 차근차근 군율을 되찾아 갔고, 전선에서 코고우가 사자처럼 맹렬하게 활약해주는 덕도 있어서 점차 안정된 전투를 수행하게 되었다.

커다란 개체, 또한 그보다 더 큼지막한 상위종이라 짐작되는 개체와 맞설 때는 고생을 했다.

상위종으로 보이는 거대한 개체는 한 번만 후려쳐도 몇 명의 병사를 동시에 날려버릴 만큼 강력했지만, 아군도 애초부터 죽을 각오로 전선에 나온 집단이었다.

희생을 주저하지 않고 용맹하게 분투하며 끝내 상위종의 거미도 물리쳤다.

비록 다수의 병사가 희생되었으나 사기는 전혀 떨어지지 않는다.

그뿐 아니라 시간이 경과함에 따라 더 높아지기까지 했다.

기이한 열기가 병사들에게 전파되고 있었다.

자기 자신의 목숨마저 내던지려 하는 기이한 열기가.

보통 이러한 열기에 몸을 내맡겨 계속 싸우는 것은 위험하다.

전공은 올릴 수 있겠으나 동시에 자살 공격이 이어지며 전사자도 대폭 늘어나고 있다.

추후 앞날을 고려하면 일단 병력을 빼서 머리를 식혀주는 게 좋겠지.

다만 이곳에 있는 병사들은 앞날을 내버려서라도 자신의 소중한 것을 지키고자 들고일어난 인물들이다.

그렇다면 이 열기에 몸을 맡기고 싸우게 놔두도록 하자.

한계를 넘어서, 전진, 전진!

나 자신도 역시 이 열기에 깊이 침식되었다.

다만 열기에 곧 찬물이 쏟아진다.

"뭐지?"

먼저 깨달은 이유는 내가 직접 싸우지 않고 지휘와 치료에 전념했었기 때문일 테지.

지휘를 맡은 입장상 항상 주위에 신경을 써야 했던지라 빠르게 깨달을 수 있었다.

엘로 대미궁의 입구 부근이 뭔가 이상하다.

저곳 주변에서는 퀸 타라텍트와 흑색의 신의 권속이라는 고룡들이 격한 전투를 펼치고 있다.

멀리 떨어져 있는 이곳에서도 천둥 벼락의 소리와 빛이 느껴지고, 화룡이 공중을 날아다니며 불덩이를 떨어뜨리는 모습이 보인다.

지옥 같은 광경이 현실에서, 게다가 눈에 보이는 범위에서 일어나고 있다.

그러한 지옥에 변화가 발생했다.

무슨 일인가 싶어 쳐다보는 저곳, 엘로 대미궁에서 하얀 해일이 쏟아졌다.

해일의 정체는 하얀 거미 떼였다.

"아, 악몽의 잔재!"

사전에 각별한 주의가 필요한 마물이라며 인족 측에서 알려주었던 마물이다.

한 마리를 토벌하는 데 용사 파티조차 고전을 했다던가.

그런 강대한 마물이, 해일처럼……?

하얀 해일은 퀸 타라텍트와 고룡의 대결에 휘말리고도 끝내 지옥을 뚫고 나와서 대지로 퍼져 나간다.

우리는 접근조차 엄두를 못 내는 지옥이건마는 뚫고 나왔다고?!
아, 안 된다.
승산이 없다.
개죽음, 단어 하나가 머리를 스치고 갔다.
"내, 내가 후위에 서겠소! 모두! 도망치게!"
내가 멍하니 마구 밀려닥치는 악몽의 잔재 떼를 쳐다보던 중 전선에서 소리치는 남자가 있었다.
코고우다.
"큭! 전군 후퇴! 서둘러라!"
나는 코고우의 외침에 다시 정신을 차리고 힘껏 목소리를 높였다.
악몽의 잔재 무리는 아직 먼 곳에 있다.
당장 후퇴하면 아직은 늦지 않았다!
"서둘러라!"
병사들을 재촉하며 후퇴시켰다.
그때 반대편으로 전진하는 부대가 보였다.
"코고우!"
코고우가 지휘하는 부대다.
"발트 씨! 뒷일은 맡기겠소!"
"코고우! 크윽!"
나는 도망치라는 말을 꾹 삼키고 후퇴하는 데 전념했다.
코고우라는 남자는 오직 무력으로 입신한 우둔한 사내였다.
그런 주제에 소심하고 전투를 싫어했다.
그런 남자가, 이번 출정에는 자기 의사로 참가했다. 또한 지금은

후군의 역할을 맡아 사지에 남고자 한다.

그 각오를 내가 짓밟을 수는 없었다.

멀리 뒤쪽에서 전투의 소리가 들려온다.

단말마의 비명도.

그럼에도 나는 뒤돌아보지 않았다.

"도망쳐라! 달려라!"

한 명이라도 이곳에서 살려 돌려보내기 위하여 힘껏 목소리를 높이고 병력들을 질타했다.

마왕님, 당신에게 묻고 싶습니다.

이렇게 죽기 살기로 싸우는 우리도 당신에게는 필요치 않은 생명입니까?

우리는 반드시 죽어야만 하는 겁니까?

우리 마족이 견뎌왔던 속죄의 나날은 모두 헛짓이었다고 당신은 말씀하시렵니까?

가르쳐주십시오.

"빌어먹을!"

그렇게 외친 인물은 누구였을까.

내 입에서 나온 말이었는지도 모르겠다.

소피아

“퀸이 교전을 시작했네.”

아리엘 씨가 중얼거렸다.

이곳은 엘로 대미궁 최하층.

육안으로 관측 가능한 범위에서 퀸이 싸우고 있는 낌새는 느껴지지 않는다.

그렇다면 만리안으로 바깥 상황을 살펴본 걸까?

아리엘 씨는 지난번 전투에서 대폭 약체화되어 일상생활조차 지장이 생길 만큼 기력이 떨어졌는데 만리안을 써도 괜찮은 걸까?

뭐, 잘 쓰고 있으니까 괜찮겠지.

조금 걱정은 되는데 그 부분은 아리엘 씨 본인이 몸 상태를 판단해서 행동했겠지.

자, 나도 만리안을 발동시켜서 바깥 상황을 확인해볼까.

여기 최하층에서 바깥은 직선으로도 무척 거리가 멀지만, 만리안을 쓰면 쭉 내다볼 수 있다.

그렇게 눈에 들어온 광경에서는 엘로 대미궁의 입구 부근을 전장으로 퀸이 사납게 싸우고 있었다.

상대는 표범 같은 모습의 마물과 붉은 드래곤이네.

아마도 양쪽 다 고룡이다.

표범 비슷한 녀석이 벼락을 부리고 있고, 드래곤 쪽은 불꽃을 내뿜는구나.

뇌룡이랑 화룡이라고 생각하면 되려나?

퀸과 용 두 마리가 싸우고 있고, 그곳과 조금 떨어져 있는 곳에서는 인류군이 포진을 했다.

두 덩어리로 나뉘었는데 아마 한쪽은 마족군 같아.

아는 얼굴이 많이 보이는구나.

그렇다면 다른 한쪽이 인족군이겠네.

그 인족군을 향해 퀸의 부하 군단이 가까이 달려가고 있었다.

곧 충돌하겠어.

"퀸 다른 한 마리도 이리로 불러올까요?"

나는 일단 지상의 풍경에서 시선을 떼고, 또 다른 엘로 대미궁의 입구에 시선을 주며 말했다.

엘로 대미궁은 대륙과 대륙을 연결하는 광대한 미궁.

즉 각각의 대륙에 입구가 열려 있거든.

그중 한쪽은 시끌벅적 전장이 되었는데 다른 한쪽은 아주 평온했다.

뭐, 그곳에도 퀸이랑 부하가 우뚝 자리를 잡고 있으니까 평온하다고 말을 하기는 어려울지도 모르겠지만.

아마도 인류군은 한쪽에 전력을 집중시켜서 쳐들어올 방침 같아서 저 너머에 방치되어 있는 퀸을 불러들일까 제안을 한 셈인데.

"아니. 당분간 상황을 보고 적절한 타이밍에 소환하자."

아리엘 씨는 곧장 이렇게 대답했다.

소환? 으음.

"괜찮은 거예요?"

"뭐, 그럭저럭."

만리안과 비교하면 소환은 몸에 부담도 크지 않나?

그런 생각으로 물어봤는데 아니나 다를까, 아리엘 씨는 나의 우려를 긍정하는 대답을 했다.

퀸을 소환했을 때도 무척 힘들어하는 모습이었는걸…….

엘로 대미궁의 입구에 배치되어 있는 퀸은 물론 아리엘 씨가 소환했다.

각 입구까지 예의 우주선을 타고 한 번에 쭉 날아서 도착했지만, 퀸을 소환한 뒤에 아리엘 씨는 완전히 녹초가 되고 말았다.

뭐, 힘써서 데리고 온 보람은 있었지만.

"편리하네요. 소환."

"소피아도 메라조피스 군은 불러들일 수 있잖니."

순식간에 전력을 불러올 수 있다는 것은 단순하면서도 큰 강점이 되지.

퀸 같은 신화급의 마물이 갑자기 뿅 나타난다면 상대는 힘이 쭉 빠질 테니까.

한마디 더 하면 퀸은 혼자만 나타나고 끝나는 게 아니다.

"소환된 부하가 또 자기 부하를 소환하는 건 반칙 같아요."

"뭐, 맞지."

퀸은 부하를 다수 거느리고 있다.

퀸은 자신의 부하들도 또 소환으로 불러올 수 있거든.

퀸 한 마리만 불러들이면 거미 군단이 같이 소환되는 셈이야.

개체로도 무리로도 강한 건 반칙이잖아?

"뭐, 반칙이라는 의미에선 내가 아니라 흡혈귀가 훨씬 더 반칙이지만 말이야. 작정하면 기하급수로 부하를 늘릴 수 있으니까."

뭐, 하긴.

흡혈귀는 상대의 피를 빨아 마시면 그 상대를 흡혈귀로 만들어버린다.

그리고 권속 지배 스킬을 활용하면 조종할 수도 있고.

그렇게 조종한 흡혈귀에게 누군가를 덮치게 시켜 또 흡혈귀를 늘린다.

부하에게 물려 흡혈귀가 된 녀석도 똑같이 반복, 이렇게 하면 기하급수로 흡혈귀를 늘릴 수 있다.

이게 무서운 건 적을 강제로 아군 진영에 끌어들일 수 있다는 부분이지.

뭐, 나는 할 생각이 없지만.

"소피아도 하려고 들면 가능한데?"

"싫어요. 제 권속은 메라조피스 하나로 이미 충분한걸요."

어중이떠중이를 권속으로 들일 생각은 없는걸.

나의 권속이라는 지위에 특별한 느낌이 사라지잖아.

강화된 청각이 「왈도 군은 싹 잊었구나. 불쌍해라」라는 아리엘 씨의 혼잣말을 감지했다.

……딱히 잊어버린 게 아니야!

그냥 좀, 맞아! 메라조피스랑은 따로 떼어서 생각했을 뿐이지!

"흠. 그건 그렇고 퀸 상대를 하는 게 화룡 그웬이랑 뇌룡 고카인가."

퀸과 싸우고 있는 고룡들, 드래곤이 화룡 그웬이고 표범이 뇌룡 고카인가 보다.

“……고룡 두 마리는 역시 좀 어렵네.”

아리엘 씨의 말대로 퀸이 밀리고 있다.

신화급 마물인 퀸도 똑같이 신화급인 고룡이 상대이고, 게다가 두 마리와 동시에 싸우려면 많이 어렵겠지.

하지만 아리엘 씨가 우려하는 것은 다른 문제인 듯했다.

“다른 고룡들은 어디에 간 거야?”

퀸을 상대하는 고룡은 두 마리.

그런데 고룡은 분명 네 마리가 더 있었다.

수룡 이에나, 풍룡 휴번, 빙룡 니아, 암룡 레이세.

이 중 풍룡 휴번과 빙룡 니아와는 나도 면식이 있다.

그냥 안면만 있을 뿐 어느 사건을 통해서 잠시 얼굴을 마주한 게 전부이고 제대로 교류를 가진 사이는 아니지만.

일단 상사인 쿠로가 군단장을 맡았던 마족군 제9군에 소속을 두긴 했었다던데 걔들은 각각 관리하는 영역이 있는 데다가 나도 나대로 자기 생활이 있었으니까 사건 이후에 얼굴을 마주할 기회는 딱히 없었거든.

뭐, 이렇게 적대 관계가 되기도 했고 오히려 사이좋게 지내지 않은 게 다행이었는지도 몰라.

괜히 교류를 가졌다면 서로 행동하기가 불편했을 테니까.

“몰래 엘로 대미궁 안에 침입했다거나?”

“아니라고 장담은 못 하겠는데 침입 보고가 올라오진 않았거든.”

엘로 대미궁 안에는 이미 아리엘 씨의 권속인 거미 마물을 쭉 배치해 놨다.

뭔가 이변이 발생하면 곧장 아리엘 씨한테 연락이 왔어야 했어.
그런데 아무 소식이 없다는 것은 엘로 대미궁 내부에 아직 이변이 발생하지 않았다는 뜻.
"그런데 뭔가~ 으스스하거든~."
나타나지 않는 고룡.
이변이 없는 엘로 대미궁 안.
본래는 환영해야 할 상황일 텐데 아리엘 씨의 말처럼 조금 으스스한걸.
마치 우리가 알지 못하는 데서 사태가 진행되고 있는 분위기…….
"뭐라고? 어? 물?"
그때, 아리엘 씨가 갑자기 긴장한 모습으로 뭐라 뭐라 중얼거렸다.
호랑이도 제 말 하면 온다더니.
아마도 권속에게서 뭔가 연락이 온 것 같아.
"무슨 일 있어요?"
"잘 모르겠는데 뭔가 돌발 사태인 건 틀림없어."
다만 묘하게도 권속이 보낸 연락은 정작 내용이 불분명했던 것 같다.
원래 아리엘 씨의 권속들 대부분은 지능이 높지 않아.
그래서 연락도 단편적인 경우가 많다던데, 물? 으음?
"앗."
내가 물이라는 단어의 수수께끼를 생각하던 중 아리엘 씨가 짧게 소리를 냈다.
"무, 무슨 짓을 저지른 거야, 이 자식?!"
그리고 소리쳤다.

"수공이라니 바보 아니야?!"

……엥?

"와~아아……."

서둘러 달려가서 내가 목격한 광경은 반쯤 수몰된 상층이었다.

하층에서 상층까지 일직선으로 연결되어 있는 절벽 구덩이를 지나 이곳까지 올라왔는데 오는 도중에도 상층에서 흘러 쏟아진 물로 구덩이에 멋지게 폭포가 만들어졌더라.

절경이라면 절경이긴 한데 지금은 구경이나 할 틈이 없단 말이야.

어째서 이렇게 된 건가 말을 하자면 엘로 대미궁의 천장에 해당하는 부분을 누군가가 뻥 뚫어 놓았기 때문이다.

엘로 대미궁은 바다 아래에 있는 곳이다.

상층 천장에 구멍을 뚫으면 당연히 바닷물이 쏟아져 들어오지.

그런 사태를 막기 위해서 천장은 두껍기도 하고 튼튼하기도 한데 고룡이 힘을 썼다면 뻥 뚫어버리는 게 불가능하지는 않아.

아, 진짜! 터무니없는 수단을 들고나왔구나!

여기 엘로 대미궁에서 수공을 쓴다? 제정신이야?!

보통 생각을 떠올려도 하진 않잖아?

미궁에 수공을 쓰는 건 사실 자주 있는 일이야.

나도 마족의 학원에서 배웠거든.

도망칠 곳 없이 밀폐된 지하 공간형 미궁이라면 수공은 무척 효과적이라더라.

물 마법이 있는 덕분에 지구보다 수공을 쓰는 게 간편한 데다 상대가 수영을 하지 못하면 확실하게 숨통을 끊을 수 있다.

대체로 미궁은 마물이 사는 곳이고, 수공을 쓸 때는 마물의 섬멸을 노리는 것이 기본이다.

단점은 미궁 자체가 수몰되니까 출입이 불가능해진다는 것, 그리고 마물의 시체를 회수할 수 없다는 것 정도겠네.

단순하게 마물을 섬멸하자는 것이 목적이면 이보다 더 효과적인 방법은 좀처럼 찾기 어려울 만큼 수공은 효과가 있어.

반대로 말하자면 미궁을 방어하는 입장에서는 당하기 싫은 전법이기도 하고.

그런데 나도 아리엘 씨도 이번에는 수공을 고려 대상에서 제외했었다.

엘로 대미궁에서 설마 수공을 쓸 리가 없다고.

엘로 대미궁은 세계 최대의 미궁이고 넓이도 독보적이다.

전 세계에 있는 다른 미궁을 전부 더해도 엘로 대미궁의 넓이에는 미치지 못하는 것이 아닐까 생각될 만큼.

그런 곳에 수공을 감행하려면 당연히 물도 대량으로 필요하잖아?

물 마법으로 채울 수 있는 양이 아니다. MP가 부족하니까.

따라서 진짜 물길을 터서 쏟아부어야 할 텐데 그만큼 대량의 물을 끌어오려면 지금 당하고 있는 것처럼 바다와 직접 통하는 구멍을 뚫는 방법밖에 없어.

그러니까 방법이 아예 없는 것은 아니었지만, 나랑 아리엘 씨가 설마 저지르겠냐며 제외를 했던 이유는 상대의 목적에 있어.

이번에 상대의 목적은 엘로 대미궁 최하층 너머에 있는 시스템 중추와 연결된 문에 도착하는 것.

너희가 열심히 뚫고 와야 할 곳이거든?

그런데 냅다 목표를 수몰시킨다?

바보 아니야?

게다가 엘로 대미궁같이 광대한 공간을 다 메워버리자고 물을 쏟아붓는 짓은, 그렇게 여파가 지나치게 큰 만행을 저질렀다간 붕괴하는 곳도 생긴단 말야.

미궁 일부가 붕괴하고 끝나면 차라리 나아. 엘로 대미궁이 아예 붕괴하면 어쩔 셈이야.

한 번 더 말한다?

너희가 열심히 뚫고 와야 할 곳이거든?

그런데 목적지를 붕괴시켜서 메워버리는 짓을 한다고?

바보 아니야?

제정신으로 할 짓이 아니잖아.

아마도, 이런 짓까지 하지 않는 한 승산이 없다고 상대도 단단히 마음을 먹었을 거야.

아리엘 씨가 약체화된 사실을 저쪽에서도 과연 파악했을지는 알 수 없지만, 그 부분을 빼고 생각해봐도 우리 쪽 전력은 무척 충실하니까.

퀸을 필두로 하는 거미형 마물 떼.

아엘, 사엘, 리엘, 피엘, 퍼펫 타라텍트.

나와 쿄야 군, 메라조피스.

여기에서 이미 대항이 가능한 건 고룡이 전부라고 말할 수 있는 일기당천의 전력이야.

게다가 페르미나가 지휘하는 제10군단은 엘로 대미궁의 바깥에서 독자적으로 활동 중이라고도 하고.

엘로 대미궁 안쪽에는 야생 마물도 많지.

대부분의 마물은 적도 아군도 아니지만, 악몽의 잔재라고 불리는 하얀 거미형 마물은 아무래도 우리를 편들어주는 것 같아.

하얀 거미형 마물…….

아무리 생각해도 주인님이랑 관련이 있네?

……뭐, 우리 편을 들어준다면 이러쿵저러쿵 말은 안 하겠지만.

주인님의 행동을 일일이 묻고 따져도 시간만 아까운걸.

섭섭하네! 어느 틈에 저런 전력을 준비해 놓은 거야!

아, 지금 한 말은 따지는 거 아니다? 그래, 따지는 거 아냐. 따지는 거 아니야…….

아무튼 간에 악몽의 잔재도 이런 수공에는 못 버티겠지.

어지간한 상대라면 악몽의 잔재 무리한테 맡겨도 아마 괜찮을 텐데 이번에는 상대랑 수단이 너무 안 좋았어.

서두르는 게 좋겠네.

나는 수면에 발을 올렸다.

그 순간, 발을 댄 부분부터 물이 쭉 얼어붙는다.

스킬 중 동결 공격을 응용해서 접촉한 것을 얼려버렸다.

○○ 공격 계통의, 공격에 속성을 부여하는 스킬의 위력은 능력치에 높고 낮음에 따라 효과가 달라진다.

나처럼 높은 능력치를 보유했다면 닿은 것 전부를 얼려버리는 순간 동결이 된다.

그대로 수면을 쭉 달려 나가자 내가 지나간 뒤쪽 전부가 얼어붙었다.

마구 밀려드는 물도 똑같이 얼어붙어서 더 이상의 침입을 허락하지 않는다.

내가 아무리 힘써도 쏟아지는 물 전부를 얼려버리는 건 무리야.

하지만 눈에 보이는 대로 싹 얼려버리면 어느 정도는 물의 침략을 억제할 수 있다.

남은 것은 이렇게 흘러드는 물의 근원을 잘라버리면 끝!

그러자면 천장에 구멍을 뚫은 원흉부터 때려잡아야지!

전방, 악몽의 잔재들을 상대하고 있는 인어를 포착했다.

저 인어는 흘러들어 온 물을 자유롭게 조종해서 악몽의 잔재들을 확실하게 처리하고 있었다.

악몽의 잔재 한 마리가 물에 둘러싸였다가 몸이 안쪽에서 터져 나간다.

인어라는 외형에 어울리지 않게 끔찍한 짓을 하는구나.

저건 아마도 물을 몸속에 침입시켜서 안쪽으로부터 파열시킨 거야.

생물의 몸 대부분은 수분으로 되어 있다잖아. 입이나 귀로 저 녀석이 조종하는 물이 들어가버리면 옴짝달싹을 못 하다가 안쪽에서 다 찢겨 나갈 수밖에 없어.

이렇게 반쯤 수몰된 필드에서는 반칙 비슷한 능력이야.

그런 위험한 능력을 가진 녀석과 미련하게 정면 승부를 할 수는 없지.

단숨에, 끝낸다!

등 뒤를 노려서 확 접근한 다음 목에다가 대검을 휘두른다!
다만 상대는 고개를 돌리지 않고 몸만 비틀어서 칼끝을 회피한 뒤 보답이라는 듯이 물을 날렸다.
그 물을 얼려버린다.
"""쳇!"""
나와 인어, 쌍방의 혀 차는 소리가 어우러졌다.
나는 그동안에도 주위의 물을 얼려버리며 천장에 뚫린 큰 구멍을 막아 나갔다.
구멍에서 흘러 쏟아지던 대량의 물이 고스란히 얼음 기둥을 만든다.
이렇게 또 곧바로 물이 흘러드는 사태는 막았다.
그 여파로 이곳 주변의 물이 전부 얼어붙는다.
인어가 얼어붙기 전 황급히 물에서 뛰쳐나가더니 물고기였던 하반신을 평범한 인간의 두 다리로 변화시켰다.
잠깐만, 너 옷은?!
앗, 조금 놀랐는데 제대로 챙겨 입었구나.
어떻게 봐도 수영복이지만.
변신뿐 아니라 옷 갈아입는 속도도 빠르네.
인어 모습이었던 수영복 여자가 얼음에 닿지 않게 허공에 떠 있다.
"방금 한 방으로 베어서 죽일 생각이었는데 제법이네."
"그 정도로 죽일 수 있다고 자신하다니 나를 얕봤구나."
서로 가볍게 도발을 날린 뒤 상대의 반응을 살폈다.
수영복 여자가 철수하는 악몽의 잔재 무리를 힐끔 쳐다보며 신경 쓰고 있었기에 적의 의식을 돌리기 위해 감정을 건다.

감정은 대상에게 불쾌감을 주기 때문에 이런 때 겸사겸사 적의 의식을 끌어올 수 있는 편리한 스킬이야.

수영복 여자가 불쾌감에 얼굴을 찌푸리고 있는 동안에 악몽의 잔재들은 쭉 철수했다.

수몰되어버린 상층을 피해서 아마 바깥으로 향하는 것 같아.

수몰, 동결되어버린 이곳에 남아 봤자 할 일이 없으니까 바깥으로 나가는 건 좋은 판단이네.

자, 감정 결과를 볼까.

수룡 이에나. 그래, 이 녀석이…….

예상은 했었는데 이 녀석이 수룡의 수장 자리에 있는 고룡이었구나.

아리엘 씨가 말하기를 고룡들 중 가장 까다로운 녀석.

아리엘 씨가 특별히 강조했던 이유도 스테이터스를 보니까 납득이야.

모든 능력치가 2만 5천 이상.

그냥 거뜬하게 퀸보다 더 강하잖아!

나도 신화급 마물이랑 많이 싸워봤는데 이렇게까지 강한 녀석은 처음이야.

고룡 최강이라는 말은 허울이 아니었어.

……뭐, 못 이긴다는 생각은 들지 않지만.

각지의 신화급 마수를 쓰러뜨리기도 했고 주인님한테 잔뜩 특훈을 받은 내 능력치는 수룡 이에나를 넘어선다.

방심하지 않는 한 지지는 않아.

그렇다면…….

“후딱 결판을 내주겠어!”

“그러지 마시고 나와 춤춰봐요.”

속공으로 정리할 뿐!

냉기를 두른 대검을 냅다 휘두른다.

그러자 수룡 이에나는 본인이 선언했듯이 마치 춤추는 듯한 몸놀림으로 회피했다.

게다가 몸의 움직임에 맞춰서 두 손으로 뿜어낸 물줄기가 수십 마리의 뱀이 들이닥치는 것처럼 신출귀몰하게 덮쳐든다.

뭐야, 워터 쇼?

“춤추죠! 계속, 계속!”

“진짜 같잖네!”

수룡 이에나의 춤추는 듯한 움직임과 물의 조화가 어쩐지 신비적이어서 만약 공연이라면 상당한 완성도라는 생각은 들어.

그렇지만 이쪽은 넋 놓고 한눈팔 틈이 없단 말이야!

마구 들이닥치는 물을 대검으로 베어 날렸다.

곧바로 물이 얼어붙어서 이리저리 흩어져 간다.

본래 물은 액체니까 검으로 베어도 의미가 없다. 들러붙는 물에 빠져서 익사하거나 몸속에 침입한 물이 내장을 파열시켜서 끝났을 거야.

다만 상성은 잔혹하니까.

나는 물을 얼려서 손쉽게 무효화시킬 수 있어.

단순한 능력치로도, 상성으로도 나의 승리는 흔들리지 않아!

아쉽게 됐네!

수룡 이에나도 같은 인식이었는지 얼굴에 약간 조바심이 드러났다.

물이 잇따라 덮쳐들어도 전부 베어 날리고 동결 분쇄하며 힘차게 돌진한다.

다만 나아간 만큼 수룡 이에나도 후퇴하면서 거리가 좁혀지지 않게 대응했다.

단번에 거리를 좁히고 싶은 상황인데 앞길을 가로막으며 물이 날아든다.

아, 진짜! 귀찮게 구네!

"알고 계시나요? 수룡은 광대한 바다를 관리한답니다."

짜증을 내는 나에게 수룡 이에나가 말을 건넸다.

"그게 어쨌다는, 거야!"

쏟아지는 물의 폭포를 전부 얼려서 부숴버리며 직진했다.

용은 제각기 문제가 있는 지역을 관리하거나 수호하거나 한다.

수룡이 관리하는 곳은 바다.

바다 너머에는 붕괴된 대지가 펼쳐져 있어서 인류가 절대 그곳으로 넘어가지 못하도록 항해에 나서고자 하는 선박을 가라앉힌다.

"넓은 만큼 파수꾼의 눈도 많아야 하죠."

그게 도대체 어쨌다는 거야?

수룡 이에나의 표정은 방금 전부터 달라지지 않았다.

약간 조바심을 내비치면서도 아직 여유가 남아 있었다.

아직, 여유가 남아 있다고?

이렇게 압도적으로 불리한 상황에서?

"즉 모든 종류의 용 중에서 가장 숫자가 많은 게 수룡이에요."

불길한 예감이 든 직후 거대한 진동이 덮쳐들었다.

"당연히 고룡의 숫자도 가장 많겠죠?"

그 진동은 어딘가에서 큰 폭발이 일어난 것을 의미했으며…….

혹시나 싶어 만리안을 발동하여 확인하자마자 천장에 큰 구멍이 뚫려서 대량의 물이 쏟아지고 있는 지점을 다수 발견했다.

"잠깐, 거짓말이지?"

"고룡의 위치에 오른 수룡이 도합 서른일곱, 당신이 혼자 막을 수 있을까요?"

그것은 수룡 이에나 이외에도 서른일곱이나 되는 신화급 마물이 막 수공을 개시했다는 선언이었다.

쿠사마 시노부

아~.

어쩌다가 이렇게 된 걸까~?

솔직히 난 말야, 세계의 운명인지 뭔지 어떻게 되든 쫌 많이 부담된달까, 다른 데 가서 해주면? 안 되나?

뭐~ 전생자라는 시점에서 엉망진창으로 휘말리는 건 확정이니까 어쩔~ 수 없기는 한데 말이지~.

전생자 플러스 신언교의 암부 중 한 사람이 아버지니까 이렇게 되는 게 당연하다는 느낌?

나의 아버지는 신언교 암부의 꽤 높은 사람이었다.

그런 덕분에, 그랬던 탓에? 갓난아기 때 벌써 전생자라는 것을 들키고 교황 할아범한테 일찌감치 보호받았다.

그랬던 탓에 암부의 특훈을 받기도 했고, 젠장맞을! 욕을 한두 번 했던 게 아니야.

미치게 힘들거든, 훈련.

그래도 다른 전생자의 처지를 들어보니까 나 정도면 운이 꽤 좋았다~ 라고 감사하는 마음이 아예 안 솟아나는 것도 아니다.

신언교에 보호를 받지 못했다면 엘프 녀석들한테 감금당하지 않았겠어?

그렇게는 못 살지.

"나도 내키지는 않는데 말야~. 일단 할아범한테 은혜를 받은 게 있걸랑. 세계의 운명을 결정하는 데 얽히고 싶진 않지만 말야~. 할아범한테 은혜를 갚지도 않고 꽁무니를 빼는 건 쪼끔~ 아니잖아."

"그렇습니까."

"응응. 그래서 할아범이 있는 곳에는 못 보내주겠어."

"그러면 힘으로 뚫고 지나가도록 하지요."

그렇게 말한 뒤 하얀 옷차림의 누님이 차크람이었던가? 암튼 들입다 집어 던졌다.

아~ 어쩌다가 이렇게 된 걸까~?

뭐, 이유가 따로 있겠냐. 할아범이 와카바 쪽에 싸움을 걸었기 때문이지~.

그러니까 이렇게 와카바네 부하들한테 습격을 받게 되었고.

엘프의 마을에서 엄청 큰 UFO랑 비슷한 녀석에 타고 더즈톨디아 대륙까지 쌩 날아왔는데 말이야. 뭐~ 거기서 내려줬는데 이건 괜찮거든?

그런데 이젠 어떻게 할까~ 어정쩡하게 서 있을 때 말이지, 얼굴 잘 아는 암부의 사람이 말을 걸어주길래 홀랑 따라갔다니까?

다른 전생자들은 나한테 감정이 안 좋고 말이지~.

그야 난 엘프의 마을에서 같이 지냈던 사이도 아니니까 좀 거리감이 있고? 어쩔 수 없다는 건 알겠는데 전세 때는 꽤 친하게 놀던 녀석들이 서먹서먹한 태도로 나오면 섭섭하잖아?

자꾸 불편한 마음 들어서 그냥 암부를 따라간 것도 어쩔 수 없잖아?

그랬더니 뭐냐, 어라라, 어라, 사람이 막 모여서 엘로 대미궁에 쳐들어가자는 군단이 냅다 완성되더라고.

그리고 지금 후방에다가 만들어 놓은 사령부 본진에 하얀 옷 집단이 또 쳐들어온 거야.

날아오는 차크람을 회피.

이래 봬도 암부에서 특훈을 받았고, 게다가 전생자의 치트 스킬 보유자걸랑.

와카바라든가 사사지마 같은 애 데려와 놓고 비교하면 약하겠지만, 그래도 어지간한 녀석한테는 안 진다는 자부심이 있어.

근데 상대가 어지간한 녀석이 아니었다는? 사소한 문제~?

내가 대치하고 있는 상대는 와카바의 직속 부하인 마족군 제10군단.

와카바가 직접 훈련시켰다는 마족의 정예 녀석들이다.

똑같이 맞춘 하얀색 복장이 특징인 초위험 집단.

저 녀석들. 여기 사령부에 아마도 할아범, 신언교 교황이 있을 거라고 넘겨짚고 냅다 쳐들어왔네?

와카바, 너희는 방어군이잖아?

왜 역침공을 벌이는 거야?

난 엘로 대미궁에서 천하 통일을 두고 접전을 벌이든 말든 끼어들기 싫어서 사령부의 경비 담당에 입후보했는데.

아니지. 못된 할아범, 아마 이 사태를 예상해서 가만 놔뒀겠구나?

어쩐지~ 내가 경비병 노릇이나 하고 싶다고 말했는데도 순순히 괜찮다고 대답해주더라니!

좀 이상할 만큼 흔쾌하게 허락해줘서 뭔가 속셈이 있나~ 생각은 들었는데 이런 꼴이야.

전투 병력은 대부분이 엘로 대미궁으로 가버렸다.

이곳 사령부에 있는 건 이른바 각국에서 전선에 나가지 않는 높은 사람들이랑 호위뿐.

그리고 나 같은 잔류조.

그 잔류조 중에는 내 아버지를 포함한 몇몇 암부가 있다.

그렇게 남은 암부의 인원과 높은 사람들의 호위를 더한 전력으로 여기 쳐들어온 하얀 옷 녀석들과 싸우고 있고.

전황은, 으음~ 망하는 분위긴데…….

어떻게 생각해도 승산 없잖아.

하얀 옷 녀석들은 하나하나가 미치게 강해.

신언교의 암부는 어릴 적부터 혹독하게 훈련을 받은 정예다.

하얀 옷 녀석들은 우리 쪽 정예와 호각 이상.

게다가 숫자는 저쪽이 더 많지.

1대1이라면 어찌어찌 싸움이 되긴 할 텐데 상대의 숫자가 더 많은 상황이면 도저히 방법이 없다고.

호위도 과연 높은 분들의 호위답게 개중에는 꽤 강한 사람도 있었지만, 높은 분들이라는 군더더기를 달고 있잖아…….

열심히 싸워주고 있기는 한데 시간 끌기밖에 안 된다.

아항~ 알겠다. 이게 싸우기 전부터 진 전투구나?

……웃음도 안 나온다.

이때 갑자기 내가 치트 비슷한 힘으로 형세를 역전시킨다!

그게 가능하면 고생을 안 할 텐데~ 물론 어렵지.

내가 상대하고 있는 하얀 옷차림 집단의 리더 누님, 그냥 평범하게 강하단 말야.

차크람이랑 내가 던졌던 수리검이 충돌.

그 사이에 바짝 다가가서 닌자도를 휘둘렀는데 상대도 팔에 장착한 차크람으로 방어.

입으로 불을 내뿜는 화둔술을 선보여도 어둠 마법 비슷한 기술로 거뜬하게 상쇄시킨다.

이제껏 겪은 공방에서 서로의 역량이 거의 호각이라는 건 이해했다.

자신감 사라지네.

나, 이래 봬도 암부에서 혹독한 훈련을 버티고 자란 인재걸랑?

진짜 갓난아기 때부터 전생자라는 이유로 이것저것 수행을 했단 말이야.

와카바라든가 사사지마처럼 목숨을 걸고 살아남아서 강해진 애들이랑 비교하면 물론 못 당하겠지만, 아무튼 간에 조금은 자신이 있었는데 말이지~.

콧대가 푹 꺾이네.

"당신은 전생자이죠. 교황이 있는 위치만 털어놓으면 나쁘게 대우하지는 않겠습니다."

누님은 회유의 말을 꺼내면서도 내 동향을 경계하고 있다.

나랑 누님의 실력은 거의 호각이다.

전력으로 맞붙었다간 누가 이길지 장담을 못 해.

그리고 전력으로 맞붙었을 경우 이기든 지든 무사하다는 보장은 없다.

전황은 상대가 훨씬 유리하고.

시간을 끌면 누님의 동료가 대결에 가세하겠지.

그러니까 누님은 전혀 무리하게 덤빌 필요가 없다.

상황 파악이 이미 끝나서 굳이 불필요하게 몰아치지도 않네.

이대로 가면 본인의 승리가 굳건해질 테니까.

누님 나름의 항복 권고구나.

“나도 적당히 털어놓고 안 싸우면 엄청 환영이기는 한데~.”

힐끔 시선을 돌린다.

그곳에서 나의 아버지가 하얀 옷 세 명을 상대로 분전하고 있었다.

전투가 시작되기 전 아버지는 나한테 이렇게 말했었다.

“도망쳐도 상관없다.”

담담하게.

왜냐하면 여기에 할아범은 이미 없으니까~.

하얀 옷 여러분한테는 되게 미안한데 헛걸음이라네~.

다만 여기에 하얀 옷 군단을 묶어 놓으면 그만큼 와카바 쪽의 전력을 분산시킬 수 있다.

가능한 한 오래 묶어 놓을수록 주전장으로 복귀하는 시기가 늦어지지.

게다가 무리해서 발을 묶지 않아도 이곳에 온 시점에서 시간 끌기는 충분히 성공을 한 셈이고.

따라서 우리가 굳이 목숨까지 걸고 싸울 필요는 없다.

……없기는 한데 말이지~.

“뭐~ 받은 은혜만큼은 싸워줘야 꼴사나운 놈 소리를 면할 테니까.”

아버지가 목숨을 걸고 싸우는데 아들내미는 등을 보이며 도망치는 것도 좀 우습잖아.

일단 신언교에서 지금까지 밥을 얻어먹기도 했고~.

"살살 좀 부탁할게요."

"그렇습니까. 그러면 죽일 각오로 싸워드리죠."

"엑, 살살 좀 해달라니까?!"

아~.

어쩌다가 이렇게 된 거야…….

페르미나

마족의 앞날을 생각하자면 흑색의 신에게 가담하는 것이 맞겠죠.

귀족 된 자로서 나라를, 백성을 첫 번째로 두고 처신할 것.

귀족 가문 중에서도 위계가 높고, 특히 엄격하다고 알려져 있는 집안에서 태어난 저는 사사건건마다 지도층의 자세를 교육받았습니다.

저는 지금껏 배운 대로 살아왔다고 자부하고 있어요.

네, 본가에서 절연을 당하고 제10군단에 몸을 의탁한 뒤 귀족과는 거리가 먼 길을 걷게 되었는데도요.

별 탈 없이 지냈다면 지금쯤 한때 혼약자였던 왈도 님과 결혼해서 아내답게 내정 관련의 일을 맡았겠죠.

언제 무엇을 잘못해서 초일류 암살자의 실력을 가지게 되는 루트에 진입해버린 걸까요.

저 자신에게 딱히 잘못은 없었던 것 같은데요…….

역시 원인은 아무리 생각해도 소피아 씨입니다.

그 여자가 왈도 님을 홀렸던 탓에 누명을 뒤집어쓰고 본가에서 쫓겨나는 신세가 되었으니까요.

게다가 소피아 씨가 마왕님의 관계자였던 탓에 수많은 귀족 가문에서 멋대로 눈치를 보고 저에게 추방 처분이 떨어지도록 작당을 했던 까닭입니다.

네, 네에, 저를 직접 실각시킨 건 왈도 님이랍니다?

하지만! 역시 진짜 원인은 소피아 씨가 맞아요.

용서할 수 없어.

으흠.

개인적인 원한이 많이 섞였습니다만, 이렇듯 원통한 마음에 속을 썩이면서도 저는 귀족으로서 긍지를 잃지 않고 마족을 위해 매진했다고 자부하고 있어요.

제10군단에서 활동했던 것도 여기에서 열심히 하면 결과적으로 마족에게 보탬이 된다고 판단했기 때문이죠.

제10군단의 군단장이신 시로 님이며 마왕 아리엘 님, 두 분에게는 아무리 발버둥 쳐도 감당할 방법이 없기도 했었고요.

그래요, 처음에는 시로 님과 마왕님에게 적의를 품고 있었습니다.

제가 본가에서 쫓겨난 이유는 왈도 님이 은밀하게 손을 쓴 탓이었습니다만, 그 모략이 가능했던 것은 소피아 씨가 마왕님의 지인이었기 때문이죠.

마왕님을 두려워하는 귀족들이 소피아 씨와 대립하는 입장에 선 저를 배제하기 위해 움직였던 결과입니다.

간접적으로 왈도 님에게 힘을 보태주었던 셈이죠.

물론 마왕님 본인이 아무 관여를 하지 않으셨다는 것은 알아요. 원망할 대상을 잘못짚었죠.

그렇긴 한데 말이죠, 아무튼 좋은 인상을 갖지 못하는 건 어쩔 수 없잖아요?

본가에서 절연을 당한 뒤 제10군단에서 저를 데려가주신 데는 감사하는 마음이 있습니다.

하지만 그것도 아버님이 시로 님에게 머리를 숙여 신신부탁을 했기 때문이죠.

수많은 귀족 가문에서 압력을 받아 저를 쫓아내야만 했던 아버님도 저를 어떻게든 돕고자 애써주신 덕분입니다.

그런 덕분에 저는 아버님에게 배웠던 대로 귀족의 긍지를 잃지 않았습니다.

하지만…….

제10군단, 재편된 마족군 중에서도 비밀 임무를 담당하는 군단.

딱히 명확하게 규정이 있는 것은 아닙니다만, 군단장이신 시로 님이 전 세계에서 암약하고 계신 관계로 암살 및 첩보와 같은 비밀 임무를 맡는 경우가 많았습니다.

따라서 제10군단에 소속된 인물은 싫어도 목격하게 됩니다. 이 세계의 이면을.

알면 알수록 심적 타격은 커지기만 할 뿐.

고위 귀족으로 태어나서 여느 사람들보다 우수하고, 여느 사람들보다 많은 것을 안다고 내심 자부했던 마음이 소리를 내며 허물어졌죠.

제가 보아왔던 것은 결국 마족이라는 종족이, 아울러 귀족 가문에서 태어난 아이가 알 수 있는 정도에 불과했던 겁니다.

지극히 좁은 세계의 사정밖에 알지 못하면서 모든 것을 아는 듯 우쭐거렸습니다.

그럼에도, 진실을 알게 되고도 저는 마족을 위해 매진했습니다.

……매진했습니다, 그래요, 분명.

"하지만 전부 여기까지네요. 죄송해요, 아버님……."

한 번만, 아버님에게 사과를 한다.

고위 귀족답게 아버님이 마족을 위해 헌신했던 것은 잘 알고 있어요.

저를 이 세상에 낳아주시고 길러주신 은혜도 있죠.

그 은혜를 갚는 대신에 이렇게 마족을 배반하는 행동에 나섰어.

그럼에도, 나는 백색의 신의 진영에서 행동하기로 결정했으니까.

마족을 포함하는 인류의 절반 이상을 희생시키겠다고 결정을 했다.

마족을 위해 처신하겠다면 흑색의 신의 진영에 속하는 것이 정답임을 잘 알면서.

"흑색의 신의 진영은 엘로 대미궁에 쳐들어가겠죠. 그곳에는 분명 신언교 교황이 있을 겁니다. 지배자 권한을 보유하고 있는 그자를 처단하는 데 성공한다면 백색의 신의 진영은 승리에 몹시 가까워집니다. 따라서 저는 신언교 교황을 노려 행동하겠습니다. 강제는 하지 않아요. 따라올 사람만 따라와주십시오."

아리엘 님의 설명회가 끝난 뒤 나는 제10군단의 인원을 모아 놓은 자리에서 저렇게 말을 꺼냈다.

백색의 신의 진영에 가담하겠다는 것은 곧 마족을 배반하는 행위이기도 하다.

따라서 나도 참가를 강제할 생각은 없었다.

그런데 막상 지원을 받았을 때 이탈하는 인원은 한 명도 없었다.

"정말 괜찮겠어요?"

"이제 와서 괜한 말씀을. 버림받은 처지였던 저희를 주워주신 분은 군단장님 아니십니까. 그렇다면 이 목숨, 군단장님을 위해서 쓰고 싶습니다."

제10군단의 인원은 빈말로도 좋은 인재라고 말해주기는 어려운 오합지졸의 집단에 불과했다.

애당초 실체가 없이 공석이었던 군단.

아리엘 님의 절대적인 지시에 따라서 다른 군단의 재편이 진행되던 와중에 빠른 번호가 할당된 군단부터 인재를 확보했고, 마지막 제10군단에 남은 것은 다른 군단에서 「필요 없다」는 판정을 받은 인물들이었다.

소행이 나빴기 때문에 좌천당한 병사.

먹고살기가 어려워 지원병이 된 허약한 사람들.

그런 낙오자들로 편성된 제10군단을 시로 님은 내치지 않으셨다.

소행이 나쁜 인원들에게는 제재를 가해 개심시켰고.

영양 상태가 안 좋은 인원들은 든든하게 먹여주셨고.

또한 평등하게 지옥의 특훈에 몰아넣었다.

……네, 네에, 그 지옥 같은 훈련이 있었기에 비로소 저희 10군단은 하나가 될 수 있었죠.

자존심이 강한 인물도, 매사에 심약했던 인물도 평등하게 같이 지옥으로 곤두박질쳐서 자신들은 아무것도 아닌 자그만 존재임을 뼛속 깊숙이 깨달아야 했습니다.

더 이상 지옥으로 추락했다는 원한을 품을 기력마저 솟아나지 않을 만큼요.

어쨌든 그렇게 지옥으로 밀어 떨어뜨리고도 시로 님은 누구 한 명도 버리지 않았습니다.

제10군단의 전원이 정예라고 불릴 수 있는 실력을 갖출 때까지 끈기 있게 지도해주셨죠.

……이따금 「차라리 그냥 죽여라!」라며 소리치는 단원도 있었습니다만.

참고로 해당 단원이 더 끔찍한 지옥의 특훈을 하는 처지가 된 것은 설명할 필요도 없겠죠.

연대 책임으로 제10군단 전원이 길동무가 되었지만요!

……으흠.

뭐, 그런 과정을 겪었는데도 뭐랄까, 시로 님은 미워할 수 없어요.

말도 안 하고, 언제나 무표정이고, 무슨 생각을 하고 계신지 도통 알 수가 없고.

그럼에도 곤경에 빠진 사람이 있으면 은근슬쩍 도와주는 분이거든요.

타인에게 흥미가 없는 주제에, 아뇨, 오히려 흥미가 없기 때문에 나온 행동인지도 모르겠습니다만 누군가의 인생을 커다랗게 바꿔 놓는 행동을 아무렇지도 않게 합니다.

좋은 결과든 나쁜 결과든 간에.

시로 님 때문에 인생이 엉망진창으로 바뀐 사람도 있죠.

다만 우리들 제10군단을, 버림받았던 우리를 내치지 않고 받아들여준 분도 시로 님이니까.

고된 지옥의 특훈 속에서도 불현듯 내밀어주는 구원의 손을 자꾸만 떠올리게 돼요.

그 고된 지옥의 특훈을 시킨 사람도 정작 시로 님인데.

지독한 병 주고 약 주기.

그래도 역시 어째서인지 미워할 수 없어.

이유는 아마, 단순히 우리가 도움을 받았기 때문이 아닌 시로 님께서 아리엘 님을 위하여 바삐 달려 다니던 모습을 알고 있기 때문에.

다른 사람을 위해 저토록 열심히 힘낼 수 있는 사람을 마냥 미워하기는 오히려 어려워.

정이 쌓여버리니까.

귀족으로 태어나서 마족을 위해 매진하는 것은 의무라고 생각했었다.

하지만 곰곰이 생각해보면 귀족 신분이었던 나를 몰아낸 것도 귀족들.

그렇다면 의무가 아닌 나의 진심으로 답을 찾아도 되지 않을까.

마족을 위해서라는 뻔한 의무감이 아니라 단 한 사람을 위해서 전세계를 적으로 돌리고자 하는 사람에게 도움이 되고 싶다는 나 자신의 진심으로.

“헉! 헉! 교황이 있는, 위치를, 헉! 털어놓을 생각이, 들었나요?”

그리고 나는 지금 전생자 중 한 사람을 궁지에 몰아붙여서 추궁하고 있다.

쿠사마 시노부라는 이름의 전생자는 큰대자로 드러누운 채 저와 똑같이 숨을 헐떡거리고 있습니다.

서로 상처가 잔뜩, 호흡은 가쁘고 땀투성이.

제10군단에 소속된 이후 실전에서 이렇게 녹초가 된 경험은 처음입니다.

과연 전생자답다고 말할 수 있겠군요.

별로 열의가 느껴지지는 않았던 터라 적당히 상대하면 머지않아 도망갈 것이라고 생각했었습니다만, 설마 이 지경까지 힘이 빠지게 될 줄은…….

“아~ 땀에 젖은 누님은 에로하네.”

“죽고 싶습니까?”

더는 일어설 힘도 없는 주제에 시답잖은 말을 늘어놓는 쿠사마.

오히려 일어설 힘도 없기 때문에 다 포기하고 생각나는 대로 입을 움직이는 걸까?

“아니~ 진짜 미안한데 말이야. 난 할아범이 어디 갔는지 모르걸랑~.”

“거짓말이군요.”

쿠사마는 전생자 중 특히 교황과 가까운 인물, 이른바 심복.

그런데 쿠사마가 모를 리 없어.

“진짜야, 진짜. 닌자는 거짓말 안 해.”

하지만 쿠사마는 힘없이 웃으며 그렇게 말했다.

……거짓말이든 진짜든 간에 끝끝내 입을 열지는 않겠군요.

“철수합니다.”

“……괜찮으시겠습니까?”

제10군단을 집합시켜서 철수를 선언했다.

“네. 저런 고집이면 고문을 해도 털어놓지는 않겠죠. 정말 모르는 것 같기도 하고요, 시간이 아깝습니다. 적의 사령부는 박살 냈어요. 이것으로 만족하기로 하죠.”

분명 「괜찮으시겠습니까?」라는 말에는 살려 놓아도 되겠느냐는 의미가 같이 포함되어 있었다.

쿠사마는 전생자 중에서도 상당한 실력자이니 치료 마법을 걸어 주면 금세 부상을 회복해서 전선에 복귀할 테고, 큰 걸림돌이 될 수 있는 인물입니다.

지금 목숨을 끊어주는 게 분명 좋기는 하죠.

하지만.

이쪽 세계의 운명에 휘말리게 된 전생자를 직접 죽이는 것은 좀 아니라는 생각이 들어요.

분명 시로 님께서도 바라지는 않으실 테니.

"교황의 뒤를 쫓도록 하죠."

의식을 전환한다.

시로 님은 아직 싸우고 계셔.

그렇다면 우리도 쭉 싸움을 계속할 뿐.

"제10군단, 출발합니다."

메라조피스

이 세계는 불공평하다.

능력치의 높고 낮음이, 스킬의 강함과 약함이, 또한 종족의 차이가 몹시 심각하게 영향을 준다.

약한 자가 강한 자에게 이기는 것은 어렵다.

몹시 차이가 나는 힘의 소유자에게 도전해 봤자 승리하기는 거의 불가능하다.

엘로 대미궁의 입구 앞쪽의 전장.

이 전장에서 앞서 언급한 몹시 차이가 있는 힘을 보유한 것은 퀸 타라텍트와 그에 맞서 싸우는 고룡 두 개체.

얼마 전까지 세 존재가 맞붙으며 격한 전투가 이루어지고 있었다만, 퀸이 패배함으로써 마침내 결판이 났다.

아무리 강한 퀸도 고룡 둘의 맹공을 계속 버티는 것은 불가능했던 셈이다.

하지만 고룡 둘도 상응하는 힘을 소모한 듯 퀸을 쓰러뜨린 뒤 몸을 돌려서 철수했다.

그 때문에 이곳에서 유린극이 벌어지지는 않았다.

만약에 고룡 두 개체가 남아 아군을 소탕하고자 힘을 쏟아부었다면 피해는 몹시 심대했을 것이다.

그렇게 되지 않은 것은 행운이며 아군에게는 유리한 전개였다.

파격적인 힘의 소유자와 싸운들 승패를 뒤집기는 어렵다.

그것은 많은 병력을 모아 공격해도 달라지지 않는다.

능력치 1천 전후의 인물들이 열 배의 능력치, 1만 전후의 인물에게 열 명이 뭉쳐 도전해도 승리하기는 어렵다.

손짓 한 번에 나가떨어질 테지.

막강한 개체가 존재하는 전장에서는 해당 개체를 어떻게 타도하느냐가 승패의 열쇠가 된다.

다만 지나치게 막강한 개체가 있을 경우는 속수무책일 때가 많다.

이 전장에서는 지나치게 막강한 개체가 이미 떠나갔다.

그럼에도 불구하고 개인의 전투력 차이는 여전히 존재했다.

이런 상황에서는 어떠한 방법을 써서 전투력이 높은 상대를 억제하느냐가 중요한 요소로 작용하겠다.

따라서 자연스럽게 강한 인물들은 강한 인물들끼리 싸우게 된다.

강한 자에게 약한 자를 보내서 싸우게 한들 이렇다 할 대미지도 가하지 못한 채 순살당하는 경우가 대부분이니까.

그렇다 해도 숫자의 폭력은 얕볼 수 없었다.

설령 한 사람이 가하는 대미지가 미미하더라도 똑같이 수십 명, 수백 명이 공격을 할 때 축적되는 대미지는 무시하지 못한다.

이미 숫자에서는 역전을 당해버렸다.

지면을 가득 메울 만큼 넘쳐났던 타라텍트는 대부분 다 죽어서 시체가 굴러다니고 있다.

남은 것은 그레이터 타라텍트와 아크 타라텍트 등 강력한 개체뿐이었다.

그런 강력한 개체도 분투하고 있기는 하나 숫자의 폭력에 밀리는 상황이 이어졌다.

그레이터 타라텍트는 수많은 인간들에게 둘러싸여서 조금씩 대미지를 받고 있다.

아크 타라텍트에게는 인족 및 마족 중에서도 특히 우수한 전투력을 가진 인물들이 같이 돌격해서 서툴게나마 힘을 합쳐 대처하고 있었다.

개중에는 낯익은 얼굴도 드문드문 보였다.

발트 님은 그렇다 치고 사나트리아 님과 코고우 님이 참전한 것은 조금 의외였다.

과거에는 같은 마족군의 군단장으로 말 머리를 나란히 하여 서 있던 사이였다만, 지금은 이렇듯 서로 적대하는 관계다.

이런 처지에 느껴지는 바가 없지는 않았다.

하지만 나는 아가씨를 끝까지 모시겠다고 맹세했다.

구면이라는 이유로 자비를 베풀 생각은 티끌만큼도 없다.

다만 각오는 다졌을지언정 역시 아무것도 느껴지는 바가 없지는 않았다.

악몽의 잔재가 등장함에 따라 마족군이 철수했기에 이 손을 지인의 피로 더럽히지 않아도 된 것은 다행이었다.

인족군은 아직껏 남아 분투하고 있으나 전황은 다시 이쪽으로 기울어졌다.

숫자도 많고 아울러 각각 개체까지 강한 악몽의 잔재 앞에서 인족군은 속절없이 밀리고 있다.

마족군처럼 철수하는 것도 시간문제일 테지.

……그렇다 해도 버티는 자가 있긴 있다만.

“이렇게 너하고 맞서 싸우는 게 이젠 습관이 됐군.”

“그렇군.”

앞에 나타난 것은 전생자 소년과 소녀.

타가와 쿠니히코와 쿠시타니 아사카.

두 사람과는 거듭 대면을 되풀이했다.

첫 번째는 두 사람이 살던 부족의 마을을 괴멸시켰을 때.

그때는 아직 어렸던 두 사람을 전생자라는 이유로 살려 보냈다.

두 번째는 지난번 대전의 전투에서.

성장한 두 사람과 교전을 했다.

그리고 엘프의 마을에서도 비록 분체를 썼을지언정 교전했다.

이렇듯 거듭 마주쳤다면 꽤 인연이 깊은 상대라고 말할 수 있겠지.

지금 남아 있는 양군의 전력을 감안했을 때 상대는 나의 존재를 결코 무시하지 못한다.

자만해서 꺼내는 말은 아니다만, 아마도 이 전장에 남은 양군의 병력 중 가장 전투력이 높은 사람은 나일 것이다.

따라서 전생자 두 사람이 나를 막고자 왔다.

“여러모로 생각도 하고 고민했어. 그런데 역시 난 너와 싸워야겠다.”

“……그런가.”

엘프의 마을에서 나는 두 사람에게 이야기했다.

그 이후로 본인들 나름대로 이것저것 생각이 많았을 테지.

또한 생각한 끝에 싸우기로 결정했다.

“자비는 기대하지 마라.”

나는 두 사람에게 충고했다.

지금까지는 전생자인 까닭에 죽이지 않게 신경을 썼다.

그러나 이번 전투에서는 굳이 살려주지 않는다.

전생자 다수는 이 세계의 사정을 알지 못한 채 단지 애꿎게 말려들었을 뿐이다.

다만 더 이상은 그렇지 않다.

스스로 싸우기를 결심한 상대에게 자비를 베풀 필요는 없다.

본래부터 나는 죽이지 않게 적당히 싸워줄 수 있을 만큼 재주가 좋지는 않았잖은가.

맞붙는다면 죽일 작정으로 싸운다.

"바라던 바……."

쿠니히코의 위세 좋은 대사가 도중에 부자연스럽게 끊겼다.

쿠니히코의 몸이 기우뚱 쓰러진다.

"미안, 쿠니히코."

뒤에서 쿠니히코를 혼절시킨 아사카는 조용히 사과했다.

"……무슨 생각이지?"

"항복할게요."

아사카는 담담하게 입을 열었다.

"전 아직 죽고 싶지 않고요, 쿠니히코가 죽는 것도 싫어서요."

아사카는 쓰러진 쿠니히코를 짊어지고 이쪽에 등을 돌리며 걸음을 뗐다.

적 앞에서 당당하게 도망을 친다.

잠시간 어안이 벙벙했다.

다만 아사카의 판단은 정답이었다.

나는 저 두 사람에게 개인적인 원한은 없다.

상대는 내게 원한이 있을 테지만, 나는 딱히 솔선해서 죽이고 싶다는 생각을 하진 않는다.

그것을 잘 알았기에 아사카는 이렇듯 당당하게 등을 돌린 채 떠나가는 것이다.

또한 싸우면 거의 틀림없이 내가 두 사람을 죽인다.

나는 죽이지 않게 잘 조절해서 싸울 수 있을 만큼 재주가 좋지는 않다.

만약 맞붙는다면 확실한 방법으로 상대를 죽음에 몰아넣는다.

나와 두 사람의 능력치 차이를 생각하면 아마 승부는 일순간에 결정 났을 것이다.

내가 두 사람을 죽임으로써.

따라서 전투가 시작되기 전 항복한 것은 정답이다.

처음부터 이 전장에 오지 않는 것이 더 좋은 답이었지만, 쿠니히코의 태도를 봤을 때 아마도 불가능했을 테지.

떠나가는 아사카의 등을 지켜본다.

싸우지 않는 것 또한 훌륭한 선택이라고 나는 생각한다.

옛 고향을 멸망시켰던 나에게 말할 자격은 없지만, 저 두 사람의 미래에 행복이 함께하기를 기원한다.

쿠니히코

마왕의 설명을 들은 뒤 나는 고민했다.

이것저것 엄청 고민했다.

마왕이 설마 우리보다 쪼끄만 여자애였다니, 세상에.

애검이 부러져버렸는데 이제 어떻게 하지, 아이고.

세계의 운명이 뭐가 어쨌다는 거야, 어라라?

메라조피스와 결판을 내야 하나, 진짜로?

안 돌아가는 머리로 열심히 고민했다.

전세도 포함해서 인생 중 가장 열심히 고민을 했다.

난 별로 머리가 잘 돌아가는 녀석이 아니니까.

고민해도 소용없다는 생각이 들면 아예 머릿속을 싹 비워버린다.

지금까지는 그렇게 해도 적당히 수습이 됐고, 진짜 위험할 때는 아사카가 나서서 길을 잘 잡아줬다.

아사카라는 브레이크 담당이 같이 있어준 덕분에 나는 깊이 생각하지 않고 힘차게 달려 나가도 괜찮았던 거야.

다만 이번만큼은 이런 나조차 고민하기를 관둘 수 없었다.

너무 고민해서 뭔가 이상한 생각까지 떠올렸던 것 같기도 한데 그게 또 고민의 씨앗이 된다.

응? 고민하면 고민의 씨앗이 늘어나고 고민거리도 늘어나네?

……안 되겠다.

고민이 너무 많아서 머리가 부글부글 끓는다.

생각을 정리하지 못한 채 하늘을 우러러보다가 나는 깨달았다.

인류가 절반이나 죽는다고? 그건 좀, 싫은데.

이렇게 생각했을 때 나는 이미 결정을 내린 셈이었다.

좋았어! 흑색의 신의 진영에서 싸우자!

실컷 고민한 끝에 툭 튀어나온 감상으로 결단 내리다니 내가 봐도 생각이 없는 놈이다.

그래도 어쨌든 저런 감상에 진짜 본심이 나오는 법이잖아.

십수 년 살아온 이 세계에 애착이 있다.

게다가 또 이렇게 살아오던 중 많은 사람들과 만남이 있었고 작별이 있었다.

직업이 모험가였던 만큼 사람들 죽는 광경도 꽤 봤지.

그때마다 슬픔을 느꼈고, 더 많이 교류를 가지면 좋았을 텐데 하고 후회한 적도 있었다.

아직 이 세계에서 살아가는 친구와 지인들, 그중 절반이 죽을지도 모른다고 생각하면 난 역시 와카바의 계획을 막고 싶어.

나는 자신의 뜻을 다른 전생자들 모두에게 말한 뒤 곧바로 헤어졌다.

아, 물론 아사카는 같이 따라와줬지만 말이야!

나도 아사카도 애용했던 무기를 잃어버렸지만, 그래도 인족 중에서는 상당히 세다.

분명 전력에 보탬이 될 거야.

그렇게 믿고 용감하게 전쟁터로 달려갔었지만…….

"헉?!"

"아, 일어났어?"

어라? 아사카?

"으응?! 어라?! 내가 잤었나?!"

"응, 맞아. 아직은 시간 넉넉하니까 더 자도 괜찮아."

아~ 괜찮은가~. 그러면 감사한 마음으로 한숨 더…….

"잠이 오겠냐~?!"

생각났다!

난 분명 전쟁터에 있었는데?!

잘 때가 아니잖아?!

벌떡 일어나서 두리번두리번 주위를 살펴봤는데 이곳은 절대 전쟁터가 아니었다.

"……어라?"

낯선 집 안쪽. 그곳의 침대 위에서 누워 있었다.

"……여긴 어디야?"

"우펜베베테니아."

"……그게 어디야?"

어디에 붙어 있는 곳이지, 한 번도 못 들어봤다고…….

"조그만 마을이니까 못 들어본 게 당연해."

"아니, 잠깐만 기다려봐. 뭐가 어떻게 된 거야?"

어째서 나는 자다가 깨어났더니 듣도 보도 못한 마을 침대에 누워 있는 거야?

"내가 몰래 때려서 기절시키고 여기에 데려왔는데?"

"어어어어어?"

아니, 더욱더 알 수가 없다만?!

뭐가 왜 이렇게 된 거야?!

"그치만 그대로 싸웠으면 둘 다 죽었을 테니까."

태연자약하게 말하더니 어깨를 으쓱거리는 아사카.

"……둘 다 죽는다고?"

"죽었어."

"……그렇구나."

나는 힘이 빠져서 침대에 푹 쓰러졌다.

아사카가 하는 말이니까 진짜로 죽었을 거야.

아사카는 이미 판단을 끝내고 늦게나마 나를 막아준 건가.

"한심한 놈이구나, 난."

무의식중에 입이 열렸다.

결국 난 고민만 했을 뿐 생각 없는 결론의 뒷수습을 아사카에게 떠넘겼던 셈이다.

아무것도 하지 못했다.

게다가 아사카까지 같이 위험한 처지로 끌고 갔을 뿐이군.

"……화 안 내?"

"내가 왜 아사카한테 화를 내? 화내려면 한심한 나 자신한테 내야지."

"그치만 쿠니히코의 목표를 내가 망쳤는걸."

"그 목표 때문에 죽으면 아무 소용이 없잖냐?"

나라고 죽고 싶은 건 아니니까.

확실히 아는 사람이 죽으면 싫다는 생각으로 참전했다.

다만 그 전에 지독하게 고민했거든.

고민이 많았다는 것은 즉단을 내리지 못했다는 뜻이다.

와카바와 마왕의 주장에도 어느 정도는 공감이 되어버렸으니까.

게다가 메라조피스와 대화를 하고 그 녀석을 원망하는 마음도 꽤 누그러졌다.

완전히 원한이 사라지지는 않았는데 목숨을 걸고 덤벼들겠다는 생각까지는 또 아니었다.

"조금 더 잘 해낼 수 있을 줄 알았는데 말이지~. 하지만 아사카가 판단한 결과 메라조피스와 싸우면 둘 다 죽는 거잖아?"

"맞아, 확실하게."

"우울하네~."

메라조피스가 더 강하다는 것은 잘 알았지만, 그래도 아사카와 둘이 싸우면 승산이 조금이나마 있다고 생각했다.

그런데 아사카는 아니라고 한다.

내 판단과 아사카의 판단이 다를 경우에 대부분은 아사카의 판단이 옳았다.

즉 내가 메라조피스와 싸웠다면 이미 죽었다는 소리다.

"그렇구나~."

우울하다. 다만 동시에 뭔가 납득되는 심정이구나.

"내 복수자 생활도 이제 끝이구나. 비극의 영웅은 졸업이군."

전세에서 나는 평범한 자신이 싫었다.

뭔가 더 재미있는 사건이 일어나주길 바라며 자신이 먼저 행동하지도 않은 채 기대만 했다.

그리고 기대한 대로 전생을 하는 큰 사건을 겪고, 태어나 살던 부족이 전멸당하고, 복수를 위해서 힘을 갈고닦았다.

부족이 몰살당했을 때 터뜨렸던 통곡도, 복수를 맹세했을 때의 분노도 물론 진짜다.

다만 자신이 겪은 사연에 취한 게 아니냐는 질문을 받는다면 절대 아니라고 즉답은 못 할 것 같기도 하다.

메라조피스와 대화하며 현실을 직시해야 했고, 이런저런 많은 감정이 방향을 잃어버렸고.

그때 갑자기 세계의 운명을 건 전쟁이 발생했고.

나도 무엇인가 해낼 수 있지 않을까 싶어서.

"뭐, 주제넘었던 거야."

애당초 나는 아무런 장점도 없는 평범한 남자 고등학생이었잖아.

이세계에 전생했다고 불쑥 세계를 구원하는 영웅이 될 수는 없었던 거야.

그냥 그게 전부다.

"아사카."

"왜?"

"고맙다."

"별거 아니야."

"그리고 말야, 나, 한심한 놈이지만 말야, 아사카랑 쭉 같이 살아가고 싶어."

"왜 불쑥 뜬금없는 소리를 하니. 당연하잖아."

"당연한 건가?"

"맞아, 당연한 거야. 앞으로도 둘이서 살고, 결혼을 하고, 아이를 낳고, 손주들한테 둘러싸여서 늙어 죽을 거야. 좋은 인생이었다고 말하면서, 편안하게."

"그거 괜찮군. 죽을 때는 손 꼭 붙잡고 같이 떠나자."

"멋지네."

아…….

난 비록 영웅은 되지 못했지만, 아사카의 좋은 남편이 돼야 하니까, 이제부터 열심히 노력해야겠구나…….

다만 지금은 잠시나마 한심한 나 자신을 달래주기 위해서 눈물 흘리고 싶어.

아사카

"고생했어."

울다 지쳐서 잠들어버린 쿠니히코의 머리를 살짝 쓰다듬어준다.

울다 지쳐서 잠들어버리다니 어린아이 같아. 어쩐지 우스워져서 키득 웃음이 새어 나왔다.

복수자도 비극의 영웅도 이제 끝이라며 자조했지만, 줄곧 곁에 있었던 나는 쿠니히코가 얼마나 애썼고 노력했는지 잘 알고 있다.

치열하게 살면서 자기 자신을 몰아붙이는 모습은 전세의 평범한 고등학생이었던 시절을 잘 아는 만큼 위화감이 굉장했다.

나는 도저히 따라 할 수 없어.

나는 노력이 싫다. 애쓰는 게 싫다.

무슨 일이든 적당한 게 좋아.

평소에는 적당히 설렁설렁 살다가 필요할 때 살짝 힘낸다.

그런 정도가 딱 좋다고 생각한다.

죽을 각오로 노력하거나 애쓰는 것은 성격에 안 맞아.

그렇게까지 할 에너지를 감당할 수 없어.

이런 성격 때문인지 자신과 달리 노력하는 사람은 존경한다.

정작 나 자신은 못 하니까 죽을 각오로 노력하고 애쓰는 사람은 굉장하다고 생각이 들어.

……이해는 할 수 없지만.

쿠니히코의 삶은 치열했다.

그 열의 때문에 몸과 마음까지도 불타버리는 게 아닐까 걱정될 만큼.

쿠니히코가 아니었다면 나도 못 따라가고 중간에 좌절했을 거야.

실제 몇 번을 쿠니히코에게 「이제 그만두자」라고 말할 뻔했더라.

그럼에도 끝끝내 입을 다물었던 이유는 쿠니히코가 원하는 대로 하게 놔두고 싶었으니까.

막무가내로 돌진하는 쿠니히코를 바라보는 것이 좋았다.

게다가 옆에서 도와주는 것이 의외로 힘들지는 않았다.

쿠니히코를 따라가기 위해서는 내가 싫어하는 노력도 해야 했고 열심히 애써 가면서 훈련을 해야 됐는데도 불구하고.

쿠니히코의 옆에 있으면 마음이 편안해져서 다른 곳으로 가고 싶다는 생각은 들지 않았다.

천천히 걸어가고 싶은 나와 오로지 전속력으로 질주하려고 하는 쿠니히코.

보폭이 맞을 리 없는데도 나와 쿠니히코는 이인삼각으로 이때까지 잘 지내왔다.

아마도, 분명 기적적인 관계일 거라 생각해.

뭔가 하나라도 어긋나고 휙 나가떨어져서 수복 불가능한 사태가 벌어졌을 가능성도 절대로 낮지 않았다.

내가 따라가기를 포기하거나 쿠니히코가 큰 부상을 당하거나 최악의 경우 죽어버렸다거나…….

전생자라는 이점도 있어서 우리는 잘 버텨왔다.

하지만 앞으로도 쭉 운이 따라준다는 보장은 없다.

한계가 눈에 보였다.

마족과 전쟁이 벌어졌을 때 메라조피스와 대결하면서 특히 실감했다.

나와 쿠니히코 두 사람이 한꺼번에 덤볐는데도 밀렸고, 게다가 추가로 선생님이 참전한 데다가 또 요새에서 원거리 저격으로 원호를 받아 가면서 겨우겨우 호각으로 싸울 수 있었다.

메라조피스는 고작 혼자서 우리 네 사람을 상대했고, 또한 무사히 철수하는 여유까지 있었다.

이길 수 없어.

만약 메라조피스와 또 싸우게 되면 나도 쿠니히코도 죽을 것이다.

엘프의 마을에서 메라조피스와 대화했을 때 나의 예상은 확신으로 바뀌었다.

그 녀석은 와카바, 마왕과 관계가 있었기에 전생자인 우리를 죽이지 않고자 의도했었다.

우리는 죽기 살기로 버티는 것이 고작이었는데 상대는 일부러 죽이지 않게 봐주면서 싸워도 될 만큼 여유가 남아 있었다.

바닥이 보이지 않아.

나도 쿠니히코도 아직 성장할 여지는 더 있다고 생각한다.

하지만 지금 메라조피스와 싸워도 승산이 없고, 설령 시간이 더 지나더라도 쫓아갈 수 있다는 보장은 못 한다.

그리고 금방 강해질 수 있는 편리한 방법은 없어.

시간도 많지 않았고.

어지럽게 바뀌는 상황 속에서 대체 무엇을 할 수 있을까.

나는 어차피 의욕 없는 일반인이야.

큰 흐름은 거스르지 못한다. 거스를 기력도 없다.

아예 얽히고 싶지도 않아.

가능하면 멀리 떨어진 곳에서 방관하고 싶다.

세계의 운명이 걸린 전쟁이라니. 그런 거창한 행사는 내 눈에 안 보이는 곳에서 해주면 좋겠다.

도망치고 싶어.

하지만 쿠니히코는 도망치지 않고 어떻게 할지 고민했다.

평소 같았다면 오랜 시간 고민하지도 않았을 텐데 미간에 주름까지 지은 채 깊이 고민에 빠졌다.

그러다가 내린 결론이 흑색의 신의 진영에서 싸우자는 것이었다.

그것은 백색의 신의 진영과 적대하는 선택이었고, 메라조피스와 다시 싸우게 될 수도 있음을 의미했다.

나는 이제껏 쭉 쿠니히코가 원하는 대로 하게 놓아뒀다.

그저 옆에서 도와주는 것이 나의 역할이라고 생각했다.

그러니까 나도 머리가 아프도록 고민하고 말았다.

쿠니히코가 원하는 대로 결국에 죽게 되더라도 끝까지 싸우거나.

힘을 써서라도 막거나.

무척 어려운 선택이었다.

쿠니히코의 긍지를 지키느냐, 목숨을 지키느냐. 어느 한쪽을 골라 선택해야 하는 상황이었으니까.

그래서 나는 망설였고 결단은 정말 직전까지 미뤄졌다.

메라조피스를 앞에 두었을 때는 아, 정말 죽겠구나, 라는 생각이 들어버렸다.

그다음은 거의 반사적인 행동이었다.

쿠니히코를 기절시키고 곧바로 도주.

다행히 메라조피스는 우리를 쫓지 않았다.

쫓을 이유도 없었을 거야.

나와 쿠니히코의 입장에서 메라조피스는 원수이지만, 정작 메라조피스는 오히려 우리를 동정하는 분위기까지 있었다.

결국 쿠니히코의 열의는 일방통행이었던 거야.

쿠니히코도 엘프의 마을에서 같은 느낌을 받았던 탓에 열의를 어디에 쏟아부어야 할지 갈등하는 듯 보였었다.

그럼에도 싸우자는 선택을 한 이유는 웬일로 한참 고민해서 내린 결론에 아마도 쿠니히코도 끝내 물러설 수 없는 의지가 있었기 때문이겠지.

그 의지를 짓밟는 결과를 만들었다.

끝일지도 모르겠다고 생각했다.

나와 쿠니히코의 사이는 어지간히 심각한 이유가 아닌 한 파국은 없을 것이라고 자신했다.

그러나 이번 행동은 관계가 깨질 수 있는 어지간히도 심각한 이유에 해당한다.

쿠니히코의 모든 삶에서 가장 큰 무대를 망쳐버렸으니까.

기절했다가 깨어나면 욕설을 듣게 되리라고 각오했었다.

결국 화해하지 못하고 파국을 맞이할 수 있다는 각오까지도.

그저 우리 사이가 어떻게 되든 쿠니히코가 살아주기를 바랐다.

다만 파국을 맞이할지도 모른다는 생각은 나의 기우로 끝났다.

욕설은커녕 사과를 받고 말았다.

사과해야 할 사람은 바로 나라는 미안한 마음과 함께 쿠니히코와 나를 묶어주는 끈은 이래도 끊어지지 않는구나, 라는 안도와 기쁨을 느꼈다.

메라조피스가 부족을 멸망시키고 나서 허겁지겁 간신히 다른 도시에 도착했을 때.

내 손을 끌어준 것은 쿠니히코였다.

옆에 있어준 것은 쿠니히코였다.

그러니까 쭉 쿠니히코의 옆에 있어주자고 결심했다.

쿠니히코가 나를 뿌리치지 않는 한에는.

아무 이유도 알지 못한 채 부족이 멸망당해서 어찌할 바를 몰랐던 때와 마찬가지로, 혹은 그 이상으로 이후 사태가 어떻게 될지 도저히 예상되지 않는다.

내가 원하는 평범한 삶이 기다리고 있을지도 모르고, 쿠니히코가 원하는 격동의 삶이 기다리고 있을지도 모른다.

어쩌면 어떤 미래도 없고, 얼마 지나지 않아 우리의 삶은 끝을 맞이할지도 몰라.

하지만, 그렇다면 더더욱 나는 쿠니히코의 곁에서 줄곧 함께하겠다.

죽음이 두 사람을 갈라놓을 때까지는.

라스

"크어억?!"

용과 물고기, 양쪽의 성질을 더불어 갖춘 인간형의 존재.

상대의 팔을 베어서 날려버렸다.

"감히!"

반인반어, 혹은 용인이라고도 부를 수 있는 상대가 나머지 팔을 휘두른다.

그 팔의 움직임에 따라 물줄기가 솟아올라서 나를 집어삼키고자 다가들었다.

나는 단검 크기의 작렬검을 투척해서 대응.

작렬검의 폭발과 물 폭포가 충돌.

역시 질량이 큰 물과 부딪쳐 봤자 작렬검의 폭발은 일순간 기세를 막는 게 고작이었다.

다만 일순간이면 충분하다.

그 일순간의 틈에 나는 상대와 거리를 좁혀서 목을 날려버리고자 했다.

상대는 상체를 젖혀 참격을 피했고, 결국 피해는 목 피부가 살짝 베여서 갈라지는 것이 끝이었다.

그러나 나는 이도류를 쓴다.

나머지 다른 한 자루의 마검으로 심장을 노려서 찔러 넣는다.

칼끝이 상대에게 막 닿기 직전에 폭포가 내 몸에 쏟아져서 쭉 밀려났다.

아쉽다.

역시 고룡이구나. 만만찮은 실력이야.

하지만 상대는 한쪽 팔을 잃었고 만신창이였다.

엘로 대미궁 상층에 쳐들어온 물 속성 고룡들.

처음에는 잠시 소피아 씨가 단독으로 상대했었지만, 역시 광대한 엘로 대미궁 상층을 겨우 혼자서 다 막기는 불가능하니까 나도 늦게나마 달려와서 이렇듯 싸우고 있다.

좁고 복잡한 엘로 대미궁의 상층은 내가 활약하기에 좋은 곳은 아니다.

작렬검 및 마검을 쓰는 광범위 파괴 공격이야말로 나의 첫 번째 특기 분야이지만 붕괴를 초래할 수 있기 때문에 이곳 상층에서는 기술을 봉인할 수밖에 없다.

그러니 가능하면 소피아 씨가 혼자서 이곳을 맡아주면 좋았겠지만, 느긋한 소리를 할 상황이 아니게 됐다.

수십 마리나 되는 고룡이 한꺼번에, 게다가 저마다 다른 위치에서 상층과 바다를 연결하는 구멍을 뚫은 덕분에 엘로 대미궁 전체가 수몰되기 시작했다.

엘로 대미궁의 넓이를 생각하면 금세 어떻게 되진 않겠지만, 가만히 방치해도 괜찮은 문제는 절대 아니었다.

수룡들을 서둘러 배제해야 했다.

다만 상대는 고룡.

이미 강력한 힘을 가지고 있는 용 중에서도 오랜 세월을 살아오며 더 강대해진 개체들이다.

쓰러뜨리자면 고생깨나 해야 할 테고, 오히려 이쪽이 당할 가능성도 충분히 높다.

그렇게 생각했었는데 의외로 좋은 의미에서 예측이 어긋났다.

“어떻게, 이럴 수가! 이 몸이, 인간 따위에게!”

“유감이지만 나는 인간이 아니야.”

오니거든.

내 말을 도발로 받아들였을까, 수룡이 우렁차게 소리 지르며 물을 조종했다.

그 공격에 반응한 나도 앞으로 돌진해서 수룡과 교차.

수룡의 목이 날아갔다.

수룡의 조종을 받아서 미친 듯이 움직이던 물이 비말을 흩날리며 원래대로 돌아간다.

물 바닥에 가라앉는 수룡의 시체를 지켜보다가 나는 다음 상대를 찾기 위해서 그 자리를 뒤로했다.

수룡들은 강하다.

바닷속에서 생태계의 정점에 군림하며 바다를 아무도 넘어갈 수 없는 마경으로 지켜왔던 존재다.

약할 리 없었다.

하지만 강한 무력이 오히려 약점을 만들었다.

수룡들은 지나치게 강했다.

바다, 본인들의 필드에서 적수가 없었기에 이제껏 겪은 전투는 모두 상대를 유린만 하고 끝났던 것이 분명하다.

즉 수룡들은 전투 경험이 없다.

아예 전투가 성립되지 못하는 상대를 물속 밑바닥에 가라앉히면 끝이었으니까.

힘은 강대하나 같은 공격을 단조롭게 반복하는 것이 전부다.

몹시 싸우기 쉬운 상대였다.

더구나 이곳은 수룡들의 필드인 바다도 아니었다.

무한히 물이 넘쳐나는 바다와 달리 수몰되기 시작했을지언정 이곳은 육지다.

나도 마찬가지인데 휘두를 수 있는 힘의 상당 부분이 봉인되어버렸다.

게다가 수룡들이 지닌 본연의 용 형태는 아마 거대할 것이다.

내가 목격한 수룡들은 모두 인간형이었다.

용은 인간형으로 변신할 수 있지만, 역시 진정한 힘을 발휘하자면 본래 모습이 더 유리하다.

이토록 제한이 심한 지형에서 실전 경험도 없는 수룡들이 나를 이기지 못하는 것은 지당했다.

이렇듯 온전하게 힘을 발휘하지도 못한 채 고룡이라 불릴 때까지 오래도록 살아온 삶을 끝내게 된 것은 솔직히 조금 동정한다.

다만 수룡들이 헛되이 죽었느냐 묻는다면 그렇지는 않았다.

수룡들이 상층에 뚫은 구멍은 지금도 막히지 않고 바다와 연결되어 있다.

소피아 씨라면 물을 얼려서 임시로나마 구멍을 막을 수 있었겠지만, 내게 가능한 것은 불과 벼락을 쓰는 파괴뿐이다.

구멍을 막을 수단이 없다.

이렇게 될 줄 알았다면 흙 마법이라도 익혀 두는 게 좋았을 텐데. 아쉬운 마음은 물론 들지만, 지금은 이미 늦었으니 어쩔 수 없다.

스스로 원해서 기른 힘인데도 파괴밖에 하지 못하는 자신이 무척이나 허망하다.

아무튼 간에 한시라도 빨리 수룡들을 전멸시키고 이미 뚫려버린 구멍을 서둘러 막아야 했다.

우리들 중 구멍을 막을 수단을 가지고 있는 사람은 소피아 씨뿐이다.

그렇다면 지금 소피아 씨가 상대하고 있는 수룡의 리더를 내가 넘겨받은 뒤 소피아 씨는 구멍을 막는 역할로 바꿔주는 것이 좋겠지.

따라서 소피아 씨와 수룡의 리더가 싸우고 있는 곳으로 향하면서 중간에 마주치는 수룡을 쓰러뜨리는 중이었는데, 저 둘은 싸우면서 자꾸 이동하고 있다.

나 또한 전속력으로 쫓아가도 도통 거리가 좁혀지지 않았다.

그 이유는 수룡의 리더가 소피아 씨와 거리를 벌리면서 싸우고 있기 때문이다.

소피아 씨는 발끈하면서 이리저리 쫓아다니고.

저 수룡의 리더, 머리가 좋구나.

아마도 저 여자는 소피아 씨를 이기지 못함을 깨닫고 철저하게 시간만 끌고 있다.

설마 엘로 대미궁이 완전히 수몰될 지경까지 긴 시간을 끌진 못하겠지만, 그럼에도 조금이라도 더 오래 생존하며 우리를 궁지에 몰아넣고자 애쓰고 있다.

소피아 씨도 상대의 의도는 알고 있겠지.

하지만 미처 끝장을 내지 못한다.

또한 수룡의 리더를 자유롭게 놓아둘 수도 없었다.

저만한 힘을 보유한 수룡의 리더를 자유롭게 놓아두면 또 어딘가에다가 큰 구멍을 뚫어 수몰될 때까지 걸리는 시간을 단축해버릴 테니까.

따라서 시간 끌기에 당하고 있음을 알더라도 자꾸 도망치는 수룡의 리더를 쫓을 수밖에 없는 셈이다.

……단순히 발끈해서 무작정 쫓아가는 건 아니야, 아마도 아닐 거야.

이상적인 대응은 소피아 씨와 내가 수룡의 리더를 협공하는 것. 둘이서 같이 순살할 수 있다면 좋겠지만, 그게 수월할 것 같지는 않다.

지금 두 사람이 나에게서 멀어지며 이동하고 있다는 사실로부터 알 수 있듯이 수룡의 리더는 한발 먼저 내 존재를 인식하고 행동하는 중이다.

상황 파악 능력이 뛰어나고 판단도 빠르다.

정말이지 골치가 아픈 부류다.

이렇게 된 이상 협공은 무리여도 빨리 소피아 씨와 합류해야 한다.

그런데 앞길을 가로막는 물.

이미 완전히 수몰되어버린 구역도 있었다.

안 그래도 복잡하게 얽힌 지형인 터라 전속력으로 이동하기는 어려운 상층에서 수몰되어버린 통로를 나아가려니까 속도가 나지 않았다.

몹시 답답하다.

게다가 나의 앞길을 가로막고자 하는 수룡의 기척이 저편에서 느껴지고 있었다.

이곳에서 교전하면 또 시간이 지나고, 소피아 씨를 따라잡는 길이 멀어진다.

그것을 잘 알면서도 수룡을 무시한 채 나아갈 수도 없는 처지였다.

“성가시네.”

무심코 혼잣말이 나왔다.

이 답답함은 앞을 가로막는 수룡에게 쏟아 내야겠다.

그런 생각으로 교전에 임하고자 마음을 다잡았다만.

나를 추월한 네 개의 그림자가 매복 중이던 수룡을 향해 뛰어들었다.

쟤들은, 퍼펫 타라텍트?

아리엘 씨의 호위를 맡아야 할 아이들이 어째서?

아니, 생각할 필요도 없군.

아리엘 씨가 지금 전황을 보고 손이 부족하다고 판단해서 저 아이들을 투입했을 거야.

솔직히 고맙기는 하다.

다만 아리엘 씨 본인의 안전은 괜찮은 걸까?

이곳 상층이 혼란에 빠진 틈을 노려서 하층이나 최하층에 기습 병력이 쳐들어올 가능성도 충분히 높다.

예전이라면 모를까, 지금 아리엘 씨는 사실상 싸울 수 없는 상태였다.

아리엘 씨 본인의 호위 인력을 줄인 판단이 길(吉)로 끝날까, 흉(凶)으로 끝날까.

아리엘 씨한테 뭔가 안 좋은 일이 생겼을 때 시로 씨가 어떻게 반응할지 무섭다.

이러면 다른 의미에서도 내가 서둘러야겠구나.

"여긴 맡길게!"

퍼펫 타라텍트 넷에게 소리치고 수룡의 상대를 맡긴 뒤 나는 곧바로 직진했다.

넷이 같이 싸우면 아무리 강한 수룡이 상대여도 지지는 않을 것이다.

게다가 지형 때문에 진짜 실력을 발휘하지 못하는 수룡과 달리 거미인 저 아이들은 복잡하게 얽힌 장소가 가장 잘 활약할 수 있는 필드다.

요컨대 이곳 상층은 저 아이들의 사냥터였다.

이미 수몰된 구역이 있는 탓에 움직이기가 다소 불편하겠지만, 어쨌든 큰 문제가 되진 않겠지.

이렇게 벌써 나를 따라잡기도 했잖아.

속도 능력치는 내가 분명히 더 우위에 있는데도.

지형을 이용하는 입체적인 움직임은 나보다 저 아이들이 더 능숙하다는 의미일 테지.

구멍을 막는 능력이 없는 것도 마찬가지였는데 이렇게 생각해보면 나는 아직도 부족한 게 무척 많구나.

이게 마지막 싸움인데도 자신의 미숙함을 실감하게 될 줄이야.

이후 모자람을 채울 기회가 없다는 것이 유감이다.

……유감인가.

이런 생각을 한다는 것은, 난 아직 미련이 남아 있다는 뜻인가?

나는 이 전쟁에서 살아남을 생각이 없다.

자신의 손을 지긋지긋하게 피로 물들여왔다.

이제는 그만하고 싶다.

고블린들의 원수였던 뷔림스를 죽였을 때 나는 살아갈 의미도 의의도 다 잃어버렸다.

아니, 예전에 교실에서 죽었을 때 나는 전생하는 대신에 조용하게 죽음을 맞이하는 것이 옳았다.

이번 세상은 타성으로 살아온 것에 불과하다.

단지 타성으로 살아왔는데도 불구하고 수많은 사람을 죽게 만들었다.

그렇다면 나는 대가를 치러야 한다.

아울러 내가 치를 수 있는 대가는 어차피 나의 목숨뿐이었다.

그러니까 이 전쟁에서 승리하든 패배하든 나는 살아남고자 하는 생각이 없다.

그럼에도 불구하고…….

뇌리에 스쳐 가는 것은 이제껏 보낸 떠들썩한 나날들.

소피아 씨에게 트집 잡히고, 뒤쪽에서 메라조피스 씨가 안절부절못하고, 아리엘 씨가 「사이좋게 지내자」라며 달래주고, 시로 씨는 아무것도 안 하며 가만히 지켜보거나 가끔은 소피아 씨를 걷어차거나 하고.

지난 나날은 떠들썩했지만 나쁘지는 않았다.

어쨌든 이제는 전부 다 끝이다.

지난 나날로 돌아갈 수는 없었다.

나의 결말은 먼 옛날부터 각오하고 결정했으니까.

그러니까 둔해지지 마라.

예리하게 연마해라.

자신이 해야 할 역할을 수행해라.

그러기 위해서라도 우선은 수룡의 리더는 내가 맡아서 상대한다!

보인다!

전속력으로 쭉 달려서, 가끔 수몰된 통로를 헤엄쳐서 마침내 소피아 씨와 수룡의 리더가 교전하고 있는 위치에 도착했다.

철저하게 후퇴 공격만 하는 수룡의 리더와 열심히 쫓아가는 소피아 씨.

원거리 공격 접전은 호각.

다만 물과 얼음이라는 상성도 있어 소피아 씨가 공격에 애를 먹는 듯 보였다.

소피아 씨는 적의 물을 얼려버릴 수 있지만, 그렇게 생긴 얼음이 수룡의 리더가 도주하기 쉽게 도와주는 벽 노릇을 하고 말았다.

그렇다고 물을 얼리지 않는다면 흐르는 물을 자유롭게 조종하는 수룡의 리더는 행동의 범위가 확 늘어난다.

이래서는 계속 시간이 걸리는 것도 어쩔 수 없겠다.

결국에 모든 역량을 쏟아 낸다면 소피아 씨가 더 오래 버텨서 이기겠지만, 이대로 두면 승패가 결정되기 전에 엘로 대미궁이 잠길지도 모른다.

"소피아 씨!"

"……쳇!"

나를 눈으로 본 소피아 씨가 혀를 찼다.

"여긴 나한테 맡기고 구멍을 막으러 가줘!"

"……아, 짜증 나! 에잇, 알았어! 맡길게!"

그렇게 외친 뒤 발길을 돌리는 소피아 씨.

소피아 씨의 성격상 자기 손으로 결판을 내고 싶었을 거야.

다만 본인의 승리보다도 본인이 속한 진영의 승리를 우선했기에 이렇듯 내게 자신이 상대하던 적을 양보했다.

그런 게 아니었다면 자부심 강한 소피아 씨가 본인의 사냥감을 양보하지는 않는다.

본인의 심정보다도 자기 진영의 승리를 우선해준 소피아 씨의 마음 씀씀이에 나 또한 부응해줘야지.

"이러면 상황이 많이 힘들어지는데요."

수룡의 리더가 입을 열었다.

"그런데 괜찮겠어요? 둘이 덤비는 좋았을 텐데요?"

"상관없어. 금방 끝날 테니까."

내 말에 언짢아하며 얼굴을 찌푸리는 수룡의 리더.

"그 발언은 나를 좀 과소평가하는 것이 아닌가요?"

"하지 않았어. 과소평가를 하지 않기 때문에, 전력으로 금방 끝내려는 거야."

수룡의 리더는 아마 상당히 강하다.

진정한 힘을 발휘할 수 있는 바다에서 싸웠다면 소피아 씨도 나도 패배를 면치 못했을 테지.

다른 수룡들과 비교해서 기교도 뛰어나다.

그 부분은 소피아 씨를 상대로 우위를 점한 채 시간을 끌고 있었던 솜씨를 봐도 명백하다.

다만 상대가 강하기에 나도 전력을 끌어낸다.

끌어낼 수밖에 없다.

"그 지나친 자신감! 내가 기꺼이 꺾어드리죠!"

절대 지나친 자신감이 아니다.

수룡의 리더를 높이 평가했기 때문에 나는 이렇듯 히든카드를 꺼냈다.

분노를.

"가아아아아아아아아아아아아아아!"

분노를 발동한 순간, 세상이 새빨갛게 물들었다.

살아 있는 생명들 전부를 싹 죽여버리라고 뇌가, 고동이, 온몸이, 세포 하나하나에 이를 때까지 나를 충동질한다.

나의 외침과 위압에 일순간 위축된 모습이었던 수룡의 리더가 과연 뛰어난 실력자답게 곧장 태세를 다시 갖추며 물을 날린다.

좁은 통로를 가득 메우는 폭포.

피할 공간은 없다.

하지만 피할 필요도 없다.

불꽃과 벼락 마검의 힘을 최대 출력으로 해방해서 몸에 두른다.

불꽃과 벼락이 몸에 들러붙어서 이쪽에 들이닥치는 폭포를 지워날려버렸다.

"거짓, 말."

폭포가 증발할 때 발생하는 충격파 따위가 덮쳐들었지만, 모조리 무시한 채 돌진해서 수룡의 리더를 양단했다.

분노 발동 중 나의 능력치는 모든 수치가 99999.

더 이상 올라가지 않는 최대 수치이며 숫자만 놓고 보자면 전성기의 아리엘 씨마저 뛰어넘는다.

어지간한 공격에는 흠집 하나도 안 나고, 이 칼로 베지 못하는 것은 거의 존재하지 않는다.

다만 반동도 컸다.

"헉! 헉! 진정해! 진정해라!"

분노를 해제한 뒤 집어삼켜지려고 하는 정신을 본래대로 되돌린다.

분노 스킬은 이성을 잃게 만든다.

일단 분노에 집어삼켜지면 눈에 보이는 모든 것을 공격하는 이성 없는 짐승으로 전락하게 된다.

혼과 정신에 주는 영향을 억제하는 외도 내성 스킬을 수련해서 외도 무효까지 올렸는데도 불구하고 분노 스킬의 악영향은 사라지지 않았다.

짧은 시간이라면 이렇듯 다시 제정신을 차릴 수 있지만, 사용이 길어지면 정말 미쳐버릴 것이라는 확신이 있다.

아마 분노는 반동을 없애지 못하도록 특수한 설정이 되어 있을 것이다.

그래서 나는 가능한 한 분노를 쓰고 싶지 않았지만, 수룡의 리더를 상대하자면 결국 쓸 수밖에 없었다.

소피아 씨와 나의 실력에는 큰 차이가 없다고 생각한다.

그러니 소피아 씨가 시간을 꽤 들여서도 쓰러뜨리지 못한 상대를 내가 짧은 시간에 쓰러뜨리자면 이 방법밖에 없었다.

"끄윽! 죄송, 합……. 바치겠, 요."

상반신과 하반신이 절단된 수룡의 리더가 뭔가 중얼거린다.

그러자 몸이 곧 먼지가 되어 사라져버렸다.

……그런가.

아마도 지금 최후는, 스스로 바친 결과겠구나.

본인의 혼을, 시스템의 연료로.

혼을 온전히 시스템에 바침으로써 모든 에너지를 연료로 사용하게 한다.

물론 혼이 완전하게 사라져버리기 때문에 윤회전생도 불가능하다.

그것은 죽음조차 아닌 무(無)였다.

그럼에도 불구하고 죽는 순간에 혼을 바쳤다.

수룡의 리더도 처절하게 각오를 갖고 이 전쟁에 나섰음을 뜻한다.

나와 마찬가지로.

"먼저 가서 기다리고 있어. 나도 이 전쟁이 끝나기 전에 똑같이 바칠 테니까."

이 전쟁에 승리하든 패배하든 나는 스스로의 혼을 바치기로 결심했다.

단순하게 죽기만 해서 나의 죗값을 치르지는 못할 테니까.

그러니까 내가 내놓을 수 있는 것 전부를 내놓을 작정이다.

다만 아직은 때가 아니야.

이 손으로 파묻었던 사람들의 죽음이 헛되이 끝나지 않도록 나는 백색의 진영이 승리할 수 있게 매진할 테다.

그 결말에서 나의 소멸이 기다리고 있더라도.

수룡의 리더가 있던 장소에 짧게 묵도를 올린 뒤 나는 나머지 수룡들을 쓰러뜨리기 위해 앞으로 나아갔다.

Iena

수룡 이에나

본명 이에나. 광대한 바다의 패자이 수룡들을 통솔하는 고룡의 수장. 각 속성 의 수장 중에서도 권속의 숫자는 최다. 또 강력한 무력도 용족 최강이며 고룡 중에서 리더 비슷한 존재. 본래의 모습은 몸길이 200미터에 달하는 동양풍의 용. 대량의 바 물을 조종해서 모든 것을 짓눌러버리고, 쓸고, 익사시킨다. 바다라는 필드에서는 다 고룡은커녕 모든 신화급 마물에게도 승산 없다. 그야말로 바다의 패자. 인간 형태에 는 온화한 인상의 여성 모습을 취하지만, 형과 어울리지 않는 독설가이며 대뜸 주먹 휘두르는 싸움꾼. 그것이 다른 고룡의 수 들이 거역하지 못하는 이유이기도 하다.

필리메스

저는, 어떻게 하면 되는 걸까요?

엘프, 포티머스의 소행을 전부 들었습니다. 지켜주는 줄 알았던 학생들을 반대로 위기에 노출시켰다는 사실이 드러났어요.

지금껏 제가 해왔던 일이 전부 헛수고였다는 것을 알았습니다.

게다가 후회에 잠길 틈조차 없이 월드 퀘스트라는 변고와 맞닥뜨렸어요.

더는 아무것도 생각하고 싶지 않아.

아무 생각도 없이 울고불고하다가 이불을 둘둘 말아서 엎드리고 싶어.

푹 자고 깨어나면 일본에 있는 내 방일 거야.

그동안 겪은 일들은 나쁜 꿈이었다고 안도하며 깨어나고 싶어.

전부 다 말도 안 되는 바람이다.

이것은 꿈이 아니라 현실이니까.

그러니까 도망칠 곳 따위 없어.

무릎을 끌어안고 쪼그려 앉은 채 마음의 문을 닫을 수밖에 없었다.

"선생님! 정신 좀 차리세요!"

그런데도 상황이 잠깐의 회피조차 허락해주지 않는다.

쿠도가 내 손을 붙잡아서 억지로 몸을 일으켜 세웠다.

"날아서 도망칠 순 없냐?!"

"조종 어떻게 하는 알 수가 없다고!"

"빔 쏘는 버튼 찾았다! 일단 쏴, 쏴버려!"

학생들의 고함 소리가 조종실에 울려 퍼진다.

지금 우리는 엘프가 만들었다는 UFO와 비슷한 탈것에 타 있었다.

엘프의 마을에서 나올 때 마왕이 썼던 탈것이다.

마왕은 이것을 우리가 마음대로 써도 된다며 놓아두고 갔다.

타가와와 쿠시타니는 흑색의 진영에 속해 싸우겠다고 말한 뒤 떠나갔고, 쿠사마도 역시 신언교 쪽에 얼굴을 비추겠다고 말한 뒤 떠났으며, 남은 전생자들 대부분은 엘프의 마을에서 오래도록 생활했었기 때문에 따로 돌아갈 곳이 없었다.

어쩔 수 없이 남겨진 전생자들이 모여서 이 UFO에 탑승하고 추후 어떻게 할까 상의를 하던 참이었다.

그때 마물들이 UFO를 노리고 공격을 개시했고.

이후 마물이 자꾸자꾸 모여들어서 지금에 이르렀다.

"제길! 왜 이렇게 잔뜩 모여드는 거야!"

"이게 금기의 산물이라서 노리는 거 아냐?"

어째서 마물이 이렇게나 UFO에 몰려드는가.

그 이유는 아마 UFO가 이 세계에 있어서는 안 되는 기계 병기이기 때문이겠죠.

그런 병기를 발견했을 때 마물이 적의를 품게 되도록 설정했어도 이상할 게 없습니다.

마물은 사람을 적극적으로 공격하는 습성이 있습니다만, 이렇게까지 앞뒤 가리지 않고 종족의 장벽까지 뛰어넘어서 한꺼번에 덮쳐드는 이상 사태는 듣도 보도 못했습니다.

어쩌면 월드 퀘스트가 마물에게도 뭔가 영향을 끼쳐서 이렇듯 사납게 몰려드는 걸까요.

혹은 둘 다일지도 모르겠습니다.

조종실에서는 학생들이 어떻게든 UFO를 조종하기 위해서 이것저것 시도하고 있습니다.

아마 방어를 위한 요격 기능은 찾아냈는지 UFO에서 빔이 발사되어 마물을 쓸어버립니다.

보통은 이런 공격을 받으면 마물도 위축되어 도망쳐야 할 텐데도 오히려 더욱 사납게 공세를 퍼붓고 있습니다.

대형 마물이 UFO에 몸을 부딪치자 굉음이 울려 퍼졌어요.

UFO가 대형 마물보다 훨씬 더 거대하기 때문에 여기 조종실까지 충격이 전달되지는 않았습니다만, 그럼에도 학생들은 몸을 움츠러뜨립니다.

이제까지 격렬한 전투와 연이 없이 엘프의 마을에서 살아왔던 학생들에게는 충격적인 광경이겠죠.

"선생님도 이륙 방법이 적힌 매뉴얼이 있나 찾아봐주세요! 같은 엘프가 만든 무기잖아요?!"

쿠도가 저를 억지로 조종실의 조작판 비슷한 장치 앞쪽에 데려가서 앉혀 놓았습니다.

난처할 뿐입니다. 저 또한 이런 병기가 엘프의 손으로 만들어졌다는 사실은 전혀 몰랐고요, 물론 조종하는 방법도 모릅니다.

망연자실하는 동안에도 시간은 기다려주지 않았어요. 저는 학생들이 분주하게 마물을 요격하고 있는 모습을 멍하니 바라보기만 할 뿐 아무것도 하지 못했습니다.

아, 역시 난 선생님 실격이구나…….

이런 때 격려의 말 한마디도 못해 주면서 뭔가 할 기력도 없어.

머릿속이 기묘하리만큼 하얘져서 움직이자는 생각이 안 든다.

이제는 모든 것이 다 싫었다.

"선생님!"

"반장, 내버려 둬! 지금은 이쪽이 우선이다!"

"그치만!"

쿠도와 다른 학생들이 뭔가 실랑이하고 있다.

그럼에도 나는 움직일 수 없었다.

움직이고 싶지 않아.

이미 힘껏 노력했다.

전부, 전부가 헛짓이었어.

그렇다면 내가 뭘 어쩌든 소용없는 거야.

소용없다면 더는 움직이지도 않아도 괜찮잖아.

"으, 으읏."

의자에 앉아 무릎을 끌어안은 채 눈물 흘린다.

나이깨나 먹은 어른이 이렇게 한심한 꼴을 학생들 앞에서 내보이고 있는데도 수치심조차 솟지 않았다.

엘프의 조그마한 몸과 마찬가지로 마음까지 어려져버린 것 같아.

"앗! 바깥에 사람이 있다?!"

깜짝 놀라는 목소리에 얼굴을 들어 올리자 화면 너머로 두 명의 인물이 UFO를 지키려는 듯 마물과 싸우고 있는 장면이 보였다.

방패를 들고 마물을 튕겨 내는 남성과, 그 남성의 뒤쪽에서 마법을 날리고 있는 여성이다.

저 사람들은, 슌 군의 동료인 하이린스 씨와 안나 씨?!

아무리 전대 용사의 동료였던 하이린스 씨라도, 숙련된 마법사인 안나 씨라도 다수 앞에서는 버틸 수 없다.

"선생님?!"

그렇게 생각했더니 몸이 저절로 움직였다.

막 방금 전까지 절대 움직이기 싫다는 생각만 들었었는데.

조종실을 뛰쳐나가서 UFO의 출구까지 달린다.

출구의 해치를 열고 바깥에 뛰쳐나간 다음에야 무기를 아무것도 가지고 오지 않았다는 것을 깨달았다.

하지만 마법은 쓸 수 있어.

"엎드리세요!"

곧장 하이린스 씨와 안나 씨의 바로 뒤쪽까지 가까이 달려가서 마법을 날린다.

미쳐 날뛰는 바람 마법이 마물을 집어삼키자 그곳에 공백 지대가 생겨난다.

"어서 들어와요!"

"우리는 신경 쓰지 마라! 빨리 이륙이나 해!"

"이륙 방법을 몰라요! 두 분, 빨리 들어오세요! 바깥보다는 안전할 거예요!"

"뭐라고?! 이런, 제기랄! 조종법은 알려주고 갔어야지!"

하이린스 씨가 불만을 늘어놓으며 안나 씨의 손을 잡아서 달음박

질쳤다.

그러자 바람 마법에서 벗어난 마물이 또 쫓아왔지만, 나와 안나 씨가 다시 마법을 날려 견제한다.

그렇게 쭉 열어 놓은 해치까지 달려가서 UFO의 안으로 셋이 같이 뛰어들었다.

하이린스 씨가 해치에 손을 가져가서 닫으려 했을 때 우리를 쫓아온 마물이 뒤따라 침입하고자 들이닥쳤다.

그래서 또 내가 바람 마법으로 튕겨 낸다.

그리고 하이린스 씨가 손을 움직여서 해치를 닫았다.

"후유. 아차, 숨이나 돌릴 때가 아니었군."

하이린스 씨는 곧장 UFO의 안쪽으로 움직였다.

망설임 없는 발걸음이 약간 당황스러웠지만 뒤를 쫓는다.

"선생님, 멋있어!"

조종실에 돌아오니까 학생들이 나를 칭찬해주었는데 아직 섣불리 낙관할 수 없는 상황임은 달라지지 않았다.

"여러분, 손을 멈추지 말아주세요!"

"옛썰!"

"네!"

힘차게 대답을 하고 저마다 조종판을 바라보는 학생들.

"선생님, 다시 기운을 차렸구나."

쿠도가 말을 건네줬지만, 스스로도 다시 기운을 차린 것인지 잘 판단이 되지 않았다.

반사적으로 몸이 움직였을 뿐 또 금세 주저앉아버릴지도 모르겠다는 불안감은 있었다.

한편 대화하는 우리를 무시한 채 하이린스 씨가 조종판 중 하나를 조작하기 시작한다.

마치 조작 방법을 미리 배웠던 사람처럼 재빨리 손을 움직이며.

"하이린스 씨?"

내가 이름을 부른 것과 UFO가 진동과 함께 하늘로 떠오른 것은 거의 동시였다.

"날아간다?!"

"전원, 어디든 꽉 붙잡아라!"

하이린스 씨가 내지른 소리에 퍼뜩 놀라서 바로 가까운 벽에 손을 가져갔다.

직후 UFO가 급상승.

마물을 따돌리고 날아올랐다.

엘프의 기술이 뛰어난 덕분일까, 몹시 급격히 움직였는데도 불구하고 다행히 조종실 안에 충격이 몰아치지는 않았다.

어딘가를 붙잡지 않았어도 몸이 나가떨어지거나 하지는 않았을 것이다.

멀어지는 지면.

금세 시야의 바깥으로 사라져 가는 마물들의 모습.

그 광경을 바라보다가 학생들이 안도의 숨을 내쉬었다.

"후. 일단 해결이군."

하이린스 씨도 잔뜩 굳어졌던 어깨에서 힘을 빼냈다.

"저기, 하이린스 씨? 당신은……."

어째서 이 사람이 UFO를 조종하는 방법을 알고 있는가?

의문의 뜻을 담아서 묻자 하이린스 씨는.

"으음, 그렇군. 이런 상황에 더 숨기기도 뭣하지. 나는 하이린스 쿼트. 이 말에 거짓은 없다. 다만 또 하나의 신분을 가지고 있지. 월드 퀘스트에서 흑색의 신이라고 지칭했던 이 별의 관리자 규리에디스트디에스, 그 분체가 나다."

터무니없는 폭탄 발언을 했다.

"흑색의 신의 분체는, 직접 본인이 인간 사회에 관여할 수 없는 흑색의 신이 인간들의 생활을 보고 듣고자 만들어 낸 개체다. 나의 눈을 통하여 인간 사회를 쭉 지켜봤지. 그렇다 해도 감시하려는 것이 목적은 아니다. 오히려 긴 무료함을 달래기 위한 의도가 강하다. 따라서 세계의 관점으로 봤을 때 나의 비중은 있어도 없어도 마찬가지다. 이번 사태에서도 다를 바 없지. 왜냐하면 나 자신의 힘은 정말 평범한 인간 하이린스가 지닌 능력이 전부이니까. 아울러 나 자신도 흑색의 신의 기억을 보유하고 있고, 일시적으로 흑색의 신 본인과 동기화된 적이 있기는 하다. 다만 전체적인 삶은 쭉 하이린스로서 살아왔다. 흑색의 신은 나에게 간섭할 수 있으나 반대로 내가 간섭하는 것은 불가능하지. 따라서 지금은 소식이 아예 끊어졌다."

그렇게 말한 뒤 어깨를 으쓱거리는 하이린스 씨.

UFO를 조종할 수 있다는 것은 다시 말하면 흑색의 신의 기억을 가지고 있는 까닭이라는 뜻이겠죠.

하이린스 씨가 흑색의 신의 분체라는 사실은 안나 씨도 알지 못했었는지 시종일관 놀란 표정을 짓고 있었습니다.

“즉 지금 이야기를 종합하면 당신은 하이린스라는 인간일 뿐 흑색의 신과 거리가 있다고 생각하면 되는 건가요?”

“올바른 인식이다. 그래, 너희들 전생자와 비슷하겠군. 흑색의 신이라는 전세의 기억을 가지고 있을 뿐인 평범한 인간. 그렇게 생각해주면 대강 맞아떨어진다.”

아하, 우리들 전생자의 입장에서는 이해하기 쉬운 예시네요.

“그럼 당신은 흑색의 신을 위해서 싸우는 거예요?”

“……아니다. 방금 전에도 말했듯이 나의 힘은 평범한 인간의 수준을 벗어나지 못한다. 이 전쟁에 개입할 만한 능력이 없지. 그러니까 무엇인가를 할 생각은 없었다만, 우연히 이 배가 공격받는 광경을 보고 끼어들었군.”

훗, 쓴웃음을 짓는 하이린스 씨.

그 말에 거짓은 없다고 생각됩니다.

“뭐, 흑색의 신을 편들지는 않아도 응원하는 마음은 있다만. 흑색의 신의 기억을 가지고 있는 만큼 어떠한 심정인지도 잘 알기에.”

“심정을 아는데 편을 들지는 않는다고요?”

“심정을 잘 알기에 더더욱. 나는 흑색의 신의 진영에서 내세우는 주장이 옳다고 생각하지 않는다. 흑색의 신 본인도 마찬가지일 테지. 단지 옳지는 않을지라도 어쩔 수 없이 해야 하는 입장에 있을 뿐이다. 그러니까 응원은 해도 편들지는 않는다.”

……아하?

흑색의 신도 속마음은 무척이나 복잡한가 봅니다.

반쯤 외부인인 제가 느끼기에도 금기의 내용을 살펴보면 어느 쪽이 옳은지는 말하기 어려울 만큼 복잡한 심경입니다.

당사자인 흑색의 신은 더 많이 갈등했겠죠. 쉽게 상상할 수 있습니다.

"그런 이유로 나는 이 전쟁에는 개입하지 않을 방침이다. 따라서 지배자 권한 보유자인 오카 씨를 어떻게 할 뜻도 없군. 이 배에서 경호원 노릇이나 하지."

두 손을 들어 올리며 본인의 무해함을 주장하는 하이린스 씨.

"다만 잠시라도 괜찮으니까 오카 씨와 단둘이 이야기를 나누고 싶군. 괜찮겠나?"

"알았어요."

"잠깐 기다려주세요."

제가 허락했을 때 쿠도가 불쑥 끼어들었습니다.

"신용해도 되는 사람이에요?"

쿠도가 제 귓가에 작은 목소리로 물어봅니다.

"아마 괜찮을 거예요."

하이린스 씨에게 나쁜 의도는 느껴지지 않았습니다.

"……선생님 눈은 못 믿는다고요."

……오래도록 포티머스에게 이용당했던 저는 반론할 수 없었습니다.

"걱정되면 눈에 보이는 거리에서 이야기하마. 이곳 구석이라면 말소리는 들리지 않을 테니까 괜찮지 않나?"

하이린스 씨가 제안한 대로 이 조종실은 제법 넓어서 구석에 가면 이야기 소리가 다른 사람에게 들리지는 않겠죠.

그러면서도 다른 학생들의 눈에는 잘 보이는 위치이니까 적절한 방법입니다.

"저는 상관없어요."

"……남자들, 선생님 잘 봐드리다가 여차하면 뛰어가."

쿠도가 당부하자 남학생들도 진지한 표정으로 고개를 끄덕거렸습니다. 그러나 아마 전원이 달려들어도 하이린스 씨를 당하지는 못할 거예요.

전대 용사의 동료로 활동했던 실력자니까요.

엘프의 마을에서 거의 레벨을 올리지 못한 학생들은 하이린스 씨와 제대로 싸워보는 것도 어렵겠죠.

이 중에서 하이린스 씨와 맞설 수 있는 사람은 저와 안나 씨를 제외하면 아예 없습니다.

만약 하이린스 씨에게 다른 마음이 있었다면 이렇게 UFO 안쪽에 들인 시점에서 이미 늦어버린 셈입니다.

하이린스 씨에게 정말 무엇인가 다른 의도가 있다면 그때는 제가 어떻게든 힘을 써야겠죠.

제가 보기에 하이린스 씨는 신용할 만한 사람 같지만요…….

하이린스 씨와 둘이서 조종실의 구석으로 이동했습니다.

"자, 혹시 아이들이 들으면 난감할 테니. 이제부터는 염화로 이야기하지."

"네."

『잘 들리나?』

『문제없어요.』

염화로 방법을 바꿔 대화가 시작되었습니다. 자, 하이린스 씨는 어떠한 이야기를 할 생각일까요.

염화를 쓰면서까지 학생들에게 들려주고 싶지 않은 주제겠죠.

『오카 씨는 전생자들의 미래를 아는 스킬이 있는 것 같은데, 그 스킬에 지금 전생자들의 미래는 어떻게 나와 있지?』

『어떻게, 알았어요?!』

하이린스 씨에게 제가 가지고 있는 출석부 스킬을 이야기한 적은 절대로 없었어요.

출석부는 저의 유니크 스킬.

학생들, 전생자들의 과거와 현재와 미래 정보를 간결하게나마 알 수 있습니다.

이 스킬의 미래 항목에 전생자들 다수가 죽는 미래가 적혀 있었던지라 저는 엘프의 마을로 데려와서 보호하자는 결정을 내렸어요.

과거 항목으로 출신지를 예상해서요.

『간단한 추측이다. 이 넓은 세계에서 전생자의 위치를 정확하게 찾아내고 엘프의 마을로 데려가서 보호했으니까 전생자들의 정보를 얻는 수단이 존재할 테지. 또한 꼭 보호해야 한다는 확신을 갖고 있다면 미래의 정보까지 얻었기 때문을 테고. 예컨대 전생자들이 사망하는 미래가 아니겠나.』

……전부 맞아요.

『다만 묘하게도 말을 안 하더군. 혹시 말하지 못하는 제약이 있나? 그렇다면 자연스럽다 생각되는데, 어떤가? 아, 혹시 제약조차 언급할 수 없다면 답은 안 해도 괜찮다.』

……이번에도, 맞아요.

『혹시 다른 누군가에게 이야기할 수 없다면 굳이 말하지 마라. 어쨌든 지금 상황에서 그 스킬이 전생자들의 앞날을 어떻게 제시하고 있는지 꼭 확인하고 싶군.』

『……알겠습니다.』

그러고 보니까 줄곧 정신없었던 탓에 엘프의 마을에서 싸운 이후 쭉 출석부를 확인하지 못했습니다.

그 무렵에는 스킬을 많이 가지고 있는 전생자들의 사망 이유에 스킬을 박탈당해서 사망, 이렇게 표기되어 있었죠.

그리고 유고, 나츠메는 엘프의 숲에서 전사, 라고요.

하지만 나츠메는 엘프의 숲에서 죽지 않고 살아남았습니다.

이미 확인한 미래가 바뀌었습니다.

그러니까 다른 전생자들도 미래에 관한 기술이 변화했을 가능성은 충분히 예상할 수 있었습니다.

더구나 월드 퀘스트라는 변고와 맞닥뜨린 지금은 바뀐 것이 없다면 오히려 이상하겠죠.

그렇게 주뼛주뼛하며 눈을 감고서 출석부를 발동.

떠오르는 학생들의 정보.

그곳에는…….

"어?! 아앗?!"

놀란 목소리가 두 번 연속으로 나왔습니다.

처음 놀라움은 출석부에 쓰여 있는 문장 때문에.

다음 놀라움은 UFO가 불쑥 흔들렸기 때문에.

"적습! 적습!"

학생 한 명이 소리를 지릅니다.

그 목소리를 듣고 조종실에 있는 거대한 모니터를 봤더니 이 UFO에 무리를 지어 하늘로 날아오는 마물들이 비쳤습니다.

"이런 곳까지 쫓아오다니!"

어째서 이런 곳까지 쫓아왔냐는 제 마음속의 목소리를 쿠도가 똑같이 입 밖에 꺼냅니다.

"이야기는 나중에 하는 게 좋겠군."

"아……."

하이린스 씨가 멀어집니다.

분명 습격을 받은 상황이니 대화는 나중으로 미루는 게 좋겠죠.

하지만, 이 정보는, 지금 꼭!

하이린스 씨의 손을 붙잡았습니다.

"무슨 일이지?"

놀라서 돌아보는 하이린스 씨.

지금은 대화를 할 때가 아니야.

다만 이 정보는 지금 서둘러 알려줘야 합니다!

"틀렸어요! 안 돼요! 이대로는, 인류가 멸망해요!"

"뭐라고?!"

"저희는 착각을 했던 거예요! 사신은, 백색의 신이 아니었어요!"

"……무슨 뜻이지?"

저희는 착각을 하고 있었어요!

월드 퀘스트의 안내에 나온 사신의 정체를!

《월드 퀘스트 발동. 세계의 붕괴를 저지하기 위해 인류를 산 제물로 바치고자 획책하는 사신의 계획을 저지, 혹은 협력하라.》

월드 퀘스트가 발령되면서 같이 언급된 사신.

그 후 시퀀스에서 밝혀졌던 사실과 백색의 신이 인류의 절반 이상을 희생해서 여신 사리엘을 해방하고자 한다는 알림.

또한 백색의 신에게도 기도로 협력할 수 있다는 안내.

이 탓에 저희는 사신이 곧 백색의 신이라고 깜빡 착각을 하고 말았습니다.

하지만, 아니었어요.

《사신 D가 마지막 심판의 종을 울린다. 인류의 절반은 사신 D의 손에 의하여 소멸된다.》

어째서인지 출석부에 저런 문장이 적혀 있었습니다.

"사신 D가 심판의 종을 울린다! 인류 절반을 산 제물로 바치는 것은 사신 D예요!"

"……이런, 세상에. 정말인가……?"

하이린스 씨가 떨리는 손으로 입을 감쌌습니다.

"가능성은, 있나? ……충분히 있다. 그분이잖은가? 오히려 이게 더 자연스러울 정도다! 제기랄! 설마 이런 의도가 있었다니!"

하이린스 씨가 머리카락을 거칠게 쓸어 올립니다.

"백색의 신과 흑색의 신, 누가 이기든 지든 D님은 인류의 절반을 없애버릴 생각이었나!"

그럼, 그러면, 지금 벌어진 전쟁은 대체 무엇을 위해?

"어째서, 출석부에 이런 게……."

"뻔하지. 출석부라는 스킬은 다름 아닌 D님이 손수 건네준 능력이기 때문이다."

"그렇다고 해도요, 이런 메시지를 남길 의미가 있어요?"

"그분 나름의 힌트 아니겠나? 우리가 멸망을 모면할 수 있도록 가느다란 희망의 줄을 내려주기 위해서."

모르겠어요, 대체 어떻게 하죠?

"앗?!"

저와 하이린스 씨가 대화하던 중 바깥의 전황에 변화가 있었던 것 같습니다.

모니터에 거센 섬광이 쏟아져서 무심코 눈을 감습니다.

그리고 흠칫흠칫하며 눈을 떴을 때 모니터에서 용에 올라탄 낯익은 얼굴이 보였어요.

"슌 군?!"

"슌!"

저와 하이린스 씨의 놀라는 목소리가 겹칩니다.

화면에 비친 것은 하늘에 있던 마물들을 쓰러뜨리고 있는 슌 군과 여러 사람들의 모습이었습니다.

슌 2

교황과 만난 뒤 이제 어떻게 할지 방황하는 처지가 되고 말았다.

솔직히 지금 상황을 직접 해결할 수단은 없었다.

마왕 및 백색의 신의 진영은 엘로 대미궁에 틀어박혀버렸기에 면회조차 하지 못한다.

일단 밑져야 본전이니 가서 살펴보자는 생각에 현장 근처까지 가봤는데 그곳에서는 이미 퀸 타라텍트가 대기 중이었고, 게다가 부하인 거미 몬스터가 바글바글했다.

대화를 할 만한 분위기는 물론 아니었다.

애당초 지배자 권한인지 뭔지 획득할 가능성이 있는 나와 나츠메, 흑색의 신 진영 소속이었던 고룡 중 풍룡 휴번 씨와 빙룡 니아 씨, 암룡 레이세 씨가 같이 있잖아.

살짝 접근만 해도 적 판정을 받아 공격이 날아오겠지.

어찌할 바를 모르던 때에 먼 하늘에서 마물에게 습격을 받고 있는 UFO와 비슷한 물체를 발견했다.

처음 잠깐은 눈을 의심했는데 당연한 게 아닐까.

그치만 이런 판타지 세계에서 UFO가 나타났잖아?

나뿐 아니라 스우와 나츠메도 아연실색했었다.

다만 교황과 대화하던 중 마왕 쪽에서 엘프의 병기, 우주선을 타고 엘로 대미궁으로 날아갔다는 말은 미리 들었기에 저게 그 UFO라는 것을 금방 알 수 있었다.

혹시 백색의 신의 진영에 속한 누군가가 같이 탑승하진 않을까 하는 타산도 있어서 우린 UFO를 지켜주기로 했다.

그다음에 벌어진 것은 유린이었다.

『하~핫핫핫! 하늘에서 이 몸에게 덤빌 셈이냐. 백 년, 아니~! 천 년은 빠르닷~!』

거구에 어울리지 않은 무시무시한 속도로 하늘을 종횡무진 날아다니는 풍룡 휴번 씨.

본래의 용 모습으로 돌아간 휴번 씨는 UFO에 떼 지어 몰려들었던 마물들을 눈 깜짝할 새에 전멸시켜버렸다.

나도 페이의 등에 올라타서 조금은 싸웠지만, 솔직히 가만있었어도 아무 문제가 없었다.

그만큼 휴번 씨는 압도적이었다.

이게 고룡의 수장이 가진 힘인가…….

도저히 이길 자신이 없어.

이런 고룡의 수장들과 맞상대를 할 작정인 백색의 신의 진영도 역시나 내가 이길 수 있는 상대는 아니겠지.

어느 쪽에도 가담하지 않겠다는 나의 판단은 이런 관점에서 보면 틀리지 않았던 것 같아.

어느 한쪽에 가담한들 전력에 보탬이 되지 못하고 허망하게 죽었을 테니.

마물들이 전멸한 뒤에 UFO가 개활지를 골라서 착륙했다.

그리고 그 안에서 낯익은 얼굴들이 내려온다.

선생님을 비롯한 전생자들, 게다가 하이린스 씨와 안나도!

“여기~!”

나는 페이의 등에서 손을 흔들며 모두에게 가까이 다가갔다.

“무사했구나!”

“그건 제가 할 말이에요! 대체 어디에 갔던 거예요!”

선생님이 파들파들하는 느낌으로 화낸다.

아, 맞다. 깜빡했구나.

선생님과 다른 녀석들이 보기에는 내가 갑자기 사라져버린 셈이니까.

“사실은 이 녀석이 저를 어디인지도 모르는 장소로 전이시켜서요…….”

나는 주머니에 쭉 넣어 두고 다녔던 하얀 거미를 꺼냈다.

여자애 몇 명이 거미를 보고 뒷걸음질했는데 선생님은 오히려 눈을 반짝거렸다.

“살아 있는 거예요?”

“살아 있는 것 같기는 한데요, 전혀 움직이질 않아요.”

톡톡 건드려봐도 반응하지 않는 하얀색 거미.

이 녀석이 불쑥 내 머리 위쪽에 내려앉았던 직후 어디인지도 알지 못하는 모래사장으로 전이를 당해버렸다.

게다가 그곳에서 스우가 딱 기다리고 있었지…….

로난트 님 덕택에 다행히 탈출은 성공했지만, 전이를 썼기 때문에 결국 그곳이 어디인지는 여전히 알지 못한다.

뭐, 더 이상은 두 번 다시 가지 않을 테니까 상관없기는 하다.

꿈쩍도 안 하는 하얀색 거미를 다시 주머니에 넣었다.

나를 이상한 곳에 전이시켰던 범인이긴 해도 어쩐지 버릴 마음이 들지 않았다.

“보시다시피 저희는 전원 무사해요. 그쪽은요? 타가와랑 쿠시타니의 얼굴이 안 보이는데요…….”

“타가와 군이랑 쿠니사티 양은 흑색의 신의 진영에서 싸우겠다며 떠났어요. 쿠사마 군도요.”

“그랬군요…….”

타가와와 쿠시타니는 모험가로 활동하기도 했고, 싸우는 선택을 했단 말이구나.

그리고 쿠사마도 본래 신언교 소속이니까 이해할 수 있는 선택이다.

그러면 또 한 사람, 신언교 소속인 오기는?

“나 말야? 난 엘프의 마을에서 잠입 생활이 길기도 했고 전투에는 도움이 안 되걸랑. 그냥 남았어.”

어깨를 으쓱거리는 오기.

이야기를 들어보니까 오기는 무한 통화라는 유니크 스킬의 보유자이며 엘프의 마을을 둘러싸고 있던 결계를 뚫고 내부로부터 염화로 바깥에 정보를 전해주었다고 한다.

그렇게 쭉 신언교로 엘프의 마을의 내부 사정을 빼돌렸다는 것.

다만 오기도 엘프의 마을에서 오래 생활한 터라 신언교에 돌아가도 할 일이 없기 때문에 남았다고 한다.

그것도 한 가지 선택이라고 생각한다.

“아무튼 무사해서 다행이다. 너희도 이래저래 일이 많았나 보군.”

하이린스 씨가 내 뒤쪽에 있는 고룡의 수장들을 보며 말했다.

"하이린스 씨도 안나도 무사해서 다행입니다."

하이린스 씨와 안나는 엘프의 마을에서 깨어난 다음 한 번도 만나지 못했잖아.

특히 안나는 쿄야에게 죽었을 때 내가 자비 스킬로 소생시켰다.

이렇게 무사한 모습을 볼 수 있어서 안심이 된다.

"슈레인 님, 그때는 큰 신세를 졌습니다."

"그래. 무사해서 정말 다행이야."

감사의 말을 꺼내는 안나에게 나도 고개를 끄덕여줬다.

"쌓인 이야기는 많을 테지만, 지금은 더 중요한 이야기가 있다. 어쩌면 정말 엄청난 사태가 벌어질지도 모르겠어."

유난히 굳은 표정을 짓고 있는 하이린스 씨.

여유작작할 때가 많았던 하이린스 씨가 이렇게나 표정을 굳힌다면 그만큼 중대한 어떤 사건이 일어났다는 뜻이겠지.

"무슨 일이 있었죠?"

"사신은 백색의 신이 아니다."

……뭐라고요?

UFO의 내부로 안내받은 우리들.

그곳에서 하이린스 씨에게 들은 이야기는 충격의 연속이었다.

하이린스 씨가 흑색의 신의 분체였다는 것.

정보의 출처는 말할 수 없으나 백색의 신은 사신이 아니었음이 판명되었다는 것.

그리고 진짜 사신은 D라고 불리는 신이라는 것.

그리고 D야말로 시스템의 제작자이며 이 별을 유지, 관리하고 있는 상위 관리자라는 것.

새로 들어온 정보가 너무 많아서 두통이 솟는 기분이었다.

교황과 대화 나눴을 때도 마찬가지였는데 월드 퀘스트가 발생한 이후 새로운 사실을 너무나 많이 들어서 머리가 미처 다 받아들이질 못한다.

아니, 그렇게 말하자면 월드 퀘스트 발동 이전에 와카바에게 이야기를 듣던 때부터 이미 똑같은 상태였구나…….

"아무튼 백색의 신과 흑색의 신 중 누가 이기든 간에 이대로 가면 D님의 손에 의해서 인류의 반이 소멸될 거다."

침통한 표정으로 말하는 하이린스 씨.

"……그 사태를 막을 방법은, 없는 겁니까?"

"아마도, 있다."

그 대답에 안도하는 한편 하이린스 씨의 애매모호한 표현에서 일말의 불안감을 느꼈다.

"D님은 공평한 분이시지. 누구에게든 기회를 준다. 이번 사태에서도 아마 어떠한 구제 조치가 있을 것이다. 그게 아니라면 구태여 정보를 적어 놓을 리 없지. 하지만 그게 어떠한 방법인지 나는 짐작도 되지 않는군."

팔짱을 끼며 미간에 주름살을 짓고는 눈을 꽉 감는 하이린스 씨.

확실히 아무 힌트도 없는 상황이니 어떻게 하면 되는지 전혀 알 수가 없었다.

"저기요, 그 사신 D라는 적을 무찌르면 안 돼요?"

유리가 과격한 발언을 꺼낸다…….

“불가능하다.”

“싸워보지도 않고 어떻게 알아요!”

“그럼 묻겠다만, 태양이 떨어진다면 인간에게 막을 방법이 있겠나?”

……그래, 없겠지.

“그런 차원의 이야기다. 설령 백색의 신과 흑색의 신이 협력하더라도 만에 하나의 승산조차 없다.”

다른 누구도 아닌 흑색의 신의 분체라는 하이린스 씨가 한 말이니까 분명 틀림없겠지.

“그럼 가만히 앉아 멸망을 기다려야 합니까?”

“…….”

나의 질문에 하이린스 씨는 복잡한 표정을 지은 채 침묵을 고수했다.

“……힌트가 전혀 없다면 본인에게 물을 수밖에.”

이제까지 묵묵히 대화를 듣기만 했던 로난트 님이 입을 열었다.

“본인에게?”

하이린스 씨가 의아해하는 얼굴로 되묻는다.

“아무렴. D라는 신이 시스템의 제작자 본인이렷다? 그렇다면 시스템과 제법 깊숙이 연결되어 있을 터이다. 그 연결을 더듬어서 공간 마법으로 본인이 있는 곳까지 전이하세나.”

“그런 게, 어떻게…… 아니지, 설마, 가능한가?”

하이린스 씨는 로난트 님의 이야기를 듣고 눈이 휘둥그레졌다.

로난트 님은 나와 페이가 맺은 사역마 계약의 연결을 추적해서 내가 있었던 곳으로 전이를 하는 실적을 이미 쌓았다.

아마도 같은 방법론으로 이 대안을 떠올렸을 테지.

"……이론상 가능하기는 하군. 게다가 전생자들이 전생을 한 계기가 되었던 이세계의 폭발 사고. 그것도 이쪽 세계의 차원 마법 사용자가 날린 공격이었으니까."

"네에?!"

또다시 놀랄 만한 새로운 사실이 튀어나와버렸다.

우리가 전생을 한 사정 이면에 저런 이유가 있었다니.

"불가능하지는, 않아. 하지만 몹시 어려울 거다."

"흥! 하이린스, 애송이 녀석아. 내가 누구인 줄은 알고서 하는 소리더냐? 인족 최강의 마법사가 바로 나일지니라! 율리우스의 스승이기도 했던 내 실력을 믿어보거라."

"훗. 그리 말씀하신다면야 어떻게 안 믿을 수 있겠습니까."

흑색의 신과 가깝게 행동했던 탓일까, 조금 거만했었던 태도가 거짓말인 양 원래대로 돌아온 하이린스 씨.

그렇구나. 하이린스 씨는 율리우스 형님의 동료였잖아. 율리우스 형님의 스승이었던 로난트 님과 면식이 제법 있었겠구나.

완전히 잊고 있었어.

"나는 이제부터 D라는 신이 있는 곳으로 전이할 방법을 찾아 이것저것 시도해보마. 너희는 교황에게라도 달려가서 지금 알아낸 사실을 전해주어라. 이 배를 쓰면 전이를 하지 않아도 먼 거리는 아닐 터이다. 빨리 움직여서 무익한 전쟁을 막거라!"

로난트 님의 호령에 따라 모두가 움직인다.

이렇게 우리는 진짜 사신과 맞서고자 행동을 개시했다.

아리엘 2

만리안으로 차례차례 전황을 관찰하며 권속 지배의 명령으로 타라텍트 계열 권속을 움직인다.

나 자신에게는 더 이상 싸울 힘이 남지 않았지만, 이렇듯 후방에서 지휘하는 것도 어엿한 임무잖아.

그나저나, 음, 광대한 엘로 대미궁의 이곳저곳에서 상황이 자꾸 변화하니까 만리안 사용을 멈출 수 없어.

까놓고 말해서 엄청 바쁘다!

다만 고생한 보람이 있어 전황은 아군에 무척 유리하게 흘러가고 있다.

상층에 출현했던 수룡들은 이미 거의 다 처리가 끝났어.

소피아가 수룡의 수장인 이에나에게 농락당하던 때는 손에 땀이 났었지만, 라스 군이 달려가서 소피아랑 배턴 터치를 한 다음은 금방이었다.

설마했는데 이에나가 단숨에 당하는 광경을 봤을 땐 나도 아무런 말이 안 나오더라.

이에나는 고룡의 수장 중 무척이나 강한 편, 아니, 아마도 가장 강력할 거야.

이에나는 대해의 지배자이자 적대하는 상대를 모조리 바다의 거름으로 만들 수 있는 힘의 소유주였다.

순수한 힘에 의한 압살뿐 아니라 물을 쓴 다채로운 전법으로 상대를 농락하는 계략에도 뛰어난 능력이 있다.

이에나가 조종하는 물은 몹시도 자유롭게 변화하는 데다가 액체라서 흘러 다니니까 방어가 어려워.

예전에 내가 이에나의 전투 장면을 봤을 때는 상대의 몸 안쪽으로 물을 흘려 넣어서 내장부터 파열시키는 야비한 기술을 쓰기도 했다.

그냥 물이잖아. 귀나 눈으로 흘러 들어가면 도저히 방법이 없어.

막으려면 모든 물을 전부 다 피해야 할 텐데 막 흘러 다니는 데다 형태가 자유롭게 바뀌는 물의 움직임을 완벽히 포착해야 한다. 얼마나 힘들겠어.

전성기의 나라면 폭식으로 물을 모조리 집어삼켜서 해결할 수 있었겠지만, 그게 불가능하면 압도적인 힘으로 물을 싹 날려버리거나 소실시키는 방법밖에 딱히 대처법이 없다.

저런 방법은 이에나보다 무력에서 앞서야 할 필요가 있다.

만약 뒤처진다면 오히려 물의 기세에 휩쓸려서 끝장이다.

힘이 떨어지면 절대로 승산이 없고, 비슷하거나 우위여도 고전은 면할 수 없다.

그것이 내가 알았던 이에나에 대한 평가였는데…….

설마 순식간에 당하다니…….

아니, 뭐, 라스 군도 필살기를 안 쓰면 어려워질 것이라 판단해서 한 행동일 거야.

이에나의 위험성을 올바르게 이해했기에 대가가 큰 분노를 써서라도 서둘러 승부를 결정지었겠지.

옳은 판단이다.

라스 군의 불꽃과 벼락으로 이에나의 물을 완전히 막긴 어려우니까.

소피아의 얼음은 이에나를 상대하는 데 제법 유리했지만 말이야.

소피아랑 달리 이에나의 물을 차단할 방법이 없는 라스 군은 단기 결전이 아니면 오히려 승산이 희박했다.

그렇다 해도 순식간에 해치우다니…….

너무 극단적이지 않아?

뭐, 아마도 고룡 중에서 가장 골칫거리였을 녀석이 탈락한 건 행운이지만.

오랜 세월을 살아온 고룡의 수장이어도 죽을 때는 맥없이 가버리는구나.

그런 의미에서는 포티머스를 제대로 때려잡았던 나는 행복한 편에 속하는 것 같네.

최소한의 의무는 완수했으니까.

이에나가 일으켰던 상층의 수몰도 소피아가 주변을 닥치는 대로 막 동결시켜준 덕에 수습되고 있는 분위기였다.

도중에 만난 수룡도 같이 쓰러뜨려주고 있으니까 상층의 침수는 머지않아 해결될 거야.

처음에는 조마조마했는데 결과만 보면 적은 큰 전력을 잃어버렸고 아군의 피해는 경미하다.

그리고…… 음, 나는 시점을 전환해서 다른 장소를 살펴봤다.

과거에 퀸이 하층에서 지상으로 쾅 뚫어 놓았던 절벽 구덩이.

그곳에서는 격한 전투가 벌어지고 있었다.

화룡 그웬, 뇌룡 고카.

바깥에서 퀸과 싸웠던 고룡의 수장 두 마리가 다시금 쳐들어왔다.

요격에 나선 전력은 이번에도 퀸.

퀸 타라텍트는 도합 다섯 마리가 있었다.

그중 이곳 엘로 대미궁에 있었던 한 마리는 시로한테 쓰러졌고, 다른 한 마리는 엘프의 마을에서 포티머스의 병기와 싸우다가 거꾸러졌다.

하지만 나머지 세 마리는 건재했다.

나는 세 마리 전부를 이번 전쟁에 대비해서 소환했다.

이미 한 마리는 화룡 그웬, 뇌룡 고카와 싸운 끝에 목숨을 잃었으니 남은 숫자는 둘.

그렇게 남은 두 마리 중 한 마리가 화룡 그웬, 뇌룡 고카와 다시금 맞닥뜨리게 됐다.

참고로 인족과 싸우던 중 용사 율리우스가 쓰러뜨렸던 녀석은 시로가 만들어 냈던 분체일 뿐 원래 데리고 있었던 퀸이 아니다.

앞서 퀸을 격파했던 고룡의 수장 두 마리가 상대.

그렇다면 같은 수순을 밟은 결과로 퀸이 패배해서 끝날까……?

아니, 이번에는 달라.

절벽 구덩이에 잔뜩 쳐 놓은 실에 얽혀서 뇌룡 고카가 발버둥 치고 있었다.

그곳을 노리고 퀸이 가차 없이 맹공을 쏟아붓는다.

용치고 몸이 조그마한 고카가 길가의 돌멩이처럼 나가떨어졌다.

그웬이 절벽 구덩이 안쪽으로 불을 뿜으며 날아서 실을 소각하려고 애를 쓰지만, 고카가 붙들린 것을 보면 알 수 있듯이 처리 속도가 이미 밀렸다.

거미형 마물의 강점은 좁은 장소에서 실을 활용한 싸움이다.

지난 전투는 바깥의 탁 트인 장소에서 이루어졌기에 진가를 발휘할 수 없었지만, 이곳 절벽 구덩이에서는 상황이 달라진다.

퀸은 거구에 어울리지 않는 민첩한 움직임으로 절벽 구덩이를 종횡무진 달려다니면서 벽이든 공중이든 아랑곳없이 활약을 펼치고 있다.

곳곳에 쳐 놓은 실뿐 아니라 공간 기동을 활용해서 공중조차 발판으로 쓰며 뛰어다니는 퀸에게 농락당하는 터라 고카도 그웬도 자꾸 수세로 몰린다.

게다가 절벽 구덩이의 아래쪽에서 퀸의 부하인 아크 및 그레이터가 원거리 공격을 날려준다.

그웬과 고카는 사방팔방에 쳐 놓은 실이 걸리적거려서 아크나 그레이터한테까지 손쓸 여유가 없었다.

반대로 아군은 실이 방패도 되고 발판도 된다.

그웬과 고카도 저마다 부하 용들을 거느리고 돌격했었지만, 대부분이 이미 실에 휘감겨서 격추당했다.

절벽 구덩이는 지상에서 하층까지 연결되어 있기 때문에 이곳 최하층 부근으로 단번에 내려올 수 있다.

다만 이렇듯 뻔하게 노릴 장소는 당연하게도 철저하게 지킨다.

퀸이 사전에 실을 쳐 놓아서 만전의 태세로 요격 준비를 끝냈다.

이곳 절벽 구덩이는 일종의 요새였다. 난공불락의.

애당초 퀸은 그웬이나 고카보다도 더욱 강한 개체이며, 유리한 지형에서 부하들과 함께 싸우고 있다.

더욱이 그웬과 고카는 이미 바깥에서도 다른 퀸과 전투를 한 번 벌였고.

잠시 쉰 것 같기는 한데 다 회복되지는 않았을 거야.

그런 상태라면 이렇듯 밀리는 게 당연하다.

……묘한데.

절벽 구덩이에 매복이 있을 것도, 그웬과 고카가 잔뜩 소모된 것도 더스틴이라면 설마 모를 리 없었다.

이에나의 움직임에 맞춰 단번에 몰아치고 싶은 욕심은 있었겠지만, 그렇다 쳐도 너무나 엉성하다.

다른 고룡의 수장들이 아직껏 안 보이는 것도 이상하고, 이런 형세에서 전력을 아낄 이유도 알 수 없었다.

이에나가 조기에 격파당한 것은 상대도 예상외였겠지만, 그렇다 해도 그웬과 고카의 돌격은 너무 무모하다.

그웬도 고카도 약하지는 않아.

하지만 이런 상황에서 돌격을 감행하여 퀸의 수비를 뚫을 만큼 강하지는 않다.

그웬은 안정적인 힘을 보유한 화룡이야.

공방이 모두 높은 수준에 도달했고, 날개를 갖고 있어서 공중전도 가능하다.

다만 반대로 말하자면 특히 뛰어난 능력이 없고, 약한 적에게는 안정적으로 승리할 수 있을지언정 강한 상대에게는 아무리 발악해도 이기지 못한다.

안정적인 만큼 폭발력이 부족한 까닭이지.

화룡인데도.

이러한 성질 때문에 본래 퀸이랑 싸울 때 속성의 상성이 좋아서 힘이 밀리더라도 우위를 점할 수 있어야 할 텐데, 결과는 보는 바대로.

그리고 고카, 이 녀석은 그웬과는 반대로 일점 돌파형의 특화 타입이었다.

능력치 특화라서 순수하게 능력치 숫자만 두고 비교하면 고룡의 수장들 중 넘버원이 아닐까 싶다.

어쩌면 능력치만은 퀸과 비슷하거나 뛰어넘을지도 몰라.

다만 그만큼 스킬이 허술해서 넘쳐나는 능력치로 확 밀어붙이는 근육 뇌 전법밖에 쓸 줄 모른다.

어쨌든 그게 전부냐고 얕봐도 되는 녀석은 아니야.

능력치의 폭력은 단순하기에 더욱 대처하기가 까다로우니까.

어설프게 잔재주를 부렸다가는 물어뜯긴다.

함정을 위주로 싸우려다가 정작 능력치의 폭력 앞에서 못 버티고 쓰러질 수 있거든.

최소한 정면충돌을 하고도 순식간에 당하지 않을 실력이 요구된다.

벼락이라는 파괴력 높은 공격 수단을 주체로 싸우고, 또한 본체도 높은 능력치 덕에 민첩하게 뛰어다니면서 이빨과 발톱으로 상대를 찢어발긴다.

단순 명쾌한 만큼 파괴력 및 돌파력은 고룡 중 첫째간다고 말할 수 있겠지.

뭐, 높은 출력을 발휘하는 대가로 연료가 빨리 떨어져서 장기전에는 별로 적합하지 않다는 결점이 있기는 한데 말이야.

그래서 퀸과 2연전은 고카에게도 무척이나 버거울 거야.

잠깐 휴식 시간은 가졌어도 SP 등 소모는 금방 회복되지 않아.

실제로 움직임에서 날렵함이 많이 떨어졌다.

그 탓에 퀸이 쳐 놓은 실에 자꾸 걸려드는 거야.

……아니, 실에 붙들리는 건 고카가 생각 없이 막 움직이는 탓인가.

고카도 작은 체격과 민첩성을 살려서 히트 앤드 어웨이를 반복하는 타입이니까.

실 때문에 움직임이 제한을 받는 저 절벽 구덩이에서 맞붙는 싸움에는 애당초 적합하지 않았던 거야.

그런 요소도 더스틴이라면 예측할 수 있었을 텐데 왜 굳이 불리한 전장에 고카를 보냈을까. 도통 이유를 알 수가 없다.

그웬은 실에 맞서서 불을 사용하는 상성의 유리함이 있으니 연속으로 전투를 맡기는 것도 이해가 아주 안 되지는 않은데.

고카를 온전하게 활용하고 싶다면 확실하게 휴식을 주는 게 맞다.

절벽 구덩이를 공격하겠다면 더 적합한 인재가 있잖아.

나라면 빙룡 니아를 투입했을 거야.

실을 동결시킬 수 있는 니아라면 상성으로 봐도 유리하게 대응할 수 있는 데다가 그 녀석의 진짜 무기는 극한과 저주를 활용해서 상대를 슬금슬금 몰아넣을 수 있다는 점이니까.

그런 전법에 당하면 본래 요격에 집중해야 했을 아군이 오히려 치고 나가야 하는 상황으로 몰린다.

그러면 애써 여기저기 쳐 놓은 실 함정도 대부분 헛수고가 되지.

만약 니아가 등장했다면 소피아나 라스 군한테 서둘러 대처를 부탁해야 할 텐데. 우려했었던 만큼 유효한 계책을 쓰지 않았다는 데서 커다란 위화감이 생겨난다.

이 틈에 다른 방면을 공격하려나?

어쩌면 이미 공격을 개시했다거나?

아니, 지금은 엘로 대미궁 전체를 둘러봐도 딱히 이상한 곳이 없어.

그렇다면 이제 곧 어딘가에서 쳐들어오려나?

그렇다기에는 타이밍이 너무 늦는데.

이에나를 격퇴하는 데 성공했고, 그웬과 고카도 퀸 상대로 열세를 벗어나지 못하고 있다.

상황은 아군에 무척 유리하다.

이 지경까지 다른 고룡의 수장들을 아끼려 하는 이유를 모르겠어.

뭔가 거하게 놓친 부분이 있나?

확실히 지금 여기 최하층에는 나밖에 없으니까 불쑥 기습을 당한다면 버거워.

하지만 쭉 둘러봐도 전혀 낌새가 없는 데다가 만약 기습을 당하더라도 엘로 대미궁의 다른 입구를 지키고 있는 나머지 퀸 한 마리를 소환한다면 소피아랑 라스 군이 돌아올 때까지 충분히 시간을 끌 수 있다.

문제는 없다. 아마도.

상황은 우세로 흘러가고 있어.

그런데 대체 어째서일까. 미처 지울 수 없는 이 불안감은 뭐지?

상대편에 뭔가 문제가 발생한 건 틀림없다.

이렇게까지 더스틴이 전력을 아껴야 할 전략적 이유가 떠오르지 않는 이상, 모종의 이유가 있어 투입을 하지 못하게 된 사태가 발생했다고 간주하는 게 자연스럽겠지.

이에나도 마찬가지였는데 그웬도 고카도 소모품으로 쓰기에는 무척 중요한 전력이다.

여기 나 혼자만 있는 상황에서도 별다른 움직임이 없는 이유는 실제로 다른 행동을 할 여유가 없기 때문이라고 생각하는 게 맞다.

그래, 어쩌면 나타나지 않은 다른 고룡의 수장들은 입장을 바꾼 게 아닐까?

그렇게 생각하면 그웬과 고카가 무모하게 쳐들어온 이유도 납득이 된다.

투입할 다른 전력이 없기 때문에 무모하더라도 이렇게 공격하는 거야.

퀸 한 마리를 쓰러뜨린 다음 잠시나마 쉬었다지만, 의외로 다시 또 금방 쳐들어온 것도 이에나가 생존 중일 때 서둘러 공세를 가하려는 의도였다고 생각하면 앞뒤가 맞는다.

물론 이에나는 이미 쓰러져버렸으니까 그웬과 고카가 여기에서 아무리 발악하더라도 활로는 안 열리겠지만.

만약 더스틴의 진영에 남은 게 이에나, 그웬, 고카 셋뿐이었다면 이미 상대에게는 승산이 없다.

이에나는 이미 쓰러졌고 그웬과 고카 단둘이서 이곳의 수비를 돌파하는 것은 불가능하니까.

모습을 보이지 않은 다른 고룡의 수장들이 아직껏 멀쩡하게 남아 있다면 얘기가 달라지겠지만, 역시 어떻게 생각해봐도 지금껏 아낄 이유가 없단 말이지~.

이에나와 수룡들이 상층에 쳐들어왔던 순간이 바로 최고의 공격 기회였고, 그 시기를 놓친 이상은 이에나라는 중요한 패를 잃어버린 실책밖에 되지 못하니까.

그렇다면 역시 나머지 고룡의 수장들은 입장을 바꿨을 가능성이 무척 높은데, 도대체 이유가 뭐지?

니아는 대충 짐작할 수 있어.

걔는 뼛속까지 니트 기질이거든.

다만 휴번과 레이세는 알 수가 없다.

휴번은 좀 방정맞아도 상당한 의리파이고 임무를 충실하게 수행하는 타입이야.

레이세는 마왕검의 수호를 위해 쭉 혼자서 마왕검과 함께 봉인되어왔던 충신.

그런 레이세가 규리에의 진영에서 나와 따로 행동한다는 것은 잘 상상이 되지 않는다.

그런 사태가 벌어졌다면 상대 진영에 정말 큰 사건이 있었을 텐데.

정작 뭔지는 알 수 없다는 게 무섭구나.

어쩌면 우리 쪽 진영에도 심대한 영향을 끼칠 무엇인가가 전혀 다른 어딘가에서 진행 중이라거나?

휴번과 레이세가 이탈할 수밖에 없는 사태가?

……그건 뭐랄까, 좀 불길한 예감이 들어.

이런 깊숙한 곳에 틀어박혀 있자니 바깥 정보가 안 들어오잖아.

뭐가 어떻게 된 일인지 알아보는 건 어렵겠네.

아무튼 간에 여기를 벗어날 수도 없단 말이야.

불확실한 추측을 근거로 당초 방침을 변경할 순 없는 노릇이다.

그래, 초지일관이다.

끝까지 엘로 대미궁 방어를 완수하는 데 주력하자.

어쩌면 상대 쪽에서 겪은 불의의 사태가 우리한테는 단순하게 순풍이 되어줄지도 모르고.

지금은 아군 지휘에 집중하자.

그렇다 해도 곧 승부가 결정될 것 같아.

안 그래도 우세하게 흘러가던 전황에 퍼펫 타라텍트들이 합류했다.

퀸에 더하여 퍼펫 타라텍트 넷.

그 밖에 아크가 아홉 마리에 그레이터가 서른한 마리, 졸병은 헤아리지 못할 만큼.

반면에 그웬과 고카의 진영은 불 속성 고룡이 두 마리, 벼락 속성 고룡이 한 마리 남았을 뿐이다.

다른 용들은 이미 다 쓰러져버렸다.

신화급의 숫자로는 호각이지만, 다른 요소에서는 아군의 군세가 매우 압도하고 있다.

퀸 하나와 부하 거미들도 제대로 돌파하지 못했는데 퍼펫 타라텍트들까지 추가된 상황이니까 그웬과 고카에게 역전의 가능성은 없다.

아마 그웬도 이미 깨달았을 거야.

근육 뇌 고카는 모를 수도 있겠지만.

그웬이 지금 취해야 할 최선의 선택은 철수인데, 글쎄?

그웬이 부르짖는다.

만리안으로 시야만 유지하고 있는 내 귀에는 저 포효가 들리지 않았지만 기백만큼은 전해졌다.

화염의 숨결로 실을 불태우고 자신에게 덤벼드는 네 명의 퍼펫 타라텍트와 맞서 싸운다.

도망은 안 치는구나.

이렇게 상대 진영에 물러설 곳이 없음이 증명되었다.

만약 나머지 고룡의 수장들이 제대로 남아 있다면 전력의 축차 투입으로 각개 격파를 자초하는 셈이니.

그런 어리석은 계책을 더스틴이 채택할 리 없었다.

그웬이 지금 물러나지 않는 이유는 물러났다가는 정말 끝장이기 때문이라고 가정하는 것이 타당하다.

역시 모습을 보이지 않은 나머지 고룡의 수장들은 이탈했다고 판단하는 것이 맞겠어.

그웬과 고카에게는 지금 이곳에서 거미 군단을 모두 격파하는 길밖에 활로가 없는 거야.

어쨌든 순순히 당해줄 만큼 아군은 만만하지 않다.

사방에서 그웬에게 덤벼드는 퍼펫 타라텍트들.

호흡이 완벽하게 맞아떨어진다.

그웬의 입에서 발사된 화염 브레스가 그중 한 명, 아엘을 덮쳤다.

아엘은 독수를 쏟아 냄으로써 요격.

아무래도 상대가 더 강자이며 또한 속성으로도 상성이 나쁜 까닭에 그웬의 공격이 우위를 점했다.

아엘이 화염 브레스에 맞아 날아간다.

다만 그 틈에 다른 세 명이 그웬에게 들이닥쳤다.

퍼펫 타라텍트의 여섯 개 팔 각각에 쥐인 검이 그웬의 단단한 비늘을 베어 가른다.

세 명, 여섯 개의 팔, 도합 열여덟 번의 참격.

능력치는 그웬이 더 높아서 일격으로 가할 수 있는 상처는 대단하지 않았다.

다만 무시할 만큼 사소하지도 않아.

그런 상처가 열여덟 개나 생기면 모두 더했을 때 큰 대미지가 되어 HP를 대폭 깎는다.

그웬은 고통에 몸부림치다가 온몸으로 불을 뿜어서 퍼펫 타라텍트들을 멀리 쫓아냈지만, 쫓아냈다는 것은 곧 접근시키고 싶지 않음을 의미한다.

지금 공방에서 입은 대미지가 컸음을 증명하고 있다.

아엘, 사엘, 리엘, 피엘.

이렇게 네 명의 퍼펫 타라텍트는 정예다.

퍼펫 타라텍트라는 종족 자체가 통상의 타라텍트 계통 진화에서는 발생하지 않는 내 직속의 특제 정예이기는 하다.

그러나 정예였던 퍼펫 타라텍트도 숫자가 대폭 줄어서 남은 건 이렇게 네 명이 전부.

많은 퍼펫 타라텍트가 전투 중 목숨을 잃어버렸다.

……그중 대부분이 시로한테 당해서 쓰러졌다는 건 눈을 감자.

마지막까지 남은 저 녀석들 넷은 정예 중의 정예.

본래부터 퍼펫 타라텍트 중에서도 뛰어난 녀석들이었기에 마지막까지 내 호위로 데리고 다녔던 이유도 있다.

그 덕분에 시로한테 안 죽고 살아남았어.

그리고 이후 전투에서도 쭉 살아남아왔다.

소피아와 라스 군을 비롯한 전생자, 심지어 메라조피스 군에게도 성장 속도로는 당하지 못한다.

그래도 수많은 전투를 거쳐 착실하게 실력을 성장시켰어.

단지 능력치나 스킬같이 쉽게 실감할 수 있는 숫자만 높아진 게 아니다.

숫자로 표기되지 않는 순수한 기술, 각각의 연계력 또한 성장했다.

저 넷은 마지막까지 남은 퍼펫 타라텍트다.

그리고 퍼펫 타라텍트 중 가장 오래도록 서로와 함께 지냈던 녀석들이다.

연계력은 누구에게도 지지 않아.

굳이 염화로 대화를 하지 않아도 느낌만으로 호흡을 맞출 수 있다.

리엘과 피엘이 방금 막 날아갔던 아엘을 실로 붙잡아 회수해서 곧바로 합류시켰다.

아엘은 몸 표면이 약간 타버렸지만, 퍼펫 타라텍트의 본체는 거죽으로 쓰는 인형의 안쪽에 있는 자그마한 거미다.

아무리 인형이 손상되어도 본체만 무사하면 죽지 않아.

아엘이 합류하자 반대쪽에 있었던 사엘만 혼자 고립되는 모양새가 되었다.

그웬이 기회를 놓치지 않고 사엘에게 향한다.

곧바로 등을 노리고 달려드는 세 명의 퍼펫 타라텍트.

그웬도 낌새를 감지한 뒤 반전해서 요격 태세를 취했다.

그러자 또 즉각 덤벼드는 사엘.

사엘의 검이 그웬의 날개를 베어 갈랐다.

비록 4대1의 상황일지언정 강자를 상대하는 와중에 속성의 상성까지 안 좋은 그웬을 오히려 농락하고 있다.

위기에 처한 그웬을 구하려는 것일까. 고카가 퍼펫 타라텍트들에게 들이닥친다.

그러나 헛손질만 이어졌다.

실 위를 달리는 둥 실을 잡아당겨서 상하좌우로 고속 이동을 하는 둥.

통상적인 비행과는 다른 독특한 공중 이동에 농락당할 뿐 분명 능력치는 우위에 있는데도 고카는 끝내 퍼펫 타라텍트들을 따라잡지 못한다.

실을 온전하게 활용할 수 있는 공간이라면 고룡 최속의 휴번이 나서지 않는 한 퍼펫 타라텍트들을 붙잡기는 어려울 테지.

그리고 일단 걸음을 멈추면 제 몸에 실이 휘감긴다.

눈앞에서 퍼펫 타라텍트들이 둘로 갈라져 움직이자 고카는 어느 쪽을 쫓아야 할지 망설이며 일순간 움직임을 멈췄다.

그 일순간에 고카의 몸을 실이 휘감는다.

곧이어 날아드는 참격.

고카는 자기 몸으로 전격을 발산하며 휘감겨 있는 실을 억지로 태워서 끊고 빠져나갔다.

다만 완전히 다 피하지는 못해서 몸에 칼자국이 새겨지고 말았다.

그웬이 불꽃 브레스로 막아서 더 이상의 추격은 저지했지만, 퍼펫 타라텍트들의 우세는 명백했다.

이렇게까지 퍼펫 타라텍트들이 우세로 싸울 수 있는 까닭은 저 아이들의 연계가 훌륭하다는 것 이외에도 그웬과 고카가 거의 따로따로 행동하고 있는 이유도 컸다.

그웬은 재빨리 뛰어다니는 고카에게 맞춰주지를 못하고, 고카는 애당초 그웬에게 맞춰준다는 사고가 없다.

고카 저 녀석은 근육 뇌니까…….

덕분에 4대2가 아니라 4대1대1 비슷한 상황으로 싸우고 있어.

덧붙여서 퀸 등등 거미 군단의 지원 공격도 날아오고 있기 때문에 그웬과 고카는 제대로 몸을 움직이기가 어렵다.

저곳에서 가장 큰 위협은 퀸이니까 그웬과 고카는 부득이하게 퀸의 동향을 줄곧 신경 쓸 수밖에 없거든.

하지만 퍼펫 타라텍트들과 싸우는 와중에 퀸의 움직임에도 주의를 기울인다는 건 너무 건방진 게 아닐까?

퍼펫 타라텍트한테도, 퀸한테도.

퍼펫 타라텍트들이 일제히 어둠 마법을 날린다.

그것을 회피하기 위해 그웬과 고카는 좌우로 이동하려다가 움직임이 뚝 멈췄다.

경악한 표정을 짓는 그웬과 고카.

눈에 보이지 않을 만큼 가느다란 극세사에 감겨서 몸이 구속되어 있었다.

퍼펫 타라텍트들이 싸우던 와중에 퀸이 들키지 않도록 몰래 그웬과 고카의 몸에다가 저 실을 쭉 둘러 놓았다.

퍼펫 타라텍트와 싸우는 한편 퀸한테도 주의를 기울여야 하는 처지에서 눈에도 안 보일 만큼 가느다란 실이 자기 몸에 사르륵 달라붙는 걸 어떻게 알아챌 수 있었겠어?

게다가 저런 극세사여도 그웬과 고카의 일순간 정지시키기는 충분하다.

퍼펫 타라텍트들이 날렸던 어둠 마법이 그웬과 고카에게 직격했다.

용린 계통의 스킬을 보유한 용에게 마법은 별 효과가 없다.

그러나 전혀 안 통하는 것은 아니야.

비늘을 꿰뚫어서 상처를 입힌다.

그곳을 노려 달려드는 퍼펫 타라텍트들.

극세사에 구속되어서 어둠 마법에 막 직격을 당한 그웬과 고카에게 퍼펫 타라텍트들의 공격을 막아 낼 여유는 없었다.

회피도 방어도 하지 못하고 여섯에 넷을 곱해서 합계 스물네 번의 참격이 그웬과 고카에게 덮쳐든다.

온몸에 상처를 입고 피를 흩뿌리는 그웬과 고카.

거의 시체와 다를 바 없다.

그럼에도 저 녀석들은 용의 정점에 선 고룡의 수장이었다.

그웬의 몸에서 격한 불꽃이 쏟아졌고, 고카의 몸에서는 자전이 흩날린다.

바짝 접근했던 퍼펫 타라텍트들은 물론 피할 방법이 없었다.

불꽃과 벼락에 직격을 당해 탄화되어버리는 퍼펫 타라텍트, 바깥쪽 인형.

그웬과 고카는 알아차리지 못했는데 퍼펫 타라텍트들의 본체는 이미 인형의 안쪽에서 뛰쳐나왔다.

대략 주먹만 한 크기의 거미가 네 마리, 하늘을 난다.

네 마리의 거미가 쏘아 낸 실은 참격이 되어 그웬과 고카의 몸을 갈라버렸다.

퍼펫 타라텍트들의 인형은 어디까지나 인형이다.

퍼펫 타라텍트들에게는 갑옷이자 무기이며 달리 말하자면 도구에 불과하다.

퍼펫 타라텍트들의 본체는 작아서 약해 보이지만, 능력치와 스킬은 본인이 보유하는 것이지 인형에 부여된 것이 아니었다.

즉 퍼펫 타라텍트들은 저렇게 작은 몸집으로도 1만을 넘는 능력치의 소유자이다.

인형이 아니어도 충분히 강해.

퍼펫 타라텍트들의 예리한 실 공격이 결정타였다.

그웬과 고카가 움직임을 멈춘다.

몸체가 이 실에 묶여서 구속되어 있기 때문에 공중에서 축 늘어져 못 박힌 모양새였다.

그웬의 입이 살짝 움직이더니 신체가 먼지처럼 흩어지며 사라져 간다.

그 광경을 본 고카도 그웬을 따라서 입을 움직였고 곧 먼지가 되어 사라져 갔다.

……혼을, 바쳤구나.

저 녀석들과 잘 알고 지내지는 않았다.

그럼에도 오래된 사이이기는 하다.

그렇게 오래 알았던 녀석들이 지금 떠나갔다.

이런 현실에 약간의 허전함을 느끼면서 동시에 끝이 드디어 가까워졌음을 절절히 실감하게 된다.

건투한 그웬과 고카에게 묵도를 올린 뒤 이어서 퍼펫 타라텍트들에게 치하의 말을 선사했다.

"잘 싸웠어."

뭐, 멀리 떨어져 있는 이곳에서 내가 한 말이 들리지는 않겠지만, 이런 건 기분이 중요하니까.

한편 퍼펫 타라텍트들은 까맣게 타서 눌어붙은 인형을 서글피 바라보고 있었다.

저 인형은 시로가 손수 만들어준 특제품이다.

시로의 실을 재료로 썼고 외형이 완전히 인간과 다를 바 없기에 인형의 영역을 훌쩍 뛰어넘은 역작이었다.

퍼펫 타라텍트들 본인도 인형을 만들 순 있지만, 저 아이들이 만드는 건 평범한 인형 느낌의 마네킹이다.

다시 만들어 봤자 진짜 인간으로 보이는 예전 퀄리티는 구현할 수 없어.

그러니까 시로한테 다시 만들어달라 부탁하고 싶지만, 이 전쟁 후 딴짓을 할 여유가 있을지는 장담을 못해.

"퍼펫 타라텍트들을 위해서라도 무사히 돌아와주면 좋겠네."

아직껏 한창 싸우고 있을 시로가 무사하기를 기원했다.

그때…….

『아~ 아~ 아~. 여보세요? 제 목소리 들리나요?』

갑자기 머릿속에서 목소리가 울려 퍼졌다.

이것은, 염화?

주위 상황을 살펴봐도 염화를 보낸 당사자의 모습은 확인할 수 없었다.

아마도 엘로 대미궁 바깥에서 염화를 보낸 것 같아.

그렇다면 스킬 레벨이 상당하겠지.

신언교는 스킬 레벨이 높은 염화술사를 다수 보유하고, 수많은 도시 및 마을의 곳곳에 배치함으로써 말 전하기 게임처럼 염화 네트워크를 구축했다. 즉 세계 각지의 정보가 멀리 떨어져 있는 신언교 총본산에 금세 보고된다.

엘로 대미궁의 바깥에서 내가 있는 곳까지 염화를 보낼 만큼 스킬의 레벨이 높다면 틀림없이 신언교에서 공들여 키운 염화술사겠지.

『누구야? 뭐, 신언교 소속의 인간이겠지만.』

『아, 아~? 안녕하세요. 반은 정답이고 반은 틀렸어요. 음, 이렇게 얘기하는 건 처음이니까, 만나서 반갑습니다. 얼굴 마주한 건 아니지만요. 아무튼 저는 전생자인 오기와라 켄이치라고 해요. 무한 통화라는 유니크 스킬을 갖고 있고요.』

이 염화에 의해 사태는 뜻밖의 방향으로 나아가게 되었다.

더스틴

작전 사령부에는 침중한 분위기가 가득했다.

상황은 최악.

전장 가까이 배치했던 또 다른 작전 사령부는 하얀 옷 집단의 습격을 받아 괴멸했다.

전장에서도 비록 퀸 타라텍트는 그웬 님과 고카 님의 활약 덕택에 격파할 수 있었지만, 도중에 출현한 악몽의 잔재 떼 앞에서 인족 연합군과 마족군 쌍방이 모두 심대한 피해를 입고 철수하는 상황에 몰려버렸다.

물론 인족 연합군도 마족군도 전력에 보탬이 될 것을 기대하지는 않았다.

아리엘 님 진영의 주력이 보유하고 있는 힘을 감안하면 평범한 사람은 아예 전력으로 계산하기도 어렵다.

그러나 약자의 집단이어도 공격에 나선다면 무시할 순 없는 법이다.

요격에 얼마간이나마 전력을 분산시켜야 할 테니까 그 틈에 이에나 님이 침공을 성공시킨다면 이후 전개도 조금이나마 편해지리라고 기대를 했다.

이에나 님은 이미 연락이 되지 않는다.

만리안 사용자에게 엘로 대미궁 상층의 정탐을 맡겨봤지만, 어디를 살펴봐도 동결되어 있다고 한다.

그것은 이에나 님이 패배했으며 수몰을 위해 끌어왔던 물이 모조리 얼어붙었다는 뜻.

진지하게 엘로 대미궁 전체를 수몰시킬 수 있다고 생각한 것은 아니었지만, 그럼에도 이에나 님이 힘을 써주신다면 적의 주력 중 한둘은 물리칠 수 있을 것이라 예상했었다.

설령 실패하더라도 어쨌든 상당한 시간을 벌어주리라 계산을 했고.

그러나 이렇게나 빠른 시기에 상층에서 동결이 확인되었다는 것은 이에나 님이 시간 끌기조차 못한 채 격파되었음을 뜻한다.

본래는 그웬 님과 고카 님의 회복을 기다렸다가 이에나 님이 적의 주력을 얼마간 끌어들였을 때, 혹은 격파한 상태에서 쳐들어갈 예정이었다.

이에나 님이 격파당했기에 예정을 앞당겨서 그웬 님과 고카 님을 투입했지만, 결국 두 분 모두 격파당해버렸다.

이미 아군 진영은 엘로 대미궁 공략이 불가능하다.

휴번 님, 니아 님, 레이세 님이 빠져나간 빈자리가 너무나 컸다.

이제는 흑룡님의 승리를 기원할 수밖에 없다.

그런 상황에서 전생자 중 한 명인 오기와라 켄이치가 전해준 말은 더욱더 최악의 소식이었다.

『그 말이 정녕코, 진실인가?』

『이런 상황에서 거짓말을 하겠어요? 농담이라기에는 너무 악질이잖아요.』

일단 확인차 물었을지언정 오기와라 군의 말이 거짓이라고 생각했던 까닭은 아니었다.

다만 차라리 거짓말이기를 바라는 나의 간절함이 말로 바뀌어 입밖에 나왔을지도 모른다.

오기와라 군이 이러한 국면에서 거짓말을 늘어놓을 인물이 아님은 잘 안다.

오기와라 군은 무한 통화라는 염화의 상위 호환 스킬을 보유했으며, 그 스킬을 써서 오래도록 나에게 엘프의 마을의 내부 사정을 보고해주었다.

직접 얼굴을 마주한 경험은 무한 통화의 통화 상대로 인식되기 위해 만났던 단 한 번뿐이지만, 통화는 정기적으로 했기 때문에 사람 됨됨이는 충분히 잘 알고 있다.

『이대로 두면 어느 쪽 진영이 승리하더라도 사신의 손에 인류의 절반이 소멸당할 것이다.』

무의식중에 이마로 손을 가져가며 고개 숙였다.

이미 우리들 흑색의 진영은 흑룡님의 승리를 기원하는 것밖에 방법이 없는 상황인데 설마 이러한 흉보를 듣게 될 줄이야.

조금만 더 빨리 이 보고를 들었다면 이에나 님, 그웬 님, 고카 님까지 무의미하게 잃는 사태는 피할 수 있지 않았겠는가.

『아~ 잠깐만 기다려주세요. ……좋아! 세팅 완료! 그룹 통화를 시작합니다!』

오기와라 군의 말이 끝나자 머릿속이 소란스러워졌다.

마치 머릿속으로 많은 사람들의 숨소리가 들려오는 것 같았다.

『으음?』

『어? 더스틴 목소리네?』

들려오는 것은 아리엘 님의 목소리였다.

『그룹 통화예요. 다수의 사람이 동시에 염화로 대화할 수 있는 제 능력이죠.』

『그런 기능도 있었던 건가.』

『딱히 숨기려고 했던 건 아니었는데요. 쓸 기회가 없었거든요.』

듣자 하니까 그룹 통화라는 기능을 쓰면 오기와라 군을 경유하여 다수의 인물이 염화로 대화할 수 있다고 한다.

설마 이러한 형태로 아리엘 님과 다시금 대화할 수 있게 될 줄이야.

다만 머릿속의 기척을 감안하건대 염화로 연결되어 있는 대상은 아리엘 님 한 분은 아닌 듯싶다.

『으음, 그럼 일단은 참가자분들, 순서대로 제가 이름 부르면 자기 소개 부탁드릴게요. 먼저 슌부터.』

『아, 응. 저기, 전생자이자 용사인 슈레인입니다. 슌이라고 불러 주세요. 잘 부탁드립니다.』

『긴장 좀 풀어.』

『오기는 긴장 좀 하자.』

처음 소개를 받은 사람은 슈레인 님.

그런가. 사신 관련의 정보는 슈레인 님께서 거둔 성과인가.

흑색의 진영과 백색의 진영, 양쪽의 목표를 함께 달성하기 위한 방법을 찾아 나서고자 도전했던 무모한 인물.

그런 인물이었기에 사신의 정보를 발견할 수 있지 않았을까.

마지막까지 포기하지 않고 타협하지 않았던 인물이었기에.

『다음. 하이린스 씨.』

『그래. 하이린스 퀀트다. 다만 이 자리에서는 흑색의 신, 규리에디스트디에스의 분체라고 소개하는 것이 좋겠군. 나 자신도 신을 대변해서 이 회의에 참가하겠다. 잘 부탁하지.』

이어서 소개를 받은 사람은 하이린스 님.

선대 용사 율리우스 님의 동료였고 현 용사 슈레인 님의 동료이기도 하다.

그러나 본인이 말했듯이 지금은 흑룡님의 분체로 예우하는 것이 맞겠지.

흑룡님의 분체는 보통 평범한 인간으로 행동할 뿐 어지간한 사태가 아닌 한 분체라는 사실조차 평생 밝히지 않고 삶을 마치는 경우가 대부분이다.

순수하게 인간의 입장에서 살아가는 것을 우선시하는 경향이 있다.

지금 원칙에 어긋남에도 이 회의에 참가했다는 것은 그만큼 중대사임을 의미한다.

『네~ 다음! 선생님, 오카 쌤! 아니지, 맞다, 필리메스 씨!』

『오기와라 군, 지금 선생님 이름을 잊어버리지 않았어요?』

『그치만 우리는 맨날 오카 쌤이라고 부르는걸.』

『오기도 선생님도, 지금은 잡담할 때가 아니잖아.』

이렇듯 허물없는 대화는 전세에서 전생자들이 얼마나 사이좋게 지냈는지를 알려준다.

그런 전생자들의 사이를 갈라놓고 분쟁 속으로 던져 넣은 것은 이 세계의 죄다.

또한 전생자들의 힘까지 빌려야 하는 지금 상황도 역시 이 세계에서 살아온 우리들의 많은 과오를 증명해주고 있다.

정말이지 한심할 따름이구나.

『네, 방금 소개를 받은 필리메스예요. 전생자이고 전직 교사여서 선생님이라든가 전세 때 이름으로 오카 쌤이라고 불린답니다. 앞으로 잘 부탁드릴게요.』

필리메스 님은 엘프 전생자였지.

엘프의 마을에서 모든 엘프가 섬멸당한 지금, 아마도 엘프 중 유일한 생존자일 것이다.

필리메스 님이 이 전쟁이 끝나고 살아남았을 경우 수많은 굴레에 묶이게 될 터이나, 그 부분은 지금 생각해야 할 문제는 아닌가.

『후다닥 진행하죠. 다음! 고룡 대표로 레이세 씨.』

『암룡 레이세야. 잘 부탁한다.』

흠.

레이세 님이 이 회의에 참가 가능함은 즉 오기와라 군과 레이세 님이 대면했다는 뜻.

오기와라 군의 무한 통화에는 제한이 하나 있는데 직접 만나본 대상이 아니면 통화를 연결하지 못한다.

다시 말해서 슈레인 님을 따라갔던 레이세 님이 오기와라 군과 만났고, 오기와라 군은 지금 슈레인 님의 일행과 합류했다는 뜻인가.

『다음, 신언교 교황 더스틴 씨.』

으음, 내 차례인가.

『신언교 교황 더스틴입니다. 모쪼록 잘 부탁드리겠습니다.』

나의 이름은 모두들 월드 퀘스트에서 아리엘 님과 함께 한 선언으로 알고 있을 터.

장황하게 소개하기에는 시간이 아까우니 짧게 끝낸다.

『마지막, 마왕 아리엘 씨.』

『마왕 아리엘이야. 잘 부탁해.』

아리엘 님은 약간 언짢아하며 짤막하게 자기소개를 했다.

아리엘 님의 입장에서 이 회의에 출석한 인원들은 전부 적인지라 어쩔 수 없는 반응이군.

『그리고 제가 그룹 통화로 여러분을 연결해드린 전생자 오기와라 켄이치입니다. 저는 자리만 만들었고 이제 사회랑 진행은 하이린스 씨한테 맡길게요.』

『그래, 맡겨다오. 자, 곧장 본론에 들어가도록 하지. 사전에 오기와라 군에게 소식을 들었을 터인데 월드 퀘스트에서 인류의 절반을 산 제물로 바치려 하는 사신, 우리는 당초에 이 존재를 백색의 신이라고 여겼었다. 한데 어떠한 수단을 통하여 얻은 정보로 이 인식은 잘못되었음이 판명되었다. 사신의 정체는 시스템을 만든 제작자이자 흑색의 신을 뛰어넘는 상위 관리자인 D님이시다.』

『잠시 질문을 해도 되겠습니까? 그 정보 제공자는 어느 분이십니까? 아울러 해당 정보의 신용도는 충분히 높은 겁니까?』

『정보 제공자를 밝힐 순 없다. 밝히지 않는 것이 아니라 밝힐 수 없다. 또한 혹여나 정보 제공자를 짐작할 수 있더라도 말하지 말고 가슴속에 담아 두면 좋겠군. 이유는 대강 알아차렸을 터.』

나의 질문에 하이린스 님께서 즉각 대답했다.

……그렇군.

밝히지 않는 것이 아니라 밝힐 수 없다.

아울러 정보 제공자를 짐작할 수 있더라도 말해서는 안 된다면 모종의 제약이 있기 때문이라고 간주하는 것이 좋겠다.

그리고 이 같은 제약을 받았으리라 추측할 수 있는 인물은 이번 회의에 참가한 필리메스 님.

포티머스가 우리 신언교를 제치고 몹시도 신속하게 전생자들을 확보했었다는 데서 필리메스 님이 모종의 정보 수집 스킬을 보유하고 있음은 확실하다.

이번 안건도 필리메스 님이 전해주신 정보에서 시작되었다고 가정한다면 회의에 참가한 까닭을 납득할 수 있고 이치에 맞다.

『정보의 정확도에 대하여 언급하자면 나 개인의 의견이나 결코 틀리지 않다 생각하는 바이다.』

『그렇군요. 다른 분도 아니고 당신께서 하는 말씀이니 믿겠습니다.』

흑룡님의 분체인 하이린스 님이 이토록 확언한다면 이 정보는 진실이라는 전제로 행동해도 되겠군.

다른 사람이라면 속아 넘어갔을 가능성도 고려해야 할 터이나 흑룡님은 나보다 아득히 긴 삶을 살아오셨고 이 세계를 쭉 지켜봐왔던 분이다.

그런 흑룡님의 분체인 하이린스 님이 세계의 위기에 직면하여 속아 넘어갔을 우려는 하지 않아도 될 것이다.

『다만 유감스럽게도 알아낸 것은 사신이 D님이라는 사실뿐이다. 이제 어떻게 해야 인류의 절반이 소멸되는 사태를 회피할 수 있을지 정작 대책을 모르겠군. 또한 흑색의 신의 관점으로 말을 하자면 D님이 만약 적으로서 앞을 가로막는다면 유감스럽게도 우리에게 저항할 방법은 없다.』

D님이라는 신은 시스템을 만들어 낸 존재다.

이 별을 구원할 수단을 하사해주신 분이자 흑룡님보다 아득히 높은 위계에 있는 신이시다.

이 별이 시스템의 혜택 덕분에 생명을 부지하고 있다는 것은 반대로 이 별을 죽이는 것도 간단함을 의미할 테지.

실력을 운운하기 전에 목숨줄을 붙잡혀버렸다.

『그런 이유로 어떻게든 방법을 찾아 D님과 접촉해야 행동에 나설 수 있다는 결론에 이르렀다. 따라서 현재 공간 마법사인 로난트 님께서 D님이 계신 곳으로 전이할 방법을 모색하고 있지.』

흐음…….

현 상황에서 흑색의 신의 진영은 이미 엘로 대미궁 공략이 불가능하다.

그쪽은 단념하고 하이린스 님의 일행에 합류해야 하는가.

가만 앉아서 기다리면 인류의 절반이 소멸하는 상황인 만큼 협력할 수밖에 없군.

그러나 우리 흑색의 신의 진영이 처한 입장과 달리 백색의 신의 진영에서는 힘을 보태줄 이유가…….

『그래서? 실컷 떠들었는데 나더러 어쩌라고? 우린 어차피 인류 절반을 죽일 작정으로 싸우고 있거든? 이제 와서 호들갑 떤다고 우린 달리 행동할 생각 없는데?』

당연한 반응일 테지…….

아리엘 님의 말씀은 지당하다.

백색의 신의 진영은 애당초 인류 절반을 죽일 작정으로 전쟁에 임했다.

D님이 인류의 절반을 소멸시킬지언정 아랑곳할 까닭이 없는 입장이다.

아리엘 님 세력의 승리 조건에는 변경이 없고, 따라서 엘로 대미궁을 방어하는 데 전념하면 그만이었다.

이쪽을 굳이 방해하지는 않을 터이나 조력을 청하기는 불가능하다.

물론 적대하고 있는 현 상황에서는 애당초 협력을 받을 가망조차 없다만.

『……그래서 말이다만, 아리엘. 시스템의 중추로 가는 길을 열어주면 안 되겠나?』

『뭐?』

하이린스 님의 말씀에 살기를 담아 대꾸하는 아리엘 님.

염화 너머인데도 살갗에 소름이 돋는 위압감이다.

『대체 뭔 이유로?』

『D님이 계신 곳으로 전이하는 데 가장 확실한 방법이라서다. 시스템은 D님이 만든 체계이고, 관리도 역시 D님이 맡고 계시지. 시스템 중추에서 직접 액세스한다면 그냥 전이보다 높은 확률로 D님이 계신 곳으로 전이할 수 있다.』

하이린스 님의 말씀이 이론적으로 옳기는 할 테지.

다만 이론상 옳더라도 과연 아리엘 님이 받아들여주시겠는가 묻는다면 경우가 달라진다.

『헛소리하지 마. 그쪽 제안을 받아들여도 우리는 아무 이점이 없어.』

인류를 구원하고 싶은 것은 흑색의 신의 진영이며 백색의 신의 진영은 그렇지 않다.

또한 백색의 신의 진영은 승리 조건 중 하나가 엘로 대미궁 최심부에 있는 시스템 중추로 통하는 문을 지켜야 하는 것이다. 그러한 임무가 주어진 이상은 하이린스 님의 제안이 받아들여질 리 없었다.

하이린스 님 또한 현실을 잘 알고 계실 터인데.

어째서 받아들여질 수 없는 요구를 하는가?

『부탁한다. 한 번만 뜻을 굽혀다오.』

『거절하겠어.』

『이대로 가면 인류의 절반이 소멸해버린다. 사망이 아닌, 소멸이다.』

하이린스 님의 조바심이 가득한 말에 나는 모든 것을 깨달았다.

사망이 아닌 소멸이라는 표현.

요컨대 혼의 소멸을 의미함이다.

우리 흑색의 신의 진영은 백색의 신의 진영이 아니라 사신 D님에게 전력으로 대처해야 하는 처지에 놓였다.

왜냐하면 백색의 신의 진영에서 인류의 절반을 죽음으로 몰아넣고자 하는 것은 어디까지나 결과이며 죽음 자체가 목적은 아닌 데 반하여 사신 D님은 인류를 절반 소멸시키겠다고 선언하셨으니까.

죽음과 소멸은 비슷한 듯하면서 큰 차이가 있다.

소멸되어버리면 전생도 불가능하다.

더욱 피해가 큰 D님에게 먼저 대처해야만 한다.

그러자면 더욱 확실성을 높이기 위해서라도 아리엘 님을 설득하여 지배자 권한을 쓴 관리자가 개입하는 상황에서 전이를 실행하는 것이 바람직하다.

어디에 있는지도 알지 못하며 로난트 님이 만난 적조차 없는 D님이 계신 곳으로 전이하려는 행동은 스킬의 한계를 뛰어넘는다.

아무리 로난트 님께서 인족 최강의 마법사일지라도 성공은 장담할 수 없었다.

흑색의 신의 진영에서는 애걸하든 조아리든 아리엘 님을 설득하는 방법밖에 없었다.

『나는 전혀 상관없어.』

그러나 아리엘 님의 대답은 쌀쌀맞았다.

말 붙일 여지도 없는 분위기였다.

그야 당연할 테지.

시스템의 중추에 누군가를 맞아들인다는 것은 백색의 신의 진영에 주어진 패배 조건을 만족시키는 행위가 될 수 있으니까.

마침 잘됐다며 나나 다른 지배자 권한 보유자가 시스템 붕괴를 막고자 조작을 시도하지 않겠는가.

오히려 가만히 있는 것이 이상하겠다.

지금 시스템 중추에 진입하고 싶은 부류는 흑색의 신의 진영에 소속됐거나 그와 가까운 사상을 가진 인물일 테니까.

인류의 절반을 희생 없이 구원하고자 바라고 있는 인물들이니까.

『너희에게 이점이 없는 것은 잘 안다. 하지만 사태는 인류의 존망에 큰 영향을 준다. 제발 협력해주면 안 되겠나?』

『끈질기네. 적을 멀쩡하게 본진에 받아주는 바보가 어디 있어?』

『물론 시스템 중추에 진입하더라도 D님이 계신 곳으로 전이하려는 시도 이외에 간섭은 안 하겠다고 약속하겠다.』

『신용할 수 없어.』

대화는 평행선을 달릴 뿐이었다.

『나는 지금까지 쭉 양보해왔어. 그 결과가 지금 이 꼴이지. 더 이상은 양보하지 않아.』

아리엘 님의 주장은 한결같았다.

도저히 뒤집을 방법이 없다.

이 세계가 사리엘 님께 저질러왔던 처사. 사리엘 님께서 MA 에너지의 위험성을 역설하셨는데도 사용을 멈추지 않았다. 용들의 분노를 샀다. 용들에게서 지켜주셨는데도 불구하고 세계를 존속시키기 위하여 사리엘 님을 산 제물로 바쳤다.

도저히 구제할 수 없는 처사인 만큼 사리엘 님의 가족인 아리엘 님이 분노하는 것은 지당하다.

그럼에도 아리엘 님은 이제까지 줄곧 인내해주셨다.

아리엘 님의 말씀대로 지금껏 계속 양보해주신 격이다.

더 양보를 하라는 것은 너무나도 뻔뻔한 소리였다.

아리엘 님이 이쪽의 요구를 받아주실 이유가 없다.

인류의 절반이 소멸할 테니 도와달라는 감정론에 호소해 봤자 사리엘 님을 쭉 업신여겼던 만행이 쌓여 있는 이상은 아리엘 님의 마음에 어떤 반향도 일으키지 못하리라.

오히려 무작정 감정론을 전개하면 할수록 아리엘 님은 기분만 더욱 언짢아질 테지.

무슨 염치가 있어 지껄이느냐고.

사리엘 님께 저질렀던 만행들은 물론이거니와 살점을 깎아 내는 고통을 떠안기고도 또다시 더 많은 것을 요구할 셈이냐고.

아리엘 님의 입장에서는 뻔뻔하게만 들릴 것이다.

설득은 불가능하다.

다만 설득하지 못하면 로난트 님이 자력으로 D님이 계신 곳까지 전이할 방법을 찾아내거나 또다시 엘로 대미궁을 공격하여 활로를 여는 방법밖에 없었다.

로난트 님에게 기대하는 것은 어려울 터.

엘로 대미궁의 공략은 이에나 님, 그웬 님, 고카 님을 잃은 이상 나머지 고룡의 수장분들께 힘을 빌리더라도 이미 어려워졌음을 인정해야 한다.

양쪽 다 지극히 곤란하다.

아리엘 님의 설득과 비슷하게 불가능함을 느낀다.

뭔가, 뭔가 활로는 없는가……?

『저기요…….』

그때 이제껏 침묵했던 슈레인 님의 목소리가 들렸다.

『저도 꼭 부탁드리고 싶습니다! 백색의 신의 진영에 불이익이 될 행동은 절대 안 하겠다고 맹세하겠습니다!』

일순간 혹시 전생자라면 아리엘 님을 설득할 수 있지 않을까 기대했다만, 단지 우직하게 부탁만 해서는 고개를 끄덕여주실 리 없었다.

『야마다 군. 너희 전생자들이 부탁해 봤자 내 대답은 달라지지 않아.』

『하지만! 이대로 두면 인류의 절반이 소멸해버립니다!』

『다시 말해주겠는데 우리는 처음부터 인류의 절반은 죽일 작정으로 싸웠어. 죽느냐 소멸하느냐 차이는 물론 있겠지만, 내가 보기에는 어느 쪽이든 비슷비슷해.』

『비슷하다니……!』

이런 분위기라면 슈레인 님이 아리엘 님을 설득하기는 어렵겠군.

『야마다 군, 이번 전쟁은 이 세계의 의무야. 이방인인 너희 전생자들이 깊숙이 관여하겠다면 나름의 각오를 가져줘야 하지 않겠어?』

설득하기는커녕 오히려 견제를 받는구나.

젊은 슈레인 님께서 말의 힘으로 우위에 서는 것은 당연히 어렵겠지.

『……이방인 취급하지 말아주시죠. 저희는 분명히 다른 세계의 출신이기는 합니다만, 지금 이 시간은 이쪽 세계에서 살아가고 있잖습니까. 그리고 줄곧 이 세계에서 살아갈 겁니다. 외부인이 아니라, 어엿한 당사자입니다. 적어도 저는 당사자로서 각오를 갖고 이 자리에 섰습니다.』

……놀랍군.

아리엘 님 상대로 반론 한 번도 못 하고 입을 다물어버리지 않을까 염려했던 슈레인 님이 이렇듯 분명하게 받아치다니.

그래, 이분이 선대 용사 율리우스 님의 동생이시다.

율리우스 님과 비교하자면 아직껏 많이 미숙할지언정 의지는 분명하게 이어받은 듯 보이는구나.

『……그러니. 내가 우습게 보는 발언을 했네. 실례했어.』

아마 아리엘 님도 슈레인 님의 발언에는 적잖이 놀란 듯했다.

방금 나눴던 대화 덕분에 아리엘 님의 마음속에서 슈레인 님은 상대할 가치가 없는 인물이 아닌 대등하게 대화할 수 있는 인물로 격상되었을 테지.

『하지만 우리가 너희 요구를 받아줘야 할 이유가 되지는 않아.』

다만 대등하게 말을 주고받게 되었을지라도 지금 상황까지 뒤집지는 못한다.

『저기요, 음, 잠깐 여쭤봐도 될까요? D님? 그분은 왜 인류의 절반을 소멸시키려고 하는 거예요?』

필리메스 님이 불현듯 의문을 표시한다.

그것은 지당한 의문일 테지.

아리엘 님의 세력에는 인류 절반을 죽여서라도 이루고 싶은 목표가 있기 때문에 납득할 수 있겠지만, D님께는 딱히 이유가 보이지 않는다.

그뿐 아니라 D님 관련의 정보는 거의 아무것도 알 방법이 없는 상황이니.

D님의 목적이나 사고를 전혀 파악할 수 없다.

그것도 실제 D님과 만나서 확인하지 않는 한 분명하게 말할 수는 없겠지.

『글쎄? D님과 실제 만나본 사람은 시로랑 규리에뿐이기도 하고 나는 잘 몰라. 다만 이야기는 좀 전해 들었는데 D님이라면 반쯤 장난으로 이런 상황을 만들어 놓지 않았으려나?』

『반쯤 장난이라고요?! 인류의 절반을 소멸시키겠다는 게?!』

슈레인 님은 몹시도 놀라는데 딱히 이상한 말은 아니리라.

시스템 같은 초상의 체계를 만들어 내는 분께서 우리 인류와 같은 사고방식을 갖고 계시리라 생각해서는 안 된다.

흑룡님께서 인류과 가까운 터라 착각하기 쉬우나 이분 이외의 용은 아무 거리낌도 없이 인류를 절멸시키고자 했다.

그 사실을 잊어서는 안 된다.

신에게 인류 따위야 티끌이나 마찬가지다.

『반쯤 장난이기는 할 테지. D님에게 이 세계는 심심풀이 장난감에 지나지 않는다. 시스템이라는 번거로운 방법을 쓰지 않아도 D님이라면 이 별을 구제할 수 있었을 터.』

저 말씀이 옳을 것이다.

이 세계는 D님의 사육장이다.

인족과 마족을 서로 싸우게 하고 추가로 마물이라는 요소를 집어넣었다. 인류가 싸우며 발버둥 치는 광경을 구경한다.

그래, 그렇게 생각하면 사신이라는 호칭도 납득이 되는 추악함이다.

다만 시스템 덕에 이 별이 멸망을 모면한 것 또한 사실이군.

우리가 사육장의 주인을 거역하는 것은 불가능하다.

『저기, 그렇게 굉장한 힘을 가진 분이라면 혹시 백색의 신의 진영에서 바라는 것도 흑색의 신의 진영에서 바라는 것도 양쪽 다 들어줄 수 있지 않을까요? 혹시나! 직접 만나서 설득하면 또 모르잖아요!』

슈레인 님이 자못 명안이라는 듯이 제안한다.

분명 D님께는 힘이 있을 것이다.

다만, 그래서는…….

『또 신께 매달리겠다고?』

염화 너머로도 전해지는 무시무시한 노여움.

아리엘 님의 입장에서 저 제안은 지뢰를 밟는 행위나 마찬가지였다.

『자신들의 힘으론 아무 방법이 없으니까 신께 매달리고, 그래서 이 세계가 어떻게 됐지?』

우리 인류는 사리엘 님께 매달렸고 아울러 지금 이 순간에도 여전히 받은 은혜를 원수로 돌려드리고 있다.

그런 사리엘 님을 구하고자 하는 아리엘 님에게 신께 매달리겠다는 행위는 도저히 용납할 수 없는 만행이겠지.

『……죄송합니다. 제가 경솔했습니다.』

『네가 전생자가 아니라 이 세계 출신의 인간이었다면 당장에 쳐죽였을 거야.』

염화 너머인데도 등줄기에 서늘한 땀이 흘러내리는 살기다.

당연한 이야기이나 우리와 아리엘 님의 사이에 있는 간극의 너비를 재인식했다.

말은 통할지언정 마음이 통하지는 않는다.

그것은 아리엘 님 또한 비슷한 생각이실 테지.

오히려 아리엘 님이 더 강하게 느끼고 계실 듯싶다.

그만큼 인류는 사리엘 님을 쭉 배신해왔으니까.

이 이상 아리엘 님을 설득하는 데 시간을 들여도 어떤 성과를 기대하기는 어려울지도 모르겠군.

『용사 군, 방금 발언은 안 좋았어. 스스로의 힘으로 쟁취한 게 아니면 아무 가치가 없는 법이잖아. 그동안 이 세계가 겪은 과거를 돌이켜보면 D님은 절대 자비를 베풀어주시지 않아.』

레이세 님이 태연자약하게 말씀하셨다.

레이세 님이 어깨를 으쓱거리는 광경이 환영으로 보이는 듯한 음성이다.

『동감이군. 나도 같은 의견이다. 그분께서는 공평함을 중시하시는 듯 느껴진다. 만약 D님께 부탁드린다면 상응하는 대가를 요구하실 테지. 규리에디스트디에스가 이 별의 구명을 부탁드렸을 때 시스템이 만들어졌고 자신들의 손으로 별을 구원하라고 분부하셨듯이. 그리고 우리에게는 대가를 치를 방법이 없다.』

공평함을 중시하신다 함은 초월자인 까닭에 자기 자신에게 제약을 걺을 의미하는가?

마음만 먹는다면 무엇이든 이룰 수 있는 까닭에 자기 자신을 일부러 속박하는 것인가?

물론 이러한 사실을 알게 되었다 한들 하이린스 님께서 말씀하셨듯이 우리에게 지불할 대가가 없는 이상은 교섭의 여지도 없을 터이지.

다만 공평함을 중시한다는 것은 어쩌면, 혹여…….

『이것은 D님께서 내리는 벌인지도 모르겠군요.』

문득 떠오른 바를 염화에 실어 말해버렸다.

『백색의 신의 진영이 패배하더라도 인류에게 지금껏 쌓은 죗값을 치르게 하는 것. 신의 관점으로 본다면 공평하다고 판단하셨기에 이렇듯 월드 퀘스트가 발령되었는지도 모르겠습니다.』

그렇다면 우리 인류는 순순히 벌을 받아들여야 할지도 모르겠다.

그렇게 생각하니 몸에서 힘이 쭉 빠져나가는 심정이다.

지금껏 앞뒤 가리지 않고, 수단을 따지지 않고 인족을 위해 분투해왔다.

하지만 그 또한 어차피 사리엘 님을 배반했다면 최후까지 같은 태도를 견지해야 한다는 고집에 불과하다.

그 고집의 결과로 신이 인류에게 벌을 내리겠다고 판단했다면.

그렇다면 나의 지난날들은 도대체…….

『그럴 가능성도 부정은 못 하겠다만, D님께서 어떤 생각으로 월드 퀘스트를 실행시켰는지는 수수께끼다. 본인과 만나 확인할 수밖에 없군. 이곳에서 이러쿵저러쿵 예상을 늘어놓은들 무슨 소용이 있겠나. 이야기를 진행하도록 하지.』

하이린스 님의 말씀에 마음을 다잡았다.

다만 이야기를 진행한들 더 이상의 대화는 무위로 돌아갈 것 같다만.

『……하이린스, 더스틴, 전이 담당 로난트. 그리고 희망하는 전생자. 아, 겸사겸사 마족 대표로 발트. 지금 말한 인물로 한정 짓는다면 통과시켜줄게.』

절반 이상 포기하려던 때에 아리엘 님의 입에서 믿기지 않는 제안이 튀어나왔다.

『……괜찮으시겠습니까?』

『너희에게 이보다 더 나은 제안은 없을 텐데?』

맞는 말이지만 당혹감이 더 컸다.

아리엘 님의 입장에서 우리의 요구를 받아들여줄 필요는 없으니까.

거듭 되풀이했듯이 백색의 신의 진영은 이대로 엘로 대미궁을 방어하는 데 전념하면 그만이었다.

우리를 맞아들여줄 필요는 전혀 없었다.

아리엘 님의 제안은 백색의 신의 진영에 위험만 불러올 뿐 이점이 없다.

남은 고룡의 수장분들이 빠진 것은 이해할 수 있다.

백색의 신의 진영에 속한 주력들과 대항할 수 있는 전력은 이제 이분들밖에 없으니까.

그러나 전력에 보탬이 되진 못하더라도 지배자 권한 보유자를 시스템 중추에 들여보내주겠다는 것이 문제이다.

백색의 신의 진영에서 만족시켜야 하는 승리 조건은 백색의 신이 승리할 것, 또한 시스템 중추에서 실행되고 있는 시스템 붕괴가 중단되지 않을 것,

시스템 붕괴를 중단시킬 수 있는 인물은 지배자 권한 보유자뿐이다.

지배자 권한 보유자를 시스템 중추에 들여보내면 조작을 막을 수 없을 터인데.

『저희를 신용해주시겠다는 말씀입니까?』

『어떻게 신용을 할 수 있겠어. 그냥 내가 D님과 한 번쯤 만나서 이야기를 나누고 싶었기 때문이야.』

그 말에 조금이나마 납득했다.

우리를 신용해서가 아닌 아리엘 님 본인의 욕구에 따른 제안이었음을.

그럼에도 이 같은 위험한 다리를 건너려 함은 적잖이 불가사의였다만.

『감사드립니다.』

어쨌든 우리가 바라 마지않은 기회임은 달라지지 않는다.

이것이 함정이고 내가 죽게 될지라도 이미 흑색의 신의 진영에서

는 동원할 수 있는 수단이 없잖은가.

나의 목숨으로 끝난다면 싼값일 테지.

『좋아, 엘로 대미궁에서 기다리고 있을게.』

하이린스

사태가 복잡해졌군…….

위장이 따끔따끔 쑤시는 기분이다.

왜 내가 이렇게 중요한 역할을 맡아야 한단 말인가…….

나는 확실히 규리에디스트디에스의 분체이지만, 지금껏 줄곧 하이린스로서 살아왔고 앞으로도 그렇게 살 작정이었다.

규리에디스트디에스의 분체에게 거창한 역할은 주어지지 않는다.

본인에게는 단순히 기분 전환의 일종이니까.

평범한 인간의 삶을 가상 체험하는 격이다.

그러니까 나도 별 부담감 없이 살아왔다.

물론 용사의 소꿉친구이면서 게다가 파티의 일원이었던 만큼 평범한 인간이라고 말하기는 어려운 입장이었다만.

그럼에도 나는 하이린스로서 최후는 율리우스를 지키고 화려하게 삶을 끝내겠다! 이런 마음가짐으로 살아온 녀석이다.

그 구상이 꼬이기 시작했던 것은 전생자라는 존재가 불쑥 나타났던 탓이다.

좀 지나친 트집이라는 자각은 있으나 전생자가 아니었다면 설마 이렇게까지 사태가 복잡하게 꼬이는 일은 없지 않았을까 하는 생각이 자꾸만 든다.

아, 다만, 어쨌든 전생자가 아니었다면 인족과 마족의 전쟁은 더욱 비참한 수순을 밟았을지도 모르는 데다가 포티머스도 쓰러뜨리지 못했을 테지.

플러스와 마이너스의 변동 폭이 너무나 커서 무엇이 더 나았을지 판단이 되지 않는군.

다만 이 월드 퀘스트라는 것이 발령된 까닭은 틀림없이 전생자 때문이었다.

전생자, 그중에서도 딱 짚어서 시로 때문이다.

아니, 대부분의 사태가 시로 때문이었지.

즉 모든 악의 근원은 시로다.

“다들 도착한 것 같군요.”

“안내자가 너구나, 쿄야.”

가볍게 현실 도피를 하고 있었다만, 지금 위치한 곳은 엘로 대미궁 앞.

그곳에서 백색의 신의 진영에 속한 일원으로서 라스가 기다리고 있었다.

저 녀석도 전생자란 말이지…….

아니, 이 자리에 있는 인물은 전생자가 오히려 많군. 이 세계의 미래가 걸려 있는데 이래도 되는 건가?

나, 교황, 로난트 영감님, 마족의 대표 발트.

이곳에 있는 우리 세계의 출신은 네 명이 전부다.

반면에 전생자들은 슌, 카티아 양, 페이 양, 유리 양, 오카 씨, 유고 왕자까지 여섯 명.

슌과 유고 왕자 이외는 모두 아리따운 아가씨들만 모였군.

뭐냐, 이 하렘은 대체.

일단 유고 왕자도 있긴 있다만, 명백하게 슌과 가깝게 아가씨들이 모여 있다.

율리우스도 인기가 많긴 많았는데 이렇게 아가씨들을 잔뜩 거느리고 다니진 않았단 말이다, 젠장.

“아무튼, 슌? 그쪽 아가씨는 어떻게 된 거야?”

“응?”

라스가 슌의 등 뒤를 가리키면서 지적했다.

어쩐지, 그곳에는 슌의 이복 동생인 스우 양이 숨어 있었다.

“스우?! 따라오면 안 된다고 말했잖아!”

“그치만, 그치만!”

진심으로 당황하는 슌에게 스우 양이 떼를 쓴다.

단순하게 떼를 쓰기만 하는 것이 아니라 어떻게 해야 슌의 눈에 귀엽게 보일지를 계산해서 한다는 것이 정말이지 약삭빠르다.

“……뭐, 한 명 정도는 추가해도 괜찮아. 다만 수상한 움직임을 보이면 벨 거야. 명심하고 처신하도록 해.”

라스의 말에 티 나지 않게 후, 숨을 내쉬었다.

지금 백색의 신의 진영을 불쾌하게 만들어서 약속이 파탄 나면 더 이상은 손쓸 도리가 없었다.

라스가 그냥 넘어가줘서 다행이었다.

교황도 같은 생각이었는지 안색이 살짝 안 좋았다.

스우 양은 자신의 어리광이 세계의 운명을 바꿀 뻔했음을 알고 저러는 걸까?

……알고 한 행동은 아니겠지.

알았다면 저렇게 행동할, 할, 리가, 없잖아?

스우 양의 경우 「세계가 멸망해도 오라버니와 떨어지지 않겠어요!」라고 아무렇지도 않게 소리칠 것 같아서 무섭다.

제발 부탁이니까 때와 상황을 분별해다오…….

위가 아프군…….

피를 토할 것 같다…….

"슌. 스우 양이 묘한 행동을 하지 않도록 잘 지켜봐줘라. 미리 말하겠는데 우리는 저항조차 못 하고 단숨에 살해당할 테니까 말이다."

나의 능력치는 평범하게 인간 수준이다.

율리우스와 함께 열심히 단련했기에 인간치고 꽤 높은 편이지만, 인간 수준의 힘 따위야 이번 전쟁에서는 아무 의미가 없다.

인간을 가볍게 초월하지 못하면 전력에 아무 보탬도 못 되는 영역의 전쟁이기 때문이다.

로난트 영감님은 인간의 영역을 뛰어넘은 듯 보이기는 하나 어차피 현격하게 높은 경지에 오른 것은 아니었다.

고룡은커녕 하위 용에게도 고전할 테지.

고룡급이 가장 낮은 위치에 속한 영역의 전쟁에서 우리와 같이 인간의 범주를 넘지 못하는 인원들은 불면 날아가는 존재에 불과하다.

규리에디스트디에스의 분체일지라도 나에게는 특별한 힘이 일절 없기에 역시나 불면 날아가버릴 테지.

그런데도 흑색의 신 진영의 대표 비슷한 자격으로 이제부터 적진 한복판에 가야 한단 말이군?

훗, 농담도 안 나오는군…….

“쿄야…….”

“그런 표정 짓지 않아도 이상한 행동만 하지 않으면 먼저 손을 쓰지는 않아.”

“저 말이 맞다. 백색의 신의 진영은 우리를 들여보내줄 필요가 없으니까 이것은 초대일 뿐 함정이 아니야. 상대가 성의를 보여주었으니 우리도 성의가 헛되지 않게 정성껏 대응하면 된다. 불안해하지 마라.”

슌의 어깨를 토닥이며 격려했는데 절반 이상은 자기 자신에게 들려주려는 말이었다.

이곳에서 내가 죽는다 한들 딱히 상관없었다.

본래는 율리우스와, 다른 동료들과 함께 죽었어야 했을 목숨이다.

다만 우리의 두 어깨에 인류의 미래가 실려 있다고 생각하면 압박감에 찌부러질 것 같다…….

우리는 엘로 대미궁에 걸음을 들여놓았다.

그곳에서 거대한 거미 마물, 그레이터 타라텍트가 다수 대기하고 있었다.

단 한 마리여도 나 혼자서는 쓰러뜨리기가 버거운 마물인데 이렇게 잔뜩 있다니…….

자세가 자꾸 무너지려고 해서 다리에 힘을 꽉 주고 버텼다.

“올라타세요.”

“이 녀석들에게?”

라스가 고개를 끄덕거렸다.

엘로 대미궁의 넓이를 생각하면 이동에도 시간이 걸리긴 할 테지.

그런데 이 녀석에게 올라타라고…….

그레이터 타라텍트같이 강력한 마물을 교통수단으로 쓰게 될 줄이야. 정말이지 분에 넘치는 호사로군.

"이동을 버티기 힘들 노인분도 있고 말이죠."

라스의 시선은 교황을 향하고 있다.

교황은 비전투원이며 능력치도 낮다.

고령인 만큼 광대한 엘로 대미궁을 쭉 이동하자면 분명 버거울 테지.

"좋아, 배려를 감사히 받아들이도록 하지."

내가 솔선해서 그레이터 타라텍트에 뛰어올랐다.

……의외로 탑승감은 나쁘지 않군.

다리가 여덟 개여서인지 안정감이 있다.

이러면 교황도 부담이 많이 줄겠어.

나에 이어서 오카 씨가 그레이터 타라텍트에 뛰어올랐다.

오카 씨, 배짱이 있군.

여성은 이런 거미류 생물에게 기피감을 느끼는 경우가 많을 텐데도 오카 씨에게서 딱히 거부하는 감정은 보이지 않는다.

슌과 발트 공도 약간 멈칫하고 있는데 꽤 대단하군.

생리적인 기피감 말고도 그레이터 타라텍트의 위압감에는 압도당하지 않을 수 없을 테니까 슌과 발트 공을 겁쟁이라고 비웃을 수는 없다.

나 자신도 까딱 방심하면 무릎이 덜덜 떨리겠지.

동생 같은 슌에게 한심한 모습을 보일 수 없다고 허세를 부리는 것에 불과하다.

거참, 난 어쩌다가 이런 신세가 됐나…….

이런 역할은 본체가 할 일이잖나.

어쨌든 지금 내가 분발하지 않으면 본체의 분투도 무의미해진다.

어차피 싸워 봤자 못 이기는 상대잖은가.

뻔뻔하게 당당하게 행동하자.

죽이면 죽어야지 별수 있겠나.

왠지 당당한 게 아니라 자포자기 같다는 생각도 드는데 신경 쓰면 지는 거다.

"빨리 타라. 걱정하지 마. 저쪽에서 나쁜 마음을 품었다면 우리는 이미 다 죽었으니까. 지금 살아 있다는 게 상대의 진심을 증명해주는 셈이다."

"그런 말은 안심이 안 된다고요……."

실룩거리며 애써 웃음을 지었다가 슌이 흠칫흠칫 그레이터 타라텍트의 등에 뛰어올랐다.

스우 양이 슌과 같은 그레이트 타라텍트에게 타려 했지만, 카티아 양에게 목덜미를 붙잡혀서 다른 개체에 타게 되었다.

두 아가씨 사이에서 불꽃이 흩날리고 있군.

그런 건 눈앞의 중대사가 다 끝난 다음에 해라…….

이렇듯 잠깐 말썽은 있었지만, 저마다 그레이터 타라텍트에게 올라타서 이동이 개시되었다.

과연 고위의 마물이라고 말해야 할까. 무시무시한 속도로 엘로 대미궁을 쭉 달려 나간다.

다만 정말로 무서운 것은 선도를 맡은 라스 녀석이군.

저 녀석은 그레이터 타라텍트에 올라타지 않고 자기 다리로 달리고 있다.

그레이터 타라텍트의 속도에 맞춰 이따금 걸음을 늦추기까지 한다.

즉 전력을 발휘하면 그레이터 타라텍트보다도 빠르다.

라스가 만약 작정한다면 혼자서도 이곳에 있는 인원 전부를 죽일 수 있겠군.

뭐, 뻔히 짐작했던 사실이니까 이제 와서 신경 써 봤자 소용없다.

그나저나, 왜 이렇게 이곳저곳이 얼어붙었지?

엘로 대미궁은 언제부터 동토의 동굴이 됐나?

그야 전쟁 때문에 뭔가 여파가 있어 이리되었을 텐데 환경을 이렇게까지 바꿔 놓은 힘의 소유주가 서로 충돌했다는 말이군?

……거참, 살아도 산 것 같지가 않군.

한순간에 죽을지도 모르는 처지는 심장에 안 좋다.

그냥 편해질 수 있게 단숨에 죽여달라는 생각까지 든다.

나조차 이런 꼴인데 다른 사람들은 괜찮을까?

그레이터 타라텍트에 탄 사람들의 얼굴을 이리저리 살펴보자니…….

많이 힘들어 보이는군.

"라스 공. 어딘가에서 잠시 휴식을 취할 수 있겠나?"

"음?"

선행하던 라스가 고개 돌리더니 속도를 떨어뜨려서 내가 탄 그레이트 타라텍트와 나란히 달린다.

"사람들 안색을 살펴봐라. 핼쑥하지? 체력적인 문제보다도 정신적인 문제 같기는 한데 휴식을 취하지 않으면 쓰러지는 자가 생길 것 같군.”

“……확실히. 그럼 조금만 더 가면 살짝 널찍한 곳이 있으니 그곳에서 쉬었다 가죠.”

“고맙다.”

그런 이유로 잠시 휴식을 취하게 되었는데 다시 일어설 수는 있을까?

“슌, 괜찮냐?”

“……네, 아뇨, 음. 죄송합니다. 괜히 허세나 부릴 때가 아니죠. 솔직히 좀 힘들어요.”

핼쑥한 표정으로 주저앉는 슌.

슌뿐 아니라 다른 인원들도 안색이 거의 비슷비슷한 상황이다.

오히려 슌은 그나마 괜찮은 편이군.

교황과 발트 공은 핼쑥한 수준을 지나가서 사색이 됐어.

자신을 가볍게 죽일 수 있는 마물들 틈에 둘러싸인 상황인지라 정식적인 부담이 크다.

교황과 발트 공처럼 전투력이 낮은 인물이라면 더더욱 그레이터 타라텍트의 위압감에 강한 영향을 받았을 테지.

비교적 안색이 좋은 인물은 오카 씨와 로난트 님인가.

나는 오카 씨에게 다가가서 말을 건넸다.

“오카 씨는 괜찮아 보이는군. 담력이 좋아.”

“……아뇨, 그렇지는 않아요. 뭐랄까, 한 바퀴를 빙 돌아서 감각이 감각이 마비되어버린 것 같네요.”

“마비?”

“네.”

그렇게 말한 뒤 고개 숙이는 오카 씨.

“저는, 학생들을 위해서라고 생각하며 여러 아이들을 보호했어요. 그런데 전부 다 틀린 행동이었죠. 제가 해왔던 노력은 대체 뭐였을까요? 다 쓸데없었어요. 이렇게 생각하니까 더는 아무것도 할 기력이 솟질 않네요. 그런데 마물 무리와 맞서 싸우려 하는 하이린스 씨와 안나 씨를 봤더니 몸이 저절로 움직이더라고요. 딱히 기운을 차린 게 아니에요. 지금도 생각을 깊이 할 수가 없어요. 뭐랄까, 정신은 여전히 아찔아찔한데 몸이 움직이는 대로 따라다니는 느낌이에요.”

“그런가…….”

이런, 착각을 했군…….

아무래도 이 중에서 가장 심각한 정신 상태에 처한 인물은 오카 씨였나 보다.

오카 씨가 이제껏 겪은 경위나 소유하고 있는 유니크 스킬의 개요는 대강 짐작이 간다.

그것으로 짐작하여 말을 하자면 이러하다.

“오카 씨, 내가 생각하기에 당신은 잘못한 게 없어.”

“위로는…….”

“위로가 아닌 객관적인 의견이야.”

오카 씨의 말을 가로막고 소리 높였다.

“알겠나? 오카 씨의 행동은 절대 쓸데없지 않았어. 일어난 사건에는 변화가 동반되지. 오카 씨가 행동한 순간에 이미 결과는 바뀌었던 거야. 오카 씨가 행동하지 않았다면 더욱 불행한 결과가 찾아왔을지도 몰라. 그러면 무엇을 두고 쓸데없는 짓이라 말해야 하나? 지금도 전생자 다수는 살아남았지. 난 전혀 쓸데없는 결과라 생각되진 않는군."

"……그런 걸까요."

"그렇고말고. 오히려 이렇듯 자신을 탓하는 행동이야말로 쓸데없는 짓 아니겠나. 오카 씨, 당신이 구하려 했던 학생들은 이렇게 당신이 괴로워하는 모습을 보고 기뻐하는 인간인가?"

"……그건, 그렇지는, 않아요."

"그렇다면 혼자서 계속 끙끙거리지 말고 앞날에 대비하지. 자기 자신을 상처 입히는 것이야말로 쓸데없는 행위이니까."

"……네. 힘내볼게요."

설교 비슷하게 떠들어버렸지만, 외모는 어려 보여도 오카 씨는 전세에서 성인 여성이었다니까 내가 하려는 말은 잘 전달되었을 테지.

이제부터 실제로 다시 기운을 차릴 수 있을지는 오카 씨 본인에게 달렸다.

어쨌든 오카 씨는 괜찮을 거다.

좋은 의미든 나쁜 의미든 정신적으로 고요한 상태다.

이미 밑바닥에 푹 잠겨 들어갔기에 더 깊이 빠지지도 않고, 또 당장 떠오르지도 않는다.

본래는 환영하지 못할 정신 상태이나 이 같은 비상시에 한정 지어 말하자면 플러스로 작용하고 있다.

무엇이 결과적으로 더 좋을지는 아무도 알 수 없겠다.

오카 씨의 지난 행동도 현명했는지 미련했는지 판단할 수는 없었다.

다만 타인이 뭐라 떠들어 봤자 별 소용이 없기는 하다.

오카 씨가 마음속으로 정리를 하고 천천히 받아들일 수밖에 없군.

다행히도 우주선 안에서 만난 전생자들은 오카 씨에게 호의적으로 보였다.

딱히 원망하는 분위기는 아니었고 잘 살펴보면 오히려 죄책감마저 느끼는 것 같았지.

그러니 어지간히 꼬이지 않는 한 화해도 가능하리라.

그런 미래를 쟁취하기 위해서라도 인류 멸망의 위기는 꼭 회피하고 싶다.

결의를 새로 다지며 나는 오카 씨의 곁에서 물러난 뒤 로난트 님께 다가갔다.

"늙은이 같은 설교를 늘어놓더구나. 그런 짓거리는 10년은 빠르다."

"하하. 이래 보여도 로난트 님보다 오래 산 기억이 있습니다만."

이 사람은 나를 아직껏 하이린스로 대해준다.

그것이 기쁜 반면에 아직도 애송이 취급을 받는 것 같아 석연치 않은 기분도 들었다.

"기억이 있을 뿐 자네가 직접 쌓았던 경험은 아니잖나. 기억도 활용을 하지 못하면 아무짝에 쓸모가 없지."

"그야 그렇긴 합니다만."

이런 핀잔에는 반론하기 어렵다.

왜냐하면 로난트 님이 D님이 계신 곳으로 전이하는 술식을 짜내고자 했을 때 규리에디스트디에스의 기억에서 뭔가 참고할 만한 것은 없냐고 물었는데 아무것도 대답하지 못했기 때문이다.

어쩔 수 없기는 하다. 나는 규리에디스트디에스의 방대한 기억 전부를 이어받은 것이 아니다.

인간의 뇌에 허락되는 양을 넘어서니까.

어느 정도 골라낸 에피소드를 기억하고 있는 느낌이다.

그 때문에 구멍이 많아서 막상 쓸모가 있는 기억은 적은 편이었다.

“아무튼, 자력으로 전이 마술을 전개하는 건 어렵겠습니까?”

“……어렵군. 지금 단계라면 전이 자체는 가능할 터이나 어디로 날아갈지 모른다. 설령 운 좋게 D님이 있는 곳으로 가게 되더라도 무사히 도착한다는 보장이 없군. 막상 전이했더니 고깃덩어리가 되어 버리는 웃음도 안 나오는 결과조차 각오해야 할 테지.”

“그런 신세는, 사양하고 싶군요.”

“누군 아니겠나? 분하지만 나 혼자의 힘으로는 이게 한계일세.”

로난트 님은 정말 분하다는 표정을 지었지만, 충분히 굉장하다는 생각이 든다.

스킬의 힘을 설정되어 있는 범위 이상으로 끌어내기는 어렵다.

활용 범위를 미리 결정하여 설계되었으니까.

그런데 로난트 님처럼 일부 천재는 뜻밖의 응용을 성공시킨다.

인족 최강의 마술사라는 이름은 허울이 아니었다.

로난트 님이라면, 시스템 중추에서 보조를 받는 상태라면 D님이 계신 곳으로 충분히 전이를 성공시킬 수 있을 것이다.

그렇게 확신이 든다.

로난트 님을 걱정할 필요는 없지.

나는 걸음을 옮겨 가장 안색이 안 좋은 두 사람에게 다가갔다.

"괜찮습니까?"

주저앉은 두 사람, 교황과 발트 공은 느릿느릿 얼굴을 들어 올렸다.

"괜찮다, 라고 답하기는 어려운 상태입니다. 하지만 앓는 소리를 늘어놓을 순 없죠. 기어서라도 따라가겠습니다."

"이쪽도 동감이다. 사신 D라는 녀석뿐 아니라 마왕님과도 만나야 하니. 그때까지는 절대 쓰러질 수 없다."

교황도 발트 공도 나쁜 안색과 반비례하여 눈빛은 번뜩번뜩 빛나고 있었다.

이런 기세라면 괜찮겠군.

한계를 넘어가면 갑자기 털썩 쓰러질 것 같기는 한데 그래서 휴식을 취하고 있다.

당분간은 더 버틸 테지.

하지만 이렇게 보면 신기한 기분이군.

한쪽은 인족의 대표라고 말할 수 있는 신언교의 교황.

다른 한쪽은 마족의 대표인 발트 공.

본래 마주할 리 없는 인물들.

그런데 하나의 목표를 향해 이렇듯 같이 협력하고 있다.

얼마 전까지는 상상할 수 없는 광경이었다.

"신기하군요. 이렇게 당신과 같이 있게 되다니."

내가 느꼈던 바를 교황도 느꼈나 보다.

"그러게나 말입니다. 당신과는, 시간이 있다면 느긋하게 이야기를 나눠보고 싶기도 합니다."

"서로 간에 이 전쟁이 끝난 뒤 무사하다면 그것도 어쩌면 괜찮겠군요."

교황과 발트 공이 같이 웃었다.

서로 간에 무사하다면 말인가.

교황의 성격상……. 아니, 더 이상은 생각하지 말자.

아직 정해진 것은 없다.

자, 다른 사람은, 으음…….

슌의 주위에 아가씨들이 몰려 있었다.

카티아 양, 스우 양, 유리 양, 페이 양.

……걷어차주고 싶군.

저기는 방치해도 상관없겠다, 쳇.

방치다, 방치!

그렇다면 남은 사람은 이제 한 명인데…….

팔짱을 끼고 벽면에 기대어 있는 유고 왕자.

이 인원으로 모인 이후부터 쭉 한마디도 말을 꺼내지 않았다.

그뿐 아니라 내가 본 바로 예전부터 줄곧 저 상태였다.

살아 있는 인간이라기보다는 장식물 같은 느낌마저 든다.

솔직히 다가가고 싶지는 않군.

게다가 나는 유고 왕자를 잘 알지도 못하니까.

직접 만났던 것은 엘프의 마을에서 전투에 임했을 때가 처음이고, 그 후에도 이렇다 할 대화는 나눈 적이 없었다.

사실상 다른 사람의 말로 들은 인상이 전부인지라 어떻게 대해야 할지 가늠이 되지 않았다.

"거기, 소년."

그래서 무난하게 싹싹한 느낌으로 말을 걸어봤다.

그러자 유고 왕자는 힐끔 나를 일별한 뒤 곧 흥미를 잃었다는 듯이 시선을 떼어버렸다.

입을 열지도 않는다.

오, 이렇게 대놓고 무시하는 건가.

질투 때문에 일부러 무시하는 사람과 만난 경험은 있었다만, 이 태도는 진심으로 나에게 흥미가 없어 보였다.

나를 질투하는 녀석은 무시하면서도 늘 나의 동향을 신경 썼으니까.

유고 왕자는 티끌만큼도 내게 흥미를 품지 않는다.

그뿐 아니라 자기 자신조차도 흥미의 대상에서 벗어난 것 같았다.

정말 생물이 아닌 단순한 장식물 같군.

"소년, 아직 젊은 나이인데 벌써 세상을 등진 사람처럼 굴면 쓰겠나?"

참견쟁이냐고 생각하며 말을 걸었다.

무시당하려나 생각했는데 의외로 유고 왕자는 또 시선을 내게 보내왔다.

"삶의 길이는 상관없잖냐."

"그런가? 인생이 아직도 많이 남은 젊은 녀석이 벌써 비관부터 하면 앞으로 못 버틴다니까?"

내 말에 유고 왕자는「헹」코웃음을 쳤다.

"그럼 묻겠는데 흑색의 신은 길고 긴 인생 덕분에 행복해졌나?"

"그건……."

하필 대답하기 어려운 질문을 꺼내는군.

"……나는 흑색의 신한테 조금 공감한다. 처지는 전혀 다르지만 말이지. 행복의 절정은 이미 다 지나갔고, 더 이상 옛 시절로 돌아갈 수 없다는 걸 안다는 점에서는 나도 흑색의 신도 똑같으니까."

……그렇게 말하자면 확실히 동의를 할 수 있겠군.

규리에디스트디에스가 누린 행복의 절정은 아마도 여신 사리엘이 시스템에 삼켜지기 전의 일상이었다.

여신 사리엘이 만든 고아원이 있고, 그곳에 뻔질나게 들락거리는 규리에디스트디에스가 있고, 당대의 마왕인 아리엘을 비롯하여 고아들이 마중을 나와주고.

옛 시절의 소중한 일상이 규리에디스트디에스가 가진 행복의 기억이다.

옛 일상은 이제 돌아오지 않는다.

설령 세계가 다시 평화로워지더라도 옛 시절의 일상보다 더욱 큰 행복을 느끼기는 불가능할 테지.

말투로 짐작하자면 유고 왕자도 비슷한 듯싶다.

"그렇다 해도 행복해지기를 포기할 필요는 없지 않겠나?"

"아무래도 좋아. 행복해지기 위해 노력하는 것조차 귀찮다."

이러면 무슨 소리를 한들 소용없겠군.

오카 씨와 달리 자책의 감정으로 이렇게 된 것은 아닌 듯한데 이미 완전히 마음을 닫아버렸다.

유고 왕자가 이제껏 저질렀던 행동을 떠올려보면 용서받을 수 없을뿐더러 이런 상태라면 본인도 용서받겠다는 생각을 안 하고 있겠지.

하지만 내가 보기에는 유고 왕자도 피해자였다.

아무런 죄도 없었던 이세계의 젊은이가 이쪽 세계의 분란에 휘말려서 사망한 데다가 이쪽 세계에 넘어와서도 분란에 휘말려서 이용당할 대로 이용당했으니.

유고 왕자의 피해자인 슌은 마음이 복잡할 터이나 내가 보기에는 동정의 여지가 있다.

이렇듯 다시 생각해보면 전생자 대부분은 인생에 어떻게든 중대한 영향을 받았구나.

애당초 전생하게 된 계기가 이 세계의 분쟁 때문이었다는 게 가장 큰 영향을 끼쳤지만, 그 후의 인생에서도 전생자라는 이유로 괜한 고생을 감당해야 했지.

아울러 결국 전생자들에게 이 세계의 운명을 맡기게 됐다.

결국 이 세계에 원죄가 있음을 절실하게 느낄 따름이다.

이쪽 세계의 주민인 내가 더 이상 잘난 척 훈계할 수는 없겠군.

"그런가. 그렇다면 부담감 없이 지켜봐라."

너무 비관한 끝에 폭주하지 않도록 나는 가벼운 말로 달래줬다.

후유, 못살겠군…….

너무 어렵다.

각자의 인생이 있고, 걸어왔던 길도 다르다.

그 와중에 이런저런 사건이 일어나고, 이런저런 생각이 있었을 텐데 아무리 고민한들 어찌 정답에 다다를 수 있겠는가.

애써 고민한 끝에 도출한 결론으로 오답에 다다르는 경우도 있다.

애당초 정답도 오답도 없는 경우가 많다.

한쪽 측면만 보면 정답이어도 다른 측면을 봤을 때는 오답이 된다거나.

그렇다고 해서 또 아무것도 고민하지 않을 순 없는 노릇이다.

차라리 아무것도 생각하지 않고 살아갈 수 있다면 조금 더 편안할지도 모르겠군.

정말이지 삶은 어렵군…….

나도 생각하기를 포기하고 싶다…….

"슬슬 출발할까요."

어쨌든 허락되지 않는 바람이다.

라스의 말에 따라서 우리는 이동을 재개했다.

생각하기를 중단할 수는 없었다.

우리의 두 어깨에 인류 절반의 명운이 실려 있으니까.

로난트

그레이터 타라텍트의 등에 올라타 흔들거리다가 우리는 엘로 대미궁 최하층이라는 곳에 도착했다.

나도 과거에 엘로 대미궁의 하층까지는 잠시 걸음을 들여놓은 경험이 있었다만, 하층 주변조차 인족에게는 도저히 탐사가 불가능한 마경이었다.

하물며 이곳 최하층은 전인미답의 구역일 테지.

인족 중 이곳에 걸음을 들인 인물은 우리가 최초이렷다.

다만 느긋하게 감개에 젖을 겨를이 없어 유감스럽군.

"잘 왔어."

그곳 최하층에서 마왕 아리엘 본인이 기다리고 있었다.

아마도 거미줄을 뭉쳐서 만들었을 하얀 의자에 앉아.

뒤쪽에 소피아와, 메라조피스라고 했던가? 마족의 군단장을 거느린 모습은 그야말로 마왕다운 관록이로구나.

마왕이 앉은 의자의 사방에 작은 거미가 있는데, 어째서인지 그중 한 마리가 나를 향하여 열심히 다리를 흔들어 대며 반갑다는 티를 내는군.

……저 녀석은 뭔가?

신경 쓰여서 무심코 감정을 써버렸구나.

그리고 감정 결과, 피엘이라는 이름을 가진 퍼펫 타라텍트 종족의 마물임이 판명되었다.

……음?

피엘?

피엘?!

저 자그마한 거미, 엘프의 마을에서 내게 유난히 달라붙었던 계집아이인가?

그 계집아이의 정체가 설마 거미였다고?

어허허……. 이리도 놀라울 수가.

"우리 애한테 궁금한 거 있어?"

"음? 그렇군. 저번에 봤을 때와 차림새가 많이 달라져 깜짝 놀랐다네."

"하긴, 마음에 드는 옷이 이번 전쟁에서 불타버렸거든."

싹싹하게 말을 건네주는 마왕 아리엘.

옷이라…… 옷의 영역인가?

뭐, 되었다. 모습이 변화했어도 본질은 변함없으니.

그런 생각이 드는 이유는 어째서인지 피엘이 나의 머리에 올라타더니 뺨을 잡아당겼기 때문이군.

"에잇! 떨어지지 못할까!"

"피엘, 장난치지 마."

마왕 아리엘에게 꾸중을 듣고 피엘이 나에게서 떨어져 갔다.

이 같은 긴급 사태에 긴장감도 없는 녀석이로고!

묘하게 분위기가 가벼워지고 말았잖느냐!

"로난트 님……."

하이린스 애송이가 기막혀하며 나를 쳐다본다만, 방금 전 촌극은 나의 탓이 아니니라!

“자, 그러면 곧장 시작해볼까.”

“그 전에 잠시만 말씀 올려도 되겠습니까?”

마왕 아리엘이 빠르게 대화를 진행시키려던 때에 목소리를 높인 인물은 마족의 대표로 온 발트 공이었다.

“흠. 나는 딱히 할 얘기 없는데, 뭐, 좋아. 말해봐.”

“감사드립니다.”

발트 공이 마왕 아리엘을 향하여 머리 숙이는군. 글쎄, 무엇을 물을 작정이려나.

뭐라 물은들 발트 공이 원하는 대답은 얻지 못할 듯싶구나.

“마왕님, 당신께 저희 마족은 무엇이었습니까?”

……역시 저 부류의 질문인가.

답을 들어도 발트 공이 괴롭기만 할 터인데.

“굳이 물어봐서 어쩌려고? 아마도 발트 네가 들어서 유쾌한 답은 아닐걸?”

“그럼에도 저는 당신의 입으로 직접 듣고 싶습니다.”

안타깝다는 듯이 마왕 아리엘은 절레절레 고개를 흔들었다.

“좋아, 솔직하게 말한다? 뭔가 말해줄 만큼 마족한테 딱히 감정이 있지는 않아. 이게 내 본심이야.”

저 말은 어떤 의미로 차라리 저주를 받는 게 나았을 만큼 신랄한 발언이었다.

마왕 아리엘에게 시종일관 이용당했으며 결국 얼마 전 인족과 대규모 전쟁을 벌였음에도 불구하고, 정작 마왕 아리엘에게는 일말의 관심조차 받지 못했음을 의미하니까.

발트 공의 심중은 대체 어떠하려나.

"그렇, 습니까."

발트 공은 깊이, 깊이 한숨을 내뱉었다.

"감사합니다. 그 말씀을 듣고 조금이나마 후련해졌습니다."

"어라? 원망의 말 한마디는 뱉을 줄 알았는데?"

발트 공이 순순히 물러나자 마왕 아리엘도 조금 의외라는 반응을 보였다.

"물론 원망의 말은 겨우 한마디가 아니라 무궁무진합니다. 하지만 제가 비난한들 당신께서 나아가는 길은 달라지지 않잖습니까? 어중간한 신념을 갖고 벌였던 일이 아닐 겁니다. 혹여 어중간한 신념이었다면 수없이 스러져 갔던 동포들이 오히려 원통해하겠지요."

"물론이야. 말 몇 마디에 굽혀줄 약한 각오로 전 세계를 적대하자는 생각은 하지 않아."

"그러시다면 제가 무어라 말씀드린들 시간 낭비겠지요. 당신과는 이미 길이 갈라졌습니다. 그렇다면 저는 마족의 대표로서 마족을 위해 진력할 뿐입니다."

조금 알겠구나.

마왕 아리엘에게 질문을 한 이유는 추궁하기 위해서가 아닌 자신의 심정에 매듭을 짓기 위해서였나.

그렇게 마음 정리가 가능하다니. 발트 공도 마족의 대표답게 걸물이구나.

"그런가. ……발트. 마족 전체에 대해서는 뭔가 말해줄 만큼 감정이 있진 않지만, 오래도록 나를 보좌해준 너한테는 고마운 마음이 있어."

"……영광입니다."

발트 공은 울먹이며, 먹먹해하며, 복잡하게 웃는 얼굴로 대답했다.

"자, 그럼 이제 진짜로 들어가볼까. 이 문의 너머가 시스템 중추야."

마왕 아리엘은 자신의 등 뒤를 가리켰다.

그곳에 위치하고 있는 문.

이 너머가 시스템 중추.

여신 사리엘이 붙들려 있는 곳.

"여기를 지나가서 이상한 행동을 하는 녀석은 문답 무용으로 죽인다."

거짓이 아닌 진심을 담은 선언이었다.

따끔거리는 살기가 증명하고 있다.

누군가 꿀꺽 마른침 삼키는 소리가 났다.

"혹시나 누가 배신해서 시스템 붕괴를 중단시키려는 시도를 하면 만약에 우리 백색의 신의 진영이 패배하더라도 기필코 인류를 쳐죽일 거야. 절반이 아니라 아예 전멸시키겠어."

이 선언도 또한 거짓이 아닐 터이지.

이 녀석들은 정말로 한다.

배신의 대가는 값비싸겠구나.

"그러한 신의 없는 행동은 하지 않을 것이라 맹세합니다."

"그러기를 바라."

교황이 맹세해도 믿어주지는 않을 터이다.

마왕 아리엘은 월드 퀘스트의 시퀀스, 각각의 주장에서 이미 인류를 단념하겠다고 선언했다.

애당초 인류를 신용하지 않는다.

우리가 배반하지 않음을 증명하자면 마지막까지 배반을 하지 말아야 한다.

"그럼 가볼까. 아, 맞다. 너, 받아."

"어? 와앗!"

마왕 아리엘이 무엇인가를 용사 슈레인에게 집어 던진다.

그것을 용사 슈레인은 허둥지둥 붙잡았다.

으음, 검?

"앗, 이것은, 왕가의 검?"

"그 검은……?!"

하이린스 애송이가 검을 보더니 경악하며 마왕 아리엘을 쳐다본다.

"용사검이야. 마왕검이라고 마왕만 다룰 수 있는 검이랑 쌍이 되는 무기인데, 딱 한 번만 신조차 죽일 수 있는 일격을 날리게 해줘. 오직 용사만 다룰 수 있는 검이지."

용사 슈레인이 검과 마왕 아리엘을 번갈아 바라본다.

"그리고, 야, 일어나. 거기 있잖아? 벡."

『시끄럽다.』

"와앗?!"

마왕 아리엘의 부름에 반응이 있었다.

용사 슈레인이 붙든 검 안에서 하얗고 작은 용이 튀어나온다.

"이제야 일어나는구나, 잠탱이 녀석. 마음에 든 용사가 죽어서 확

드러누운 거야?"

『흥.』

아마도 광룡으로 짐작되는 벡이라고 불린 용이 코웃음을 친다.

저 태도는 정곡을 찔린 것 같군.

"뭐, 잠이나 잔 이유는 아무래도 좋아. 거기 있는 이번 대 용사를 잘 지켜줘."

『시키지 않아도 한다.』

"으앗?! 어, 어라?"

벡이 용사 슈레인의 팔에 휘감겼다.

"그 녀석은 광룡 벡이야. 용사검의 수호자 역할을 맡은 고룡의 수장이지. 무슨 일 생겼을 때에 대비해서 데리고 있는 게 좋을 거야."

『흥.』

언짢아하며 코웃음을 치는 광룡 벡과 당황하는 표정을 짓는 용사 슈레인.

"……괜찮은 건가? 적을 거들어주는 셈 아닌가."

"상관없어. 설령 용사검을 손에 들어도, 벡이 있어줘도 우리가 너희 전원을 죽이는 건 쉬워."

하이린스 애송이의 물음에 답하는 마왕 아리엘에게서는 흔들림 없는 자신감이 느껴졌다.

우리 따위야 순식간에 죽일 수 있다는 선언이렷다.

거참, 정말이지 무시무시하구나.

"너희가 배신만 하지 않으면 아무 탈 없어. 간단하잖아?"

티끌만큼도 이쪽을 믿지 않으면서 말은 잘하는군.

뭐, 나는 배신할 생각 따위 없다만, 다른 녀석들은 어떠려나?

이 같은 국면에서는 배신하지 않는 게 현명한 행동 같다만. 흠.

"자, 진짜로 가자."

마왕 아리엘이 앉은 채 선언한다. 그러자 피엘을 포함하여 네 마리의 작은 거미가 마왕 아리엘이 앉아 있는 의자를 들어 올렸다.

저 거미 네 마리는, 아마 엘프의 마을에서 봤던 네 명의 계집아이렷다.

방금 감정한 녀석은 피엘뿐이나 틀림없겠지.

그렇다면 저 작은 몸으로 능력치 1만을 넘는 신화급 마물이라는 말인가.

1만의 능력치라면 의자를 들어 올리는 것쯤이야 수월할 테지.

다만 신경이 쓰이는 것은 어째서 마왕 아리엘이 구태여 피엘 등 부하들에게 의자를 옮기도록 시키는가 하는 의문이구나.

마왕 아리엘의 나쁜 안색을 보고 짐작하자면 아마도 몸 상태가 성치 않은 듯한데.

기세도 들었던 말과는 달리 꽤 약한 편이군.

상당히 약체화된 듯 보인다.

물론 이 추측을 확인하자고 감정을 쓰는 행동은 자제하겠다만.

마왕 아리엘이 문에 손을 가져간다.

그러자 문이 빛을 발하며 천천히 열렸다.

그리고 문 너머의 광경은…….

"오, 오오오……?!"

말을 잃는다 함은 이러한 경우인가!

문 너머의 광경은 나의 상식을 깨부수는 장관이었다.

바닥뿐 아니라 벽과 천장까지 뒤덮은 마법진.

너무나 복잡하면서도 또한 지나치게 예술적이라 나는 저 마법진의 의미를 해독할 수 없구나.

하지만! 그럼에도 정말 굉장하다는 것은 한눈에 알 수 있다!

굉장하구나! 이 세계에 이런 광경이 있었다니?!

나의 식견 따위 역시나 몹시 얄팍했음을 절감하게 된다!

이런, 내가 감동에 전율하는 동안에 다들 앞으로 가버렸군.

당황했음을 들키지 않게 가능한 한 여유로운 움직임을 마음에 새기면서, 한편 빠른 걸음으로 일행을 쫓는다.

나이를 먹으면 이런 잔재주도 능숙해지는 법이지.

그리고 모두 걸음을 멈췄을 때 나는 다시금 말을 잃었다.

이 공간의 중앙에 계시는 분.

하반신이 없고 상반신만 남아서 공중에 못 박혀 계시는 분.

이분이 바로 여신 사리엘 님.

이 세계의 구세주.

교황이 여신 사리엘 님께 무릎을 꿇는다.

그 행동에 뒤따르듯이 전원이 자연스레 무릎 꿇었다.

아아, 옳았구나.

이토록 가슴 미어지는 모습을 배알하니 마왕 아리엘의 분노가 정당하였음을 깨닫게 되는구나…….

그렇게 몇 분인가 시간이 흘러갔다.

그동안 누구 한 사람도 입을 열지 않았다.

『숙련도가 일정 수치에 도달했습니다.』

단지 거듭거듭 여신 사리엘 님의 목소리만이 울려 퍼지고 있었다.

"자, 로난트라고 했던가? 시작해."

"으음. 알겠네."

침묵을 깨뜨리고 마왕 아리엘이 재촉하였기에 나는 여신 사리엘 님의 곁으로 가까이 걸어갔다.

"고귀한 몸에 손대려 함을 용서해주십시오."

먼저 예의를 갖춘 뒤 나는 여신 사리엘 님께 손을 가져다 댔다.

눈을 감은 채 집중한다.

해낸다. 나는 해낼 수 있다.

떠올려라. 사역마 계약의 연결을 이용하여 용사 슈레인을 찾아 전이했을 때의 기억을.

그때와 방법은 딱히 다르지 않다.

시스템과의 연결을 이용하여 사신 D의 위치로 전이한다.

찾아내라, 사신이 있는 장소를.

그리고 따라가자꾸나. 사신에게 가는 경로를 더듬어서.

느껴진다. 시스템과 연결되어 있는 거대한 존재가 둘.

다만 둘 중 하나가 더 압도적으로 크다.

바닥을 알 수 없는 기운에 두려움이 솟구친다.

아마도 이것이 사신의 기운.

다른 하나는 흑색의 신이겠지.

그렇다면 사신이 있는 곳으로 연결을 이용하여 전이할 뿐.

모든 신경을 마법 구축에 쏟아붓는다.

으음! MP의 소비가 격렬하군!

전이는 본래 MP의 소비량이 많다만, 이런 상황에서 내 MP의 총량으로 버틸 수 있겠나?!

큭! 어쨌든 지금 실패할 수는 없도다!

맡겨달라며 큰소리를 치지 않았던가.

어찌해서든 성공시키겠다!

이를 악물고 전이 마법을 구축했다.

뇌가 비명을 질러 대지만, 이 정도도 견디지 못한다면 감히 인족 최강의 마법사임을 자처하지 않았다!

“술식이 발동한다! 대비하라!”

세계를 건너가는 전이이니라.

무슨 불상사가 일어날지 알 수 없었다.

그러니 전이가 발동할 때 소리를 높였다만, 과연 이 같은 행동에 의미가 있긴 있었을까.

전이 술식은 틀림없이 발동했다.

MP가 텅 비어버렸지만 끝내 성공했다.

서둘러 MP 회복 포션을 들이켠다.

완전 회복에는 한참 못 미칠지언정 조금이나마 MP를 회복시켰다.

그렇게 한숨 돌리자 겨우 주위의 모습을 확인할 여유가 생겨난다.

그곳에는 다행스럽게도 전이 전 곁에 있었던 전원이 무사한 모습으로 서 있었다.

“다행히 성공한 것 같군.”

“예, 훌륭하십니다.”

이곳이 심상치 않은 장소임은 한눈에 알 수 있었다.
왜냐하면 아무것도 보이지 않는다.
어디를 둘러봐도 어둠이 펼쳐져 있을 뿐.
그럼에도 불구하고 각각의 모습은 뚜렷하게 확인할 수 있었다.
광원 따위 어디에도 없거늘.
풍경은 보이지 않는데 주위에 있는 사람은 뚜렷하게 보인다.
참으로 불가사의한 광경이로다.
또한 이렇듯 불가사의한 광경의 한복판에 저 존재가 있었다.
오싹할 만큼 아름다운 한 명의 소녀였다.

나는 저 모습을 본 순간에 확신했다.
저자가 사신 D임을.

페이

세상은 불공평함과 부조리함으로 가득 차 있다.

나는 그것을 전세 때부터 잘 알고 있었다.

많이 가지고 있는 녀석은 더 많이 가지게 되고, 가지지 못한 녀석은 더 못 가지게 된다.

게다가 애써 가지게 되더라도 더 많이 가지고 있는 녀석에게는 결국 못 이기니까.

불공평하고 부조리해서 속이 터질 것 같다.

와카바 히이로라는 여자는 저런 불공평함과 부조리함의 화신 같은 녀석이었다.

중학교 때 사랑을 했다.

상대는 같은 중학교의 선배.

부 활동을 같이 했다는 인연으로 알게 되었다.

첫사랑이었다.

지금 돌이켜보면 첫사랑에 너무 들떠서 시야가 좁아졌다는 생각은 들어.

요즘은 분명 그렇게나 좋아했었던 선배의 얼굴이 잘 떠오르질 않는다.

그 무렵에는 너무 좋아서 좋아서 못 견딜 지경이었는데 나의 마음은 결국 얼굴도 못 떠올리게 될 만큼 가벼웠던 거야.

선배를 쫓아 자신의 성적보다 높은 수준의 고등학교에 시험을 치러서 합격했는데도.

공부를 잘 못하는 데다가 잘하려는 티도 안 냈었던 내가 진지하게 수험 공부를 하니까 엄마가 오히려 걱정했었지.

그것도 지금 생각해보면 좋은 추억일지도 몰라

당시에는 엄청나게 싸워 댔지만.

그치만「너 머리 괜찮니?」라고 말하더라니까?

딸이 진지하게 공부하는데!

부모로서 기뻐해줘야 하는 거 아니야?!

엄마 이야기는 넘어가기로 하고, 아무튼 고생고생 성적을 끌어올려서 합격한 고등학교 생활은 회색빛이었어.

기껏 쫓아갔던 선배는 여학생 한 명의 스토커가 되어 있었거든…….

내가 고백해서 차였으면 차라리 괜찮아.

별로 괜찮지는 않고 당시에는 엄청 심란했지만, 지금 돌이켜보면 딱히 특별한 관계는 아니었다는 걸 알거든.

선배는 좋게 표현하면 차분한 사람이었지만, 요컨대 소심 캐릭터였어.

아예 말을 안 하는 건 아니지만, 자기가 먼저 쭉쭉 다가가는 타입은 아니었지.

살짝 슌이랑 닮은 느낌이야.

슌도 마찬가지인데 저런 사람은 누군가가 쭉쭉 다가들면 오히려 물러나버린다.

나는 있는 힘껏 쭉쭉 다가갔었다.

진짜 아무렇게나 쭉쭉 다가갔다.

게 섰거라~!

고등학교까지 쫓아갔는걸.

지금 생각해보면 되게 부담이지.

딱히 마음에 드는 여자애도 아닌데 쭉쭉 다가들면 물러나는 게 당연한 반응이야.

선배를 좋아했던 기억은 다 과거에 남기고 온 지금이니까 이렇게 솔직하게 되새겨볼 수 있다.

다른 세계에서 살아야 하는 처지라서 과거에 남기고 올 수밖에 없었지만요~!

근데 말이야? 아무튼 좋아했던 사람이 스토커로 전락했다면 짜증나잖아?

그 사람이 다른 여자랑 사귀고 있다면 곱게 포기해줄 텐데 스토커라니.

게다가 그 여자는 선배를 아예 상대도 안 해줬고.

그 여자의 이름은 와카바 히이로.

분하게도 선배가 스토커로 전락할 만큼 푹 빠진 것도 납득이 되는 미인이었다.

남자들이 몰래 만들었던 교대 미인 랭킹에서는 큰 차이로 1등.

참고로 나는 십몇 등이라는 미묘한 위치였다.

일단은 교내, 즉 1학년부터 3학년까지 전원을 모아 둔 랭킹이니까 위에서 헤아리는 게 훨씬 빠른 위치에 있기는 했어.

그런데 결국 상위 10위 안에 못 들어갔다고 생각하면 좀 미묘하지 않아?

아, 참고로 저 랭킹을 만든 녀석은 2학년 남자였다던데, 같은 반 여학생한테 붙잡혀서 묶였다.

묶어 놓은 사진도 붙여서 전교 학생들에게 조리돌림을 당했으니까 틀림없어.

어째서인지 그때 랭킹까지 같이 나돌았던 탓에 나도 내용을 알게 됐지만.

그 랭킹에서 와카바가 단독 톱이었던 것은 분하지만 엄청나게 납득이 됐다.

얼굴이랑 몸매가 잘난 건 당연하고.

다만 와카바의 진짜 매력은 분위기였다.

초월자, 아니면 초인

같은 인간이라는 생각이 안 드는 분위기가 감돌았다.

단순히 외모만 뛰어난 것이 아니라 저런 분위기 때문에 저절로 눈길을 사로잡는다.

그리고 와카바를 본 사람은 대강 두 부류로 갈라졌다.

두려움을 품거나, 숭배하거나.

뭐, 둘로 갈라졌다지만 사실 모두가 양쪽의 감정을 다 가졌을 거야.

아마도, 경외?

어느 쪽 감정에 더 많이 기울어졌는지 차이가 있을 뿐.

선배는 숭배로 대폭 기울어져서 와카바의 스토커가 되어버렸다.

……그때는 실연의 충격 때문에 생각을 못 했었는데 지금 돌이켜보면 스토커 짓이나 하는 남자를 왜 그렇게나 죽기 살기로 쫓아다

녔던 걸까.

하지만 고등학교까지 쫓아간 나도 충분히…….

아냐, 아니야! 더 이상은 생각하지 말자!

그냥, 그때 당시에는 정말 뭐랄까! 시야가 좁아져서 차인 이유를 전부 와카바 때문이라고 떠넘겼어.

단순하게 선배가 반한 여자라서 마음에 안 들었던 이유도 있었지만, 그런 여자한테 내가 두려움을 품었다는 것도 용서할 수 없었던 원인이 아니었으려나.

……그래, 나는 와카바가 두려웠다.

모든 것을 길가의 돌멩이처럼 바라보는 눈이.

아무리 심술을 부리고 괴롭혀도 나를 거들떠보지 않는 태도가.

자꾸자꾸 짜증이 났고 두려웠다.

그래서 전생하고 알 속에서 지내던 동안에도 쭉 와카바 생각만 되풀이했었다.

선배보다도, 가족보다도, 누구보다도 와카바를 생각했었다.

그래서겠지. 이 세계에서 재회했던 자칭 와카바, 그 녀석이 다른 사람이었다는 것을 곧장 간파할 수 있었던 이유는.

그래서겠지. 시스템 중추라는 신기한 장소로부터 전이를 한 곳에서 기다리고 있었던 사신 D라는 녀석을 봤을 때 진짜 정체가 와카바였다는 것을 저절로 납득하게 된 이유는.

"환영해요."

그렇게 말하며 와카바는 우리를 맞이해줬다.

불가사의한 공간이었다.

끝없이 새카만 어둠이 뻗어 나가는 곳인데도 우리의 모습은 서로 확인할 수 있다.

새카만데도 잘 보인다는 모순.

그렇게 새카만 공간의 중심에 앉아 있는 와카바.

의자에 앉은 와카바의 앞에는 모니터가 몇 개 허공에 떠 있다.

"아하, 저분이……."

납득한 듯이 목소리를 낸 사람은 내가 아니라 마왕 아리엘이었다.

마왕 아리엘도 의자에 앉아 있다.

뭔가 하얘서 어쩐지 거미집의 실을 떠올리게 하는 의자.

그 의자의 다리를 조그마한 거미 네 마리가 받쳐 들고 있다.

조그맣다고 말은 했어도 지구의 타란툴라와 비슷하거나 살짝 큰 몸집이지만, 이곳에 올 때까지 우리가 타고 왔던 큼지막한 거미랑 비교하면 작기는 작아.

아무튼 작은 거미들 네 마리가 마왕 아리엘이 앉은 의자를 들어서 옮기고 있다.

쪼끄만 애들한테 저런 일 시켜도 되나 생각했었는데 곧 마왕 아리엘의 몸 상태가 좋지 않다는 것을 깨달았다.

제대로 서 있지도 못할 만큼 위태로운 거야.

병인지 뭔지 잘 모르겠는데 마왕 아리엘의 이런 상태는 다들 예상 외였는지 어안이 벙벙한 모습이었다.

"처음으로 만나 뵙습니다. 마왕 아리엘이라고 합니다. 이러한 자세로 배알하게 된 무례를 용서해주십시오."

"용서할게요. 아, 자기소개는 필요 없고요, 괜히 격식을 차릴 필요도 없어요. 나는 당신들을 이미 잘 알고, 경의란 본래 진심에서 우러나와야 비로소 의미를 갖는 법이니까요."

저 말은 겉으로만 예의 차리지 말라고 은근슬쩍 비꼬는 건가?

"그럼 편하게 물어볼게. 너, 와카바지? 어떻게 된 거야?"

불쑥 짜증이 나서 난 말해준 대로 존댓말 다 집어치우고 캐물었다.

흠칫 놀라는 교황 할아버지랑 마족 오빠는 외면한 채.

"그렇군요, 잘 모르는 분들을 위해서라도 나도 자기소개를 해볼까요. 나는 D. 사신 역할이에요. 물론 가명이고요. 또한 전생자 여러분과 같은 학사에서 지내기도 했죠. 그때 쓴 이름은 와카바 히이로랍니다. 물론 가명이에요."

전부 다 가명이잖아!

그런 걸 자기소개라고 말할 수 있어?

"으, 음? D님께서 전생자들과 함께 학생으로 지내셨다는 말씀입니까?"

하이린스 씨가 흠칫흠칫하며 질문했다.

"그런 뜻이에요. 그리고 그곳으로 이 세계에서 관리자를 죽이고자 했던 공격이 날아들었죠. 원래는 흑색의 신을 노린 공격이었습니다만, 뜻밖에도 여신 사리엘이 개입해서 표적을 나로 바꿨답니다. 나는 보다시피 쌩쌩하게 살아 있지만요, 여파에 휘말렸던 전생자들은 전원이 사망했어요. 다시 말하자면 이 세계와 나 때문에 전생자들이 죽은 거예요."

지금 막 밝혀지는 충격의 사실!

거짓말이지?! 대체 뭐래니?!

"엥? 그게 뭐야? 때려도 돼?"

"페이! 가만히 있어!"

홧김에 쏘아붙이자 슌이 허둥지둥 나를 말렸다.

그렇게 허둥거리지 않아도 진짜 때리려는 생각은 없거든?

단지 말이야, 와카바를 너무 괴롭힌 탓에 벌을 받아서 이런 신세가 되었다고 알 속에서 쭉 반성했었는데, 근데 뚜껑을 열어보니까 우리가 죽은 게 와카바 때문이었다잖아!

내 반성의 시간을 돌려줘!

몇 대 때려주고 싶은 충동이 솟는데 어쩔 수 없지?

"나도 미안하다는 생각은 했답니다? 그래서 본래는 죽게 가만히 놓아뒀어야 했을 혼을 모아서 스킬을 부여하고, 기억을 유지한 채 그쪽 세계로 전생시켜준 거예요."

"그건 또 뭔데? 위자료 준 거야?"

"그런 뜻이죠."

"우리는 딱히 전생을 희망하지도 않았는데?"

"그럼 그대로 죽는 게 좋았겠어요?"

"아니긴 한데……."

아니긴 한데 말이지…….

물론 영문도 모른 채 죽어버리고 끝나는 것은 싫다.

하지만 벌써 전생했으니까 이게 더 잘된 일인지 알 수가 없잖아.

이렇게 세계 멸망이다~ 옥신각신하는 사태에 휘말렸고 말이야.

"애당초 우리가 안 죽게 살려주는 방법은 따로 없었던 건가?"

나츠메가 입을 열었다.

조금 놀랐어.

이 녀석은 더 이상 자기가 나서서 입을 열지는 않을 것 같았거든.

"가능 불가능으로 말하자면 가능했어요."

"그럼 왜!"

"다만 나에게는 그렇게까지 해줄 이유가 별로 없었거든요. 전생보다는 사자 소생이 더 힘들어서요."

더 힘들다? 잠깐 힘쓰는 걸 귀찮아해서 우리가 전생을 하게 됐다는 거야?

"자꾸 헛소리를……!"

"불만을 제기하려면 그쪽 세계의 분들에게 해주겠어요? 내가 당신들을 죽이려고 하진 않았는걸요. 억울한 사고로 죽음을 맞이한 당신들에게 다소 죄책감과 동정을 느꼈기에 나는 오히려 도움의 손길을 보낸 입장이랍니다."

저런 말에는 반론하기 어렵다.

이 녀석 때문이 아니라는 건 알아.

그리고 이 녀석 덕분에 전생했다는 것도 알아.

하지만, 하지만!

"넌 마치 우리를 위해서라는 듯이 말을 하는데 말야, 전혀 아니잖아? 뭔가 넌 자신의 목적이 있었고, 우리를 전생시킨 건 그냥 겸사겸사 아니야?"

"네, 그 말이 맞는데요?"

내가 추궁하자 와카바는 얼버무리지도 않고 뻔뻔하게 긍정했다.

역시나.

이 녀석한테는 우리에 대한 죄책감이라든가 동정이라든가 그런 기특한 감정이 전혀 느껴지지 않는걸.

전세 때부터 잘 알았던 태도, 길가의 돌멩이를 보는 듯 무관심한 눈빛이 느껴질 뿐이야.

"뭐, 목적이라고 할 만큼 거창한 것도 아니지만요. 그쪽 세계에 뭔가 변수를 추가해보고 싶었어요. 그쪽 세계는 쭉 정체되어 있던 상황이었고, 게다가 천천히 멸망을 맞이하게 될 앞날이 뻔히 보였거든요. 좋은 기회였어요. 다른 세계의 혼에 약간이나마 힘을 쥐여줘서 전생시키면 조금은 변화가 일어나지 않을까 싶었죠."

실험동물을 관찰하는 듯 전혀 온도가 담기지 않는 눈빛으로 우리를 보는 와카바.

이 녀석에게는 우리의 존재도, 그리고 이 세계도 똑같이 그냥 실험 대상에 불과한 것 같다.

멸망하면 그냥 그렇게 잊어버리는 정도의 인식인 거야.

"너는, 이 세계에서 뭘 하고 싶었어?"

"딱히요? 방금 전에도 말했던 대로 목적이라고 할 만큼 거창한 것은 없답니다? 흑색의 신에게 요청을 받아 별을 재생하는 데 힘을 빌려준 게 전부이고, 그것 이외는 내 취미를 끼워 넣었을 뿐이에요. 전생자의 처우도 마찬가지죠. 선의라는 말은 못 하겠지만, 악의를 갖고 저지른 행동도 아니랍니다."

"무슨 취민데?"

"세계 하나를 통째로 게임으로 만들어보고 싶었어요. 그리고 그 게임이라는 고독(蠱毒) 속에서 신의 경지에 오르는 누군가가 나타나진 않을까 관람하고 싶었죠. 그게 다예요."

세계 하나를 게임으로 만들어보고 싶었다는 규모도 머리도 정신이 나간 소리를 태연하게 지껄이는 와카바.

역시 이 녀석은 우리와는 달라.

사고방식이 완전히 달라.

이렇게 얘기만 나눠봐도 위화감으로 속이 메슥거리는 기분이야.

말을 주고받을 수 있는데도 전혀 도무지 이해가 되지 않았다.

"포티머스 하이페너스와 당신, 마왕 아리엘에게 기대했었어요. 이렇게 두 명은 신이 될 수 있지 않을까 싶었죠. 결과는 기대를 벗어났지만요. 특히 포티머스 하이페너스는 생존에 대한 집착이 무척 강해서 언젠가 사람의 신체라는 한계를 넘어서라도 살고자 하지 않을까 생각했었는데 결국 목표를 이루지는 못하더군요."

"그따위 놈이 신이 되었다고 생각하면 소름이 끼치네요."

마왕 아리엘이 혐오감을 대놓고 드러내며 말했다.

와카바에게 중요한 것은 선악이 아니야. 신의 경지에 오를 수 있는지 없는지가 전부였구나.

누구든 상관없으니까 실험의 결과를 증명해달라.

그런 느낌이야.

"그래, 알았어. 그 부분은 그냥 넘어갈게. 그럼 너랑 똑같이 생긴 가짜는 뭐야? 백색의 신이라는 녀석."

더 이상 이 녀석의 말을 들었다가는 머리가 이상해질 것 같아서 화제를 바꿨다.

와카바의 가짜, 백색의 신을 언급하면서.

걔는 요컨대 이 녀석의 허수아비라는 소리잖아?

원래 있었던 흑색의 신과 싸움을 붙이는 건 변수라기에는 좀 지나친 것 같기도 하고.

게다가 뭔가~ 위화감이 있거든.

이 와카바가 그렇게 적극적으로 활동하는 앞잡이를 정말 준비했을까?

"그 아이는 나의 대역이에요. 교실에 있던 학생과 교사 전원을 전생시키자면 내 자리가 비어버리잖아요? 그래서 숫자를 맞추기 위해 우연히 교실에 같이 있었던 거미의 혼을 전생시켰어요. 와카바 히이로의 기억을 심어주고요."

"엥?"

말뜻을 모르겠는데요?

당황하며 슌이랑 다른 사람들 얼굴을 둘러봐도 누구 하나 와카바가 한 말의 의미를 이해하지 못한 것 같았다.

"무슨 소리야?"

"그대로의 의미예요. 그 아이는 그냥 거미였어요. 약해빠져서 금세 죽을 테니까 저조차 신경을 쓰지 않았고, 오직 와카바 히이로도 전생했다는 증거를 남기기 위한 존재예요. 아니, 존재였죠."

잘 모르겠는데 이해하려고 애써도 시간 낭비 같아.

어쨌든 가짜 와카바는 이 녀석의 부하가 아니라는 거네?

"딱히 네 부하는 아니라는 말이야?"

"아니에요. 그 아이는 자기 의사로 활동합니다. 정말 재밌죠. 기대했던 인간은 기대한 대로 활약하지 못했고, 죽거나 말거나 버리는 말로 던져 넣었던 존재가 신의 경지에 올랐으니까요."

어~ 으음?

지금 얘기를 정리하면 그 가짜 와카바는 자력으로 신이 되었고, 자기 의사로 흑색의 신과 싸우고 있다는 뜻?

"시로를 이 세계에, 제 곁에 보내주셔서 감사드립니다."

마왕 아리엘의 말에는 가짜 와카바에 대한 따뜻한 감정이 실려 있었다.

적어도 마왕 아리엘은 가짜 와카바를 정말 신뢰한다는 것을 알 수 있는 목소리였다.

"시스템 붕괴, 그에 이어지는 에너지 회수. 꼼수로 남겨 놓았던 방법입니다만, 지금 그 세계의 상황을 감안하면 정답에 다다랐다고 말할 수 있겠죠. 거기 있는 신언교 교황이 강구했던 대책도 나쁘지는 않습니다만, 확실성이 모자란 데다가 손실이 많아서 에너지가 부족했을 가능성이 높아요."

와카바의 말에 모두의 시선이 교황 할아버지에게 모인다.

그 시선의 압박에 견디지 못한 듯 교황 할아버지가 입을 열었다.

"제 대책은, 이 세계에 계시는 신들 전부를 죽이는 것입니다."

응? 의미를 좀 알 수가 없는데.

"무슨 뜻으로 하는 말씀이죠?"

나랑 똑같이 이해를 못한 눈치로 유리가 교황 할아버지에게 따져

묻는다.

“신이란 방대한 에너지를 보유하고 있는 생명체입니다. 그리고 시스템에는 죽은 자들의 에너지를 회수하는 체계가 갖추어져 있습니다. 설령 대상이 신이어도 다를 바 없지요. 신이 죽는다면 그 에너지를 회수할 수 있는 겁니다.”

아하, 그래서 신을 모조리 죽이겠다고?

엥, 그치만 저 말은, 결국에…….

“여신 사리엘 님, 백색의 신, 게다가 아군에 속한 흑색의 신까지 손수 죽이려 했다고요?”

“그렇습니다.”

유리가 말없이 교황 할아버지한테 공격 마법을 날렸다.

앗? 얘가?!

“깜짝이야?!”

교황 할아버지에게 적중하기 정말 아슬아슬하게 직전에 슌이 끼어들어서 방어했다.

슌이 쫌만 늦게 움직였으면 교황 할아버지가 죽었다고?!

“유리! 이게 무슨 짓이야?!”

“그건 내가 할 말이야. 슌 군, 비켜. 그 자식 죽여버릴 거야.”

“어? 아뇨, 그 대사는 이래저래 좀 위험한데요?”

유리의 말에 갑자기 선생님도 혼란에 빠졌다.

“그냥 차라리 죽이는 게 나아. 신님을 뭐라고 생각하는 거야? 죽어, 죽어버려.”

무서운데요?! 유리, 무서운데요?!

"유리. 심정은 이해가 안 되는 게 아닌데 지금은 참아줘. 인류끼리 싸울 때가 아니야."

"……알았어."

슌이 설득하자 마지못해서 물러나는 유리.

어라라, 교황 할아버지, 이럼 상황이 어떻게 흘러가도 죽는 미래밖에 없을 것 같은데 나만 그런가?

실제 아군인 흑색의 신까지 죽일 생각이었다는 건 너무 심하잖아.

아무리 대의가 중요해도 하면 되는 게 있고 안 되는 게 있는데.

동료를 찌르는 사람을 대체 누가 따라가겠어.

"모자란 몫을 보충하자는 의미로도 인류의 절반 정도는 소멸시켜서 산 제물로 쓰려고 했었는데 말이죠."

"그거야, 그거! 그 이야기를 하러 온 거야!"

사신의 정체가 와카바였다는 것 때문에 이야기가 성대하게 어긋나버렸지만, 애당초 여기에 온 목적은 인류 절반이 소멸된다는 뜻밖의 사태를 어떻게든 막기 위해서였다!

"지금 말한 게 다예요. 흑색의 신의 진영에서 내놓은 방법은 결국 에너지가 부족해요. 시스템을 정상 가동시키는 상태에서 별의 재생을 완료하겠다면 인류의 절반 정도는 산 제물로 바쳐야 하죠. 따라서 흑색의 신의 진영이 승리하는 순간이 오면 부족한 몫을 내가 보충해줄 생각이었어요. 백색의 신의 진영에서 승리했을 경우는 애당초 인류의 절반 정도가 죽을 테니까 상관없고요. 어떻게 되든 인류의 절반은 소멸, 내지는 사망. 그렇게 끝날 예정이었답니다."

저 말은 인류에게는 사형 선고나 마찬가지였다.

교황 할아버지가 힘없이 바닥에 무릎 꿇는다.

"그럴 수가……. 그러면, 나의 지난날은 도대체……."

"소용없었다는 말까지는 못 하겠지만, 너무 늦기는 했죠."

신랄한 평가에 교황 할아버지가 고개를 푹 숙인다.

"본래는 별과 함께 인류도 전멸했을 텐데 별이나마 구원을 받고 인류도 절반은 살아남는 거예요. 큰 성과라고 생각하는데요?"

그렇게 생각하면 굉장한 것 같기는 한데 지금 이 세계에서 살아가는 우리 입장에서는 큰 성과가 아니라 큰 문제다.

"어떻게, 방법이 없는 겁니까?"

슌이 목소리를 쥐어 짜내며 묻는다.

"어떻게든 하고 싶어요?"

"물론입니다."

"그렇군요, 나라면 어떤 방법이든 있기는 하죠."

"그러면!"

"좋아요, 당신은 내게 무엇을 지불하겠어요?"

와카바의 말에 목소리를 높이던 슌이 굳는다.

"흑색의 신은 나에게 별을 바쳤어요. 별을 마음대로 써도 상관없다며 별의 재생과 여신 사리엘의 구명을 탄원했죠. 멸망해 가는 별 따위 아무런 가치가 없었습니다만, 나는 요청을 받아들여서 시스템을 만들고 별을 관리해주기로 했어요."

와카바의 눈이 슌을 바라본다.

"인류의 절반. 그 사람들을 구하기 위해 당신은 무엇을 바칠 건가요?"

와카바에게 똑바로 시선을 받으며 슌은 아무런 말도 꺼내지 못한다.
흑색의 신에게 별을 넘겨받았기에 와카바는 그곳을 게임의 무대로 만드는 행위가 용납되었다.
본래부터 가치가 없었던 것을 바쳐도 대가가 되진 않는다.
그러니까 이 세계의 사람들은 줄곧 시스템에 에너지를 착취당해 왔다.
마치 빚을 값는 것 같아.
우리한테도 특별히 내놓을 게 없어.
만약 우리가 인류 절반을 구하기 위해 무엇인가를 바치겠다면 변제하는 데 과연 얼마나 오래 걸릴까?
이 세계의 사람들처럼 영~원히 같은 세계에서 전생을 반복하며 빚을 갚아야 하는 거야?
잠깐 상상했더니 오싹거렸다.
나는 전생자니까 어딘가 남 일이라고 생각했는지도 몰라.
이 세계의 사람들처럼 빚의 노예가 되진 않는다고.
막상 자신이 같은 입장에 설 수도 있다고 생각하니까 무섭다. 싫어.
"제가 바칠 수 있는 대가라면, 뭐든지."
그럼에도 불구하고 슌은 결연하게 입을 열었다.
"그게 당신의 친구, 지인의 목숨이어도요?"
"아니요. 그건 제 것이 아닙니다. 제가 바칠 수 있는 것은 어디까지나 저 자신뿐입니다."
"당신 혼자서 인류의 절반을 대신하겠다고요? 오만하네요. 그리고 탐욕스러워요."

와카바에게 지적을 받은 슌은 대답을 하지 못했다.

슌 한 명의 목숨이 인류 절반과 같은 가치를 가질 수 있겠냐고 묻는다면 당연히 절대 아니었다.

만약 진심으로 인류 절반의 대가로 충분하다는 생각을 갖고 있었다면 와카바의 말대로 오만하다.

그리고 이런 처지에 놓였는데도 아무 희생 없이 세계를 구하고 싶다는 것은 탐욕 가득한 의견인지도 모른다.

"그렇다 해도, 저는 조금이라도 가능성이 있다면 매달려보고 싶습니다."

"야마다 군."

슌의 선언에 불쾌해하며 슌의 전세 때 성씨를 부르는 마왕 아리엘.

네기시와 사사지마, 백색의 신의 진영에 속한 두 사람도 비슷하게 불쾌감을 표시하고 있다.

나는 직접 듣지는 않았는데 염화로 회의를 했을 때도 슌은 저런 발언을 해서 마왕 아리엘이 엄청나게 화를 냈다고 했다.

백색의 신의 진영에서는 신에게 마냥 의지할 뿐 아무 책임도 지지 않았던 이 세계의 사람들을 용서할 수 없는 것 같아.

그러니까 신에게 의지하려는 태도에 울컥 화내는 거야.

"이 세계의 문제는 이 세계의 인간끼리 해결하는 게 맞아. 그리고 이미 원만한 해결 방법은 존재하지 않아. 너희가 엄연한 사실을 인정하지 않고 추하게 발악하고 있다는 자각은 좀 가져줄래?"

"……그 말이 맞을지도 몰라요. 다만, 추하더라도, 발악하고 싶습니다. 나는, 아무런 미련도 없이 무엇인가를 희생하라는 말은 받아들이고 싶지 않습니다."

"희생하라는 게 아니야. 한참 옛날부터 희생을 해왔어. 사리엘 님이 혼자서. 그런데 이 세계의 인간들은 까맣게 잊어버렸지. 게다가 막상 자신들이 희생할 차례가 오고 나서야 이렇게 쩔쩔매는 거야. 이게 웬 꼴불견 짓이냐고 말해주고 싶은 심정을 진짜 모르는 걸까?"

힘없이, 허덕이며 앉아 있는 게 고작인 마왕 아리엘.

그런데도 저 노여움은 숨을 못 쉬게 될 만큼 강렬했다.

"저번에도 분명 말했지. 이 전쟁에 관여하겠다면 나름의 각오를 가지라고. 그리고 너는 당사자로서 이번 문제에 나서겠다고, 각오를 갖고 있다고 대답했어. 그럼 우리가 도저히 허용할 수 없다고 판단했을 때 배제당할 각오도 물론 하고 왔겠지?"

마왕 아리엘의 말에 네기시와 사사지마 두 사람이 무기로 손을 가져갔다.

나도 반사적으로 자세를 낮춰 대비했지만, 솔직히 싸워서 이길 자신은 전혀 없었다.

"기다려주세요! 저는 당신들의 적이 아닙니다!"

"우리가 보기에는 이미 적이야."

큰일 났다. 뭔가 갑자기 싸우는 분위기로 흘러가고 있어.

그때 짝짝 손뼉을 치는 소리가 울려 퍼졌다.

"양쪽 다 거기까지만 해줄래요? 이렇게 인류 측 전멸 엔딩이 발생하면 나도 재미있지 않아요."

싸움을 말려줬다는 기쁨이 단번에 쭉 수그러들었다.

재미있지 않다……?

그게 이유가 돼?

"마왕 아리엘의 발언은 물론 지당합니다만, 어쨌든 당신 또한 전생자의 힘을 빌렸고 백색의 신에게 힘을 빌렸습니다. 그 논조로 인류만을 탓할 순 없을 텐데요."

"……맞는 말씀이에요. 죄송합니다."

이유는 좀 당황스러운데 와카바가 수습해준 덕분에 마왕 아리엘과 다른 애들도 화를 가라앉혀준 것 같았다.

"야마다 군, 당신의 희망에 줄 답은 NO예요. 나는 당신이 치를 수 있는 작은 대가만 받고 그 세계를 원만하게 구해줄 생각이 없어요."

"그렇, 습니까……."

"하지만 기회는 주도록 하죠."

자연스럽게 아래를 향하게 됐던 우리의 얼굴이 올라간다.

"전생자를 보낸 이후부터 그 세계는 제법 유쾌했어요. 백색의 신의 활약. 마왕 아리엘의 결단. 용사 율리우스의 분투. 신언교 교황 더스틴의 끊임없는 노력. 아그너, 발트와 같은 마족들의 생존 전략. 그리고 전생자들 각자의 삶. 정체되었던 세계에 큰 자극을 가져다줬죠. 변수 투입은 대성공이에요. 쭉 지켜보면서 나는 제법 만족했어요."

재미 삼아서 영화를 관람했다는 듯이 이 세계의 이런저런 이야기를 늘어놓는 와카바.

"그리고 당신들은 내가 제시한 힌트를 놓치지 않고 이렇듯 나를 찾아서 오기까지 했죠. 그러니까 보너스 스테이지에 입장을 시켜줄게요."

보너스라는 말과는 달리 주위에 오싹거리는 기세가 감돌았다.

살기라기에는 조금 밋밋해도 공포를 느끼게 되는 분위기.

와카바가 의자에서 일어난다.

"보너스 스테이지예요. 나를 쓰러뜨려보세요. 멋지게 나를 쓰러뜨리는 데 성공하면 세계를 구원해드리도록 하죠. 물론 나는 최대한 힘을 낮춰줄 테니 안심하세요. 다만 힘을 낮춰주기는 해도 아끼지는 않겠지만요. 알았죠?"

순간, 털썩 주저앉을 뻔했다.

와카바에게서 쏟아지는 기세에 본능적으로 공포를 느껴버렸기 때문이다.

이거, 이거야!

이, 기세!

전세 때부터 와카바에게 느꼈던 초월자의 기세.

도무지 바닥이 보이지 않는 나락을 들여다보는 듯한 끔찍한 기세.

가짜 와카바와 만났을 때 나는 엄숙한 기세에 압도당했었다.

전세 때 와카바에게 느꼈던 기세보다 강렬한 신의 기운이라고 표현하면 적당하려나.

그러나, 그런데도, 지금 와카바가 더 무섭다는 생각이 들어버렸어.

바닥이 보이지 않는 두려움이 곧 와카바였다.

가짜 와카바의 기운은 강렬했어도 바닥이 보이지 않는 느낌은 아니었어.

그러니까 뭔가 아니라고 직감했다.

이 녀석은, 와카바가 아니야.

그리고 지금 진짜 와카바가 힘의 편린을 보여주고 있다.

이러고도 최대한 힘을 낮춰줬다는 게 진짜야?

이길 가망이, 도저히 없어.

문득 털썩털썩하는 소리가 들리더니 교황 할아버지와 마족 오빠가 쓰러졌다.

와카바의 기운을 견디지 못하고 쓰러져버린 것 같았다.

"교황?! 발트 공?!"

하이린스 씨가 두 사람에게 달려가서 말을 걸어봐도 다시 일어날 낌새는 없다.

완전히 기절했나 봐.

"제길! 어쩌라는 거냐?!"

"어쩌긴, 뻔하지 않나. 싸울 수밖에 없느니라."

로난트 영감님이 의연하게 대답을 했다.

싸운다? 쟤랑? 진짜로?

"그, 렇지요. 다들, 힘내자."

슌이 용사검을 뽑아 들었다.

카티아와 스우가 옆에 나란히 서고, 유리와 선생님이 후방을 받쳐준다.

아, 진짜!

모두들 싸울 생각이잖아! 그러면 나도 같이 싸워야 하잖아!

인간 형태에서 용 형태로 변신한다.

그래, 제대로 붙어보자!

잘 생각하면 합법적으로 와카바를 때려줄 수 있으니까 그런 의미에서도 기회 맞잖아!

그냥 허세지만 이렇게 자신을 닦달하지 않으면 쓰러질 것 같아.

"……세계를 구원해주신다는 말씀은, 어느 범위까지를 말씀하시는 걸까요?"

그런 와중에 마왕 아리엘이 와카바에게 질문했다.

"그렇군요. 그 부분은 분명하게 정하는 게 좋겠죠. 나를 쓰러뜨린다면 시스템 붕괴와 동시에 죽게 될 인류를 살려줄게요. 물론 인류의 절반을 소멸시키겠다는 말도 취소고요. 별을 재생하는 데 부족한 에너지는 내가 제공하죠. 아, 하나 더, 여신 사리엘. 이대로 두면 시스템에서 해방되는 순간에 죽을 거예요. 하지만 마왕 아리엘, 당신의 수명과 대강 비슷하게 살 수 있도록 연명 조치를 취해드릴게요."

제대로 들은 게 맞아? 다 퍼주겠다는 느낌인데.

마왕 아리엘도 눈이 휘둥그레지며 놀란다.

"그러면 저희도 싸울 수밖에 없겠군요."

그렇게 말한 뒤 마왕 아리엘이 의자에서 일어났다.

일어설 수 있구나…….

그래도 상당히 무리하고 있다는 것은 옆에서 봐도 알겠다.

어쨌든 방금 전까지 진짜 무시무시했던 네기시와 사사지마가 아군이 된 셈이니까 이보다 더 마음이 든든할 순 없겠어.

"그럼 시작해볼까요."

그 순간, 나는 뭐가 어떻게 된 일인지 도무지 알 수가 없었다.

단지 내 앞에 서 있었던 슌이 옆으로 휙 날아갔고, 슌을 날려버린 당사자였던 하이린스 씨가 나가떨어졌다는 것만 알 수 있었다.

"어?"

입에서 얼빠진 목소리가 새어 나왔다.

막 나가떨어졌던 하이린스 씨를 봤더니 가슴에 커다랗게 구멍이 뚫린 채 쓰러져 있었으니까.

어떻게 봐도 즉사였다.

"분명 말했죠? 힘을 낮춰주기는 해도 아끼지는 않겠다고."

와카바가 오른손을 흔든다.

손에서 피가 흩날려 떨어졌다.

저 오른손으로 하이린스 씨의 가슴을 꿰뚫었다는 것을 그때야 겨우 이해할 수 있었다.

"참고로 지금 내 힘을 숫자로 표현하면 모든 능력치가 15만쯤 된답니다. 어때요? 힘을 정말로 많이 낮춰줬죠?"

15만, 평균적인 인류의 입장에서는 가볍게 백 배를 넘는 능력치의 차이였다.

뭐야, 도저히 이길 가망이 없잖아.

나는 싸움이 시작되기 전부터 마음이 꺾여버렸다.

슌 3

사신 D, 진짜 정체는 와카바였다.

물론 깜짝 놀랐다.

나뿐 아니라 이곳에 있던 전생자들은 모두 놀랐을 거야.

다만 한 사람, 페이만큼은 금세 납득하고 받아들였지만.

어쨌든 놀랐지만 대화 나누는 동안에 나도 납득할 수 있었다.

어렴풋이나마 백색의 신을 대하며 느낀 위화감이 형태를 갖추었다고 할까.

백색의 신은 모습도 분위기도 분명 와카바와 거의 비슷했었지만, 어렴풋이 위화감을 느꼈던 것은 분명했다.

아마 페이는 나보다 더욱 큰 위화감을 받았을 거야.

돌이켜보면 엘프의 마을에서도 줄곧 백색의 신을 노려봤었고.

그때부터 의문을 가졌던 게 아니었을까.

다만 백색의 신의 정체가 거미라는 말은 도저히 의미를 알 수 없었다.

아마 와카바 나름의 농담이겠지.

그렇게 흐름상 와카바 본인과 싸우게 되긴 했는데…….

"하이린스 씨?!"

나를 지키고 대신 나가떨어져버린 하이린스 씨.

쓰러진 하이린스 씨의 가슴에는 큰 구멍이 뚫렸고 그곳에서 끊임없이 피가 쏟아지고 있다.

치명상, 아니, 즉사였다.

"한눈을 팔면 안 되죠."

귓가에서 목소리가 들려 몸서리쳤다.

아, 죽었구나.

그렇게 생각이 들고 말았다.

"정신 좀 똑바로 차리고 다녀!"

하지만 나는 죽음을 맞이하지 않았다.

휙 날아가며 시야가 빙글빙글 회전한다.

일순간 뭐가 어떻게 된 일인지 알 수 없었지만, 빙빙거리는 시야 속에서 와카바와 소피아가 맞부딪치는 광경이 보였다.

아마도 저 두 사람의 맞부딪친 충격에 휘말려서 내가 날아간 것 같았다.

단지 휘말렸을 뿐인데 이렇게 날아가게 되는 싸움인 건가.

"으, 큭!"

간신히 지면에 격돌하기 전 자세를 가다듬고 착지하는 데 성공했다.

그러나 가능했던 것은 그게 전부이고 저 싸움에 끼어들자니 도저히 엄두가 나지 않았다.

소피아가 휘두르는 대검을 어느 틈인가 두 손에 쥐고 있었던 쌍검으로 받아 내는 와카바.

대검을 내리 휘두르는 동시에 주위를 얼려버리는 충격파가 발생하지만, 그 공격을 막은 와카바는 혼자 얼어붙지 않은 채 천연덕스러운 표정을 짓고 있었다.

그런 와카바를 노리고 쏟아지는 검의 비.

소피아가 후퇴하는 순간에 맞춰 검들이 착탄하고 폭발을 일으킨다.

열풍이 내가 있는 곳까지 날아왔다.

마치 미사일 같다.

저 검의 비는 쿄야가 날려서 폭발한 마검이었다.

한 발 한 발이 무시무시한 위력의 폭발을 일으키는 마검을 아낌없이 쏟아부었다.

폭발의 열기가 제법 떨어진 곳에 있는 나의 살갗조차 태워버릴 기세다.

이러면 와카바가 아무리 강하더라도 버티지 못했을 거야.

그렇게 생각했는데도 다음 순간에는 와카바가 태연하게 폭염의 중심에서 걸어 나왔다.

"괴물……."

페이가 겁먹은 채 와카바를 쳐다본다.

이러고도 최대한 힘을 낮췄다는 게 도대체 무슨 농담이지.

도무지 이길 가망이 없다.

적어도 나의 공격력으로는 흠집 하나라도 낼 자신이 들지 않았다.

그뿐 아니라 나는 와카바의 움직임을 제대로 따라가지도 못했다.

공격을 맞히지도 못할 테고, 아마 와카바가 날리는 공격을 피하지도 못할 것이다.

공격에 참가해 봤자 쿄야와 소피아에게 방해가 될 뿐이다.

안 된다. 아무리 생각해도 나는 딜러를 맡을 수 없어.

그렇다면!

나는 쓰러져 있는 하이린스 씨에게 서둘러 달려갔다.

하이린스 씨의 눈에는 아무것도 비치지 않았고 이미 가슴도 뛰지 않았다.

죽었다.

다만 나에게는 이 스킬이 있다.

사자 소생을 가능케 하는 자비 스킬이!

자비 스킬을 발동해서 하이린스 씨의 소생을 시작한다.

하이린스 씨의 가슴에 커다랗게 뚫린 구멍이 차근차근 아물어 갔다.

다만 속도는 많이 느리다.

자비 스킬은 사망자를 소생시킬 수 있는 파격적인 스킬인 만큼 제약도 많았다.

너무 손상이 심한 시체에는 쓰지 못하며 시간제한이 있다.

죽은 뒤 바로가 아니면 소생시킬 수 없다.

제발! 늦지 않았기를!

차차 시간이 흘러가면서 가슴에 뚫린 큰 구멍이 완전히 아무는 동시에 하이린스 씨의 신체가 꿈틀 경련했다.

"윽? 어? 나, 나는?"

"하이린스 씨! 정신이 드십니까?!"

"슌?! 내가? 왜?! 맞아! 가슴을 꿰뚫렸는데?!"

하이린스 씨는 벌떡 일어나더니 자신의 가슴에 손을 가져갔다.

"상처가 없다? 꿈이라도 꾼 건가?"

"아뇨. 제가 자비 스킬을 써서 소생시켰습니다."

내 말에 놀란 표정을 짓는 하이린스 씨.

"그런가. 미안하다. 덕분에 살았다. 고맙구나."

"아뇨. 저는 저 싸움에 끼어들 수 없으니까요."

나는 멀리서 펼쳐지고 있는 전투를 힐끔 바라봤다.

멀리서 소피아와 쿄야가 함께 연계하며 와카바에게 공격을 쏟아붓고 있었다.

소피아의 대검과 붉은 물과 얼음이, 쿄야의 마검과 불꽃과 벼락이 가차 없이 와카바에게 들이닥친다.

그럼에도 와카바는 아무 상처도 없이 맞받아쳤다.

소피아의 공격도 쿄야의 공격도 내가 당한다면 파편조차 남기지 못할 만큼 살벌한데도 불구하고.

"……나도 저 안에 뛰어드는 건 무리군."

"……네."

하이린스 씨와 내가 같이 고개를 끄덕거렸다.

"그러니까 저는 위생병 역할이라도 맡을 생각입니다. 자비 스킬을 써서요."

"아니, 잠깐만! 그건 안 된다!"

어째서인지 하이린스 씨가 강하게 제지를 했다.

지금 내게 가능한 최대한의 조력이 자비 스킬의 활용이었는데.

"자비 스킬에는 큰 대가가 있어."

"네, 알고 있습니다. 금기의 스킬 레벨이 올라가죠? 하지만 전 이미 금기가 최대 레벨까지 올랐으니 상관없습니다."

"아니야! 그와 별개로 더욱 큰 대가가 있다!"

금기는 이미 최대 레벨이니까 상관없다고 생각했었는데 내가 모르는 대가가 또 있었나 보다.

하이린스 씨의 험악한 모습을 보면 상당히 무거운 대가일 테지.

지금까지 나에게 자각 증상은 없었는데?

"알겠나? 잘 들어라. 자비 스킬은 사용할 때마다 사용자의 혼을 소모한다. 사자 소생은 그 정도 대가가 아니면 실행할 수 없기 때문이지. 즉 쓰면 쓸수록 너의 혼이 소모되다가 한계를 맞이하면 혼의 소멸로 이어지게 된다."

"예? 거짓말이죠?"

"진짜다."

너무 무거운 대가인지라 무의식중에 얼빠진 목소리로 묻게 되어버렸다만, 하이린스 씨는 내 질문에 몹시 진지한 표정으로 답변해줬다.

농담을 하는 분위기는 아니다.

즉 내가 자비 스킬을 쓰면 쓸수록 혼의 소멸이 가까워진다는 말인가?

"네 혼이 지금 얼마나 소모되었는지는 나도 알지 못한다. 다만 지나치게 쓰면 틀림없이 다음 전생에 악영향을 끼친다. 그뿐 아니라 이번 삶에도 분명 영향이 발생할 거다."

핏기가 싹 가신다.

나는 이제껏 자비 스킬을 써서 자신의 생명을 소모하며 타인을 소생시켰던 건가.

……그렇다면, 싼값 아닌가?

"하이린스 씨, 그래도 저는 자비 스킬을 쓰겠습니다."

"슌?!"

"제 생명 하나로 인류의 절반을 구한다는 건 정말 터무니없는 말이죠."

얼마 전 와카바가 말했던 대로.

나 하나의 목숨과 인류 절반의 목숨이 대등할 리 없다.

"그런데 저 한 명의 목숨으로 여러 명의 목숨을 구할 수 있다면 오히려 이득 아닙니까?"

자신의 혼을 소모한다는 말은 무서웠다.

하지만 지금 자비 스킬의 사용을 주저할 수는 없는 노릇이었다.

마왕에게 선언했듯이 나도 각오를 갖고 이 자리에 왔으니까.

『마음에 드는 기백이다.』

그때 내 팔에 휘감겨 있던 광룡 벡이 떨어져 나왔다.

광룡 벡이 어느 틈인가 나의 바로 곁에 있었던 스우의 팔에 휘감긴다.

『계집, 힘을 빌려주마. 이 남자를 사모한다면 전력을 다해 싸우도록 해라.』

"벡?!"

『주군의 분체여. 이 싸움, 목숨을 걸기에 적당한 곳이 아니겠는가? 오히려 이곳에서 목숨을 걸지 않으면 언제 걸 텐가?』

"그렇기는 하다만……."

『계집, 이 남자의 부담을 줄이기 위해서라도 그대가 싸워 사망자를 줄일 수 있도록 노력하라.』

"……알았어. 오라버니를 위해서."

"잠깐만, 스우?!"

"오라버니, 저도 오라버니와 같이 목숨을 걸겠어요."

스우는 그렇게 말한 뒤 달려가버렸다.

게다가, 빠르다?!

명백하게 스우의 한계 속도를 뛰어넘었다.

혹시 힘을 빌려주겠다고 말했던 벡의 능력인가?

“벡 씨는 어떤 용입니까?”

“저 녀석은 지원에 특화된 용이다. 저렇게 누군가의 능력치를 강화해줄 수 있고, 치료 마법도 사용할 수 있지. 지금 스우 양의 능력치는 아마도 만 단위까지 올라갔을 거다.”

굉장하잖아?!

“무서운 것은 급격하게 올라간 능력치를 제대로 활용하고 있는 스우 양이다. 저렇게 급격히 능력치가 오를 경우는 제대로 몸을 가누지 못해서 나동그라지는 것이 보통인데 멋지게 제어하고 있군. 이게 천재라는 녀석인가.”

듣고 보니까 스우는 움직임에 아무 위화감 없이 와카바에게 공격을 날리고 있다.

본래 스우는 전생자인 까닭에 갓난아기 때부터 전력 질주를 했던 나를 따라잡을 만큼 진정한 천재였다.

감각의 수준은 나 따위보다 훨씬 높았다.

그런 스우라면 와카바가 상대여도 싸움이 되지 않을까 기대하게 된다.

“슌과 스우가 각오를 다졌다면 나도 마땅히 뒤를 따라야겠죠.”

“카티아?”

“와라, 와라!”

카티아가 뭐라 뭐라 중얼거리고 있다.

카티아도 무엇인가 각오를 다진 것일까?

"왔다!"

그리고 기쁨을 드러냈다.

"뭐가 온 거야?"

"저를 감정해보면 알 거예요."

말에 따라서 고개를 갸웃거리며 카티아를 감정해본다.

그 결과.

"앗, 이건?!"

눈에 확 들어온 스테이터스에 큰 위화감이 있었다.

스킬의 수가 몹시도 적다.

"어?!"

또한 줄어든 스킬 중 하나를 보고 나는 거듭 놀라서 소리 높였다.

『순결』.

그것은 지배자 스킬인 7대 미덕 스킬 중 하나였다.

"제 유니크 스킬이 무엇인지 알고 있잖아요?"

그 말에 모든 것을 깨달았다.

카티아의 유니크 스킬의 이름은 전환.

쓸데가 없다며 한숨 쉬었던 미묘한 스킬이다.

효과는 스킬을 스킬 포인트로 환원시킬 수 있다는 것.

요컨대 스킬을 재설정할 수 있는 스킬이었다.

다만 환원율이 100퍼센트는 아니라서 쓰면 쓸수록 손해를 보는 함정이 있다.

따라서 카티아는 이 스킬을 봉인한 채 한 번도 쓰지 않았다.

하지만 지금 상황을 둘러보면 무엇을 했는지는 일목요연했다.

"전환을 쓴 건가."

"네, 맞아요. 덕분에 스킬 대부분을 잃어버렸지만요."

카티아는 스킬이 거의 다 사라졌다.

순결과 순결을 획득함으로써 손에 넣었던 칭호로 추가된 스킬, 정말로 이게 전부다.

능력치 증폭 계열의 스킬도 싹 사라졌기에 능력치도 적잖이 떨어졌다.

그럼에도 평균 1천은 여유롭게 넘어가니까 어지간한 병사에게 낭패를 당하지는 않을 테지만.

다만 이 싸움에서 고작 1천 정도의 능력치는 있으나 마나였다.

내가 만전의 상태인데도 걸림돌이 될 뿐이니까.

그러니까 카티아는 자신의 스킬 전부를 포인트로 환원해서 유일하게 도움이 될 수 있는 순결 스킬에 모조리 투자했다.

"하이린스 씨, 순결 스킬의 능력이 뭐죠?"

"순결 스킬의 능력은 결계다. 신룡 결계를 뛰어넘는 방어 성능을 발휘하지."

"1등 당첨이네요! 그러면 제가 탱커를 맡도록 하죠. 슌에게는 상처 하나도 못 입힐 거예요!"

확실히 든든하구나.

내가 힐러를 맡고, 카티아가 탱커를 맡는다.

우리는 비록 딜러 역할을 수행할 수 없지만, 철저하게 후방 지원을 하면 꽤 도움이 되지 않을까?

"거참, 탱커의 역할을 빼앗겨버렸군."

하이린스 씨의 대형 방패는 처음 일격에 분쇄되어버렸다.

어차피 있어 봤자 이 규모의 싸움에서는 종잇장이나 마찬가지였겠지만.

실제 하이린스 씨는 방패와 함께 가슴을 꿰뚫려서 즉사했었고.

"다만 보험을 걸어 두기를 잘한 셈이다."

히죽 웃는 하이린스 씨.

곧이어 하이린스 씨의 주위에 세 개의 마법진이 떠올랐다.

이것은, 소환?

소환된 것은 풍룡 휴번 씨, 빙룡 니아 씨, 암룡 레이세 씨까지 세 명이었다.

"앗? 어떻게?"

"이곳에 오기 전 사역마 계약을 미리 마쳤거든. 유사시에 소환할 수 있게 말이지."

"그렇게 된 거다!"

"후유. 아예 안 불리는 것이 가장 좋았을 텐데 말이다."

"그래, 이렇게 불러냈다면 뭔가 중요한 일이 생겼을 텐데 어떤 상황이지?"

휴번 씨가 기합을 넣고, 니아 씨가 반대로 나른하게 한숨을 뱉고, 레이세 씨가 와카바의 주변 전장을 바라보며 묻는다.

"우여곡절이 있어 사신 D와 싸우게 됐다. 사신 D를 쓰러뜨리면 해피엔드다."

“짧고도 알기 쉬운 설명 고맙다.”

“그렇다면 저기 치고받고 있는 녀석들 중 모르는 얼굴을 때려잡으면 된단 소리군?! 어라, 잘 보니까 하얀 녀석이 색깔만 바뀌어서 나타났잖나?!”

“저 녀석이 사신 D다! 가서 때려잡아라!”

“알기 쉽기는 한데 좀 다른 표현은 없었던 겐가?”

“자세하게 설명을 할 틈이 없어서 말이다. 아무튼 간에 잘 부탁한다!”

“좋다! 가자고!”

우선 휴번 씨가 용 형태로 변신해서 날아갔다.

곧이어 니아 씨도 용 형태로 바뀌어 느릿느릿 움직인다.

“후후. 해피엔드인가. 피가 끓는 · 구 · 나.”

말하는 도중 발음이 변화하는 레이세 씨.

고개 돌려서 보니 모습이 반인반룡의 용인이라고 말할 수 있는 형태로 변화했다.

이게 레이세 씨의 용 형태인가?

뛰쳐나가는 레이세 씨의 뒷모습을 바라본다.

“자, 나는 이번 소환으로 MP도 다 써버렸다. 더 이상 아무런 보탬이 못 되는군. 쓸모없는 녀석이 되어버렸다.”

하이린스 씨는 그렇게 자조하면서도 다 해냈다는 표정을 짓고 있었다.

“슌이 소생시켜준 덕분에 용들을 소환할 수 있었지. 아무튼 이제 난 아무 보탬이 못 된다. 그러니까 혹시 이후에 내가 죽더라도 더 이상 소생시키지 않아도 된다. 소생시킨들 도움이 안 되니까 말이지."

시원스럽게 웃음을 띠고 황당한 말을 늘어놓는 하이린스 씨.

"……그 말에는 못 따라드립니다. 저는 이 싸움에서 아무도 잃지 않고 이기기로 결심했으니까요. 아무도 죽지 않을 겁니다. 죽어도 되살리겠습니다."

말로 표현하면서 나는 자신이 할 일을 재인식했다.

"그러니까 죽지 않도록 힘껏 활약해주세요."

"거참, 나의 동생 녀석은 터무니없이 탐욕스럽군. 게다가 요구가 엄청나게 과해."

훗, 웃으며 어깨를 으쓱거리는 하이린스 씨.

다만 곧 진지한 표정을 짓고 지시를 내리기 시작한다.

"슌은 사망자가 발생하면 자비 스킬로 소생시킨다. 그 밖의 치료는 유리 양과 오카 씨가 담당하지. 오카 씨는 구휼 스킬 보유자였지?"

"네, 맞아요."

하이린스 씨의 물음에 선생님이 답한다.

"그렇다면 기적 마법도 쓸 수 있겠군? 중상자는 오카 씨가, 경상자는 유리 양이 담당하도록 하지. 다만 상황을 봐서 유연하게 대처해주면 된다."

기적 마법은 치료 마법의 상위에 해당하는 마법이다.

치료 마법으로 고치지 못하는 중상도 고칠 수 있다.

구휼의 지배자 칭호와 함께 획득 가능한 마법이었다.

"오카 씨가 가진 구휼의 효과로 오카 씨가 아군이라고 판정한 녀석들에게는 재생 능력이 부여된다. 즉사가 아닌 한 어떻게든 살아남을 수 있는 셈이지. 즉사해버리면 그때는 슌이 나서야 할 테고."

선생님의 7대 미덕 스킬 중 하나인 구휼은 아군에게 HP 초속 재생 LV 1에 해당하는 재생 능력을 부여하는 효과가 있다.

즉사하지 않는 한 상처가 엄청난 속도로 아문다고 한다.

선생님과 함께 행동했을 때는 부상을 당할 기회가 거의 없어서 딱히 효과를 실감하지는 못했다.

……선생님한테 아군 판정을 받지 못했기 때문은 아마도 아닐 거야.

"오카 씨, 사신 D를 제외하고 이곳에 있는 인원들을 모두 아군이라고 강하게 생각해줘. 애매한 마음가짐이면 아군 판정이 안 되는 경우도 있다."

"알겠습니다!"

……혹시 어쩌면 우리는 진짜 아군 판정을 못 받았던 건가?

아, 아니야, 그냥 단순히 부상을 당할 기회가 없었던 거야.

그래, 틀림없어.

"카티아 양은 결계로 우리를 지키는 역할. 페이 양은 우리를 운반하는 역할이다."

"좋아요!"

『그것밖에 할 일이 없겠네. 할게.』

카티아는 의욕 가득하게 대답을 하고, 페이는 살짝 안심한 모습으로 대답을 했다.

카티아의 결계가 어느 정도의 성능을 발휘하는지 알 수 없지만, 우리 능력치로 와카바의 공격에 당하면 한 방에 사망이다.

카티아의 결계가 와카바의 공격을 막아주지 못하면 어차피 끝이다.

그리고 페이는 커다란 몸으로 우리를 태운 채 부상자와 사망자가 있는 곳으로 신속하게 옮겨준다.

페이가 아니면 맡을 수 없는 역할이었다.

"……나는 아무것도 할 일이 없나?"

저마다 할 일이 주어지는 와중에 멍하니 서 있는 나츠메.

나츠메의 능력은…… 솔직히 별 도움이 안 된다.

나츠메의 색욕을 쓴 세뇌는 전략적으로 몹시 강력하지만, 이런 직접 전투에서는 딱히 쓸모가 없어.

나와 싸웠을 때도 마찬가지였다.

완벽하게 세뇌를 하기 위해서는 긴 시간을 들여 작업을 반복해야 하기 때문이다.

그리고 또 하나, 탐욕도 쓰러뜨린 적의 능력을 흡수하는 강력한 효과가 있기는 한데 그렇게 강해진 나츠메의 힘은 나보다 아래였다.

내가 전력에 보탬이 못 되는 전장에서 나츠메가 전력이 되긴 어렵지…….

"나와 둘이서 짐덩이 노릇이나 하지, 브라더."

하이린스 씨가 나츠메와 어깨동무를 한다.

"누가 브라더냐."

나츠메는 하이린스 씨를 피해서 빠져나온 뒤 질색이라는 표정을 지었다.

"뭐, 가능한 범위에서 힘내보자고."

하이린스 씨가 나츠메의 어깨를 토닥이며 격려했다.

그리고 그때, 두 개의 거체가 출현했다.

"저건!"

퀸 타라텍트다.

눈앞에서 신화급 마물 두 마리가 위용을 떨치고 있었다.

마왕 아리엘이 소환한 건가!

게다가 퀸 타라텍트의 주위에서 또 소환 마법진이 거듭거듭 떠오른다.

그곳에서 소환되는 거미 마물 군단.

"적으로 돌리면 무시무시하지만, 아군이라고 생각하니 마음 든든해지는 장관이군."

하이린스 씨가 휘파람을 불며 자꾸자꾸 불어나는 거미 군단을 바라본다.

"저쪽도 총력을 쏟을 기세로군."

"그렇군요."

마왕 아리엘은 전력으로 와카바를 쓰러뜨릴 작정이었다.

그렇다면 우리도 우리에게 가능한 만큼이나마 힘을 보태자.

이겨서 이 세계를 해피엔드로 이끌기 위해.

그러나 나의 마음과 달리 소피아와 쿄야, 스우와 고룡의 수장들에게 맹공을 받으면서도 와카바는 줄곧 아무런 상처도 없이 서 있었다.

암룡 레이세

이 힘을 떨칠 기회를 줄곧 바랐다.

또한 이 힘을 마음껏 떨치고 죽을 자리를 줄곧 바랐다.

우리들, 고룡의 수장이라고 불리는 존재는 진정한 용의 모조품이다.

포티머스의 실험에 의해 만들어진 키메라.

여신 사리엘의 고아원에 보호받았던 아리엘 등 인간형 키메라와 달리 우리들 고룡의 수장들은 진짜 용과 비슷한 외형을 갖고 있었다.

그 때문에 보호 대상이 되지 못하고 동물 취급을 받았다.

우리가 알지 못하는 데서 실험동물 취급을 받아 죽은 동포도 있지 않았을까.

아니, 분명히 있었겠지.

그런 우리를 보호해준 분이 주군이신 규리에디스트디에스 님이다.

따라서 우리는 주인님께 경의를 품고 있다.

아리엘이 여신 사리엘에게 품은 것과 똑같은 마음일 테지.

다만 우리가 아리엘과 다른 점은, 우리는 시스템에 마물 판정을 받았다는 것이다.

신의 시선으로 보아도 우리는 동물이었던 셈이다.

따라서 우리는 주인님의 권속이 되는 길을 선택했다.

인간들과 섞이기를 포기하고, 하지만 단순한 마물이 되는 앞날도 거부하고 관리자의 권속이라는 입장을 손에 넣었다.

그런 처지에서 각각 임무를 수행하며 자신의 권속을 늘리고, 이

세계에서 살아가기 위한 기반을 만들어 갔다.
휴번은 오염된 황야의 정화를.
이에나는 인간이 바다 너머로 뛰쳐나가지 않게 바다의 관리를.
니아, 그웬, 고카도 저마다 영지를 맡아 관리를.
그중에 나는 마왕검의 봉인을 담당했다.
관리해야 할 영지가 없는 나머지였다는 것이 첫 번째 이유.
그리고 나의 힘이 다른 녀석들과 비교하여 특수했다는 것이 또 다른 이유다.
혹여 마왕검을 써야 할 때가 온다면 나의 힘 또한 동시에 필요해질 테니까.
그러니까 마왕검과 함께 봉인되었다.
나의 능력은 의도적으로 특정 분야에 특화되어 있다.
그것은 신에게 피해를 주는 능력.
달리 말하면 신을 죽이는 능력.
요컨대 혼을 공격하는 능력이다.
혼을 직접 공격하는 외도 공격.
죽음을 관장하는 부식 공격.
혼을 소각하는 심연 마법.
여기에 많은 스킬 포인트를 할당해서 우선적으로 성장시켰다.
모든 것은 이 세계에 혹여 신이 침략했을 때를 대비하기 위하여.
하지만 그런 사태는 결코 일어나지 않는다.
주인님보다 더 높은 상사에 해당하는 상위 관리자 D님은 주인님이 말씀하시기를 신들에게도 두려움의 대상이 되는 고위의 존재라고 한다.

그런 D님이 관리하는 세계를 침략하러 올 신이 어디에 있겠는가.

만약 있더라도 세상 물정을 알지 못하는 얼간이겠지.

따라서 나의 존재는 보험에 불과했다.

거의 가능성이 없는 사태, 하지만 만약 발생하면 큰 위기가 될 신의 침략에 대비했다.

하지만 나의 존재는 보험이면서도 효력이 너무 낮았다.

만약 신이 침략한다면 제일 먼저 대응에 나서는 것은 주인님이다.

내가 나설 차례는 주인님이 패배한 다음에야 온다.

주인님이 이기지 못한 상대를 내가 어떻게 감당할 수 있겠나.

그러니까 보험이라기에는 너무나 약한 셈이다.

대책을 마련하지 않을 순 없다. 하지만 대책이라기에는 이런 정도가 한계.

그것이 나의 존재다.

만에 하나 주인님이 패배하는 사태가 벌어졌을 때 비로소 나설 기회가 오는데도, 정작 기회가 왔을 때는 사실상 이미 패배가 확정되어 있을 테니까 도무지 의미를 찾을 수 없는 존재다.

웃음만 나온다.

만에 하나 주인님이 패했을 때를 위해서 억에 하나 상대를 쓰러뜨릴지도 모르는 보험.

혹시나 하는 미약한 기대를 품을 수 있는 정도의 존재에 불과하다.

따라서 나는 자신의 존재 의의를 알 수 없었다.

활약할 수 있는 자리를 갈망했다.

이 힘을 발휘할 수 있는 기회를.

나의 존재가 진정 의미를 가질 있는 장소를.

그곳은 이곳밖에 없지 않겠나!

"하앗!"

외도 공격을 두른 손바닥 치기.

내 몸은 다른 고룡의 수장들과 달리 용 형태여도 인간과 가까운 구조로 되어 있다.

따라서 나는 고룡의 수장들 중 유일하게 인간의 체술을 쓴다.

또한 이러한 기술은 외도 공격 및 부식 공격과 같이 속성을 부여하는 스킬과 상성이 좋다.

나의 손바닥 치기를 D님이 검으로 방어했다.

칼날이 손바닥에 파고들었기에 나는 손을 빼냈다.

깊숙이 베여버린 손바닥의 상처가 곧장 아물어 간다.

오카 씨라고 불린 엘프의 구휼 스킬 덕분에 재생 효과를 받고 있다.

이 정도 상처라면 개의치 않고 싸워도 된다.

그렇다고 해도 단 한 순간조차 긴장을 풀 수 없었다.

D님의 검이 나에게 날아든다.

나의 능력치는 1만 1천 정도.

그런 능력치를 갖고 있는데도 눈에 보이지 않는 속도로 날아든다.

피할 틈조차 없었다.

이대로 가면 나의 정수리를 베어 갈랐을 검이 막 끼어든 인물에게 가로막혔다.

대검을 방패처럼 써서 소피아가 D님의 공격을 막아 낸다.

게다가 막아 내기만 할 뿐 아니라 붉은 얼음이 D님의 다리를 붙들었다.

그 한 순간의 틈을 놓치지 않고 나는 소피아의 앞으로 뛰쳐나가서 발차기를 날렸다.

하지만 D님은 곧장 얼음을 깨부수고 목표 지점에서 이탈해버렸다.

"이번에는 좀 아쉬웠네요."

"동 · 감 · 이 · 다."

비록 회피당했으나 반응은 있었다.

D님은 나의 공격에 당하지 않게 주의를 기울이고 있다.

다른 공격은 직격당하더라도 모조리 상처 없이 버티는 데 반하여 나의 공격만큼은 반드시 피하거나 검으로 방어를 한다.

능력치에 따른 파괴력으로 말하자면 나보다 훨씬 위력이 높은 공격이 잔뜩 쏟아지는데도 불구하고.

즉 나의 공격이 D님에게도 제대로 효과를 발휘한다는 증거였다.

그 사실을 이곳에 있는 전원이 이해하고 있었다.

자연스럽게 공격의 주력은 내가 담당한다.

내가 공격을 성공시킬 수 있게 모두가 보조해준다.

오싹오싹했다.

이런 큰 무대에서 내가 주역을 맡아 싸우고 있다.

이토록 자신의 존재 의의를 강하게 느낀 경험은 이제껏 보낸 긴 삶에서 처음으로 겪는 일이었다.

만족스럽다.

그러니까, 자, 이 목숨을 불살라 재가 되는 순간까지 전력을 다해

볼까!

그때부터는 잠시 교착 전개가 이어졌다.

나의 공격이 적중될 수 있게 도와주고자 하는 아군.

그 시도를 전력으로 저지하는 D님.

수법을 바꾸고 수단을 바꾼 공방이 쭉 되풀이된다.

이 자리에 있는 인물들은 전원이 이 세계에서 최고봉의 실력자들이다.

강력한 힘에 비례하여 수단도 많았기에 갖가지 방면으로 공격을 가할 수 있다.

맞서 싸우는 D님은 힘을 낮춰서 대응하려는 까닭인지 손에 든 쌍검만을 사용하고 있다.

접근하지 않는 한 낭패를 당하지는 않겠지만, 속도 문제로 일순간에 거리가 좁혀질 수 있기 때문에 마냥 피하기는 어렵다.

하지만 공격은 최선의 방어라는 말처럼 모두가 함께 공격의 손길을 늦추지 않은 덕분인지 결과적으로 D님의 공격 기회가 줄어들고 있었다.

그렇게까지 몰아쳤는데도 끝내 D님의 방어를 돌파하지 못한다.

특수한 스킬의 효과는 분명 아닌데.

본인이 한 말을 믿자면 능력치 환산 15만이라는 방어력으로 단순하게 버티고 있을 뿐.

다만 단순하기에 더더욱 돌파하기가 어렵다.

저 방어력을 돌파하기 위해서는 더 높은 공격으로 때려야 한다.

하지만 능력치의 최대 수치는 99999.

시스템의 범위 안에서는 결코 15만을 넘볼 수 없다.

즉 D님에게 대미지를 주기 위해서는 시스템의 범위를 벗어나거나 나처럼 특수한 스킬로 방어력 무시 대미지를 주는 방법뿐이다.

차츰 조바심을 느끼기 시작했다.

우리의 체력과 MP는 유한하잖은가.

이대로 전투가 이어지면 공격의 기세가 어쩔 수 없이 약해지게 된다.

그렇게 되면 더 이상은 손쓸 도리가 없다.

그 전에 어떻게든 D님의 방어를 돌파해야 할 텐데.

"음?! 아 · 차?!"

조바심 때문인지 판단을 실수했다!

마침 퀸 타라텍트 두 마리가 날린 브레스가 D님에게 직격한 직후에, 다른 전원의 손이 멈춘 순간에 몸을 날려버렸다.

퀸의 브레스를 맞고도 D님은 상처 하나 없었다.

그리고 상처를 입지 않는다면 방어를 고려할 필요도 없다.

그렇다면 그 시간을 당연히 공격에 활용할 수 있다.

이쪽을 향한 D님과 시선이 마주쳤다.

까딱하면 빨려 들어갈 만큼 깊은 나락을 연상케 하는 눈동자가 나를 주시하고 있었다.

곧이어 저 검이 휘둘러진다.

"조화!"

그 순간 모든 공격이 멈췄다.

나를 노리고 휘둘러지던 검은 어떠한 상처도 내지 못한 채 마치 실체가 없는 것처럼 내 몸을 투과해서 지나갔다.

어떻게 된 영문인지 알지 못하나 분명 기회다!

"오 · 오 · 오!"

나의 전력을 담은 펀치가 작렬한다.

이번 싸움에서 처음으로 느낀 명확한 타격감.

대미지가, 들어갔다!

"정복!"

누군가의 고함 소리가 울려 퍼졌다.

그 순간 몸에서 힘이 끓어올랐다.

이것은, 버프 종류인가?

"가라! 오래는 못 버틴다! 몰아쳐라!"

저 녀석은, 전생자 나츠메인가.

또한 직전에 조화라는 스킬을 발동한 자는 교황인가.

그렇군, 아마 7대 죄악 스킬과 7대 미덕 스킬의 지배자 칭호에 딸린 두 번째 스킬이겠군.

7대 죄악 스킬과 7대 미덕 스킬은 획득하면 자동적으로 칭호를 함께 획득한다.

그 칭호로 추가되는 스킬 중 첫 번째는 강력한 통상 스킬인 경우가 많다만, 두 번째는 해당 칭호로만 손에 넣을 수 있는 특수한 스킬이다.

아울러 그 특수 스킬은 지배자 권한이 없다면 발동하지 못한다.

또한 발동해서는 안 된다.

왜냐하면 너무나 강력한 탓에 발동하면 술사에게도 큰 반동이 오기 때문이다.

나의 외도 공격 및 부식 공격, 심연 마법과 마찬가지로 신을 죽이기 위한 스킬들이었다.

아마도 교황이 발동했던 조화 스킬은 적의 공격을 완전히 무효화하는 스킬.

그리고 나츠메가 발동했던 정복 스킬은 지금 느낌상 자신의 능력치 및 스킬을 아군 전원에게 가산해주는 스킬인가.

양쪽 다 강력한 스킬이다.

강력한 까닭에 반동 또한 무시무시할 테지.

그것을 각오하고 스킬을 써서 거머쥔 절호의 기회!

나츠메가 말했듯 전력으로 몰아칠 때다!

우선 퀸의 실이 D님에게 얽혀서 움직임을 막았다.

곧바로 니아의 얼음이 실 위에서 D님의 몸을 얼리고 완전히 제자리에 붙박아 둔다.

"화근!"

그다음 때려 박히는 것은 소피아의 스킬.

저것도 역시 7대 죄악 스킬에 딸린 특수 스킬이다.

무시무시한 기운을 두른 대검이 D님에게 내리 떨어졌다.

D님을 가두어 놓은 얼음까지 깨뜨리며 원령의 절규와 같은 파쇄음이 울려 퍼진다.

다만 저 공격을 당하고도 D님은 오히려 소피아에게 반격하고자 했다.

직후, D님을 노리고 떨어지는 공기 덩어리.

휴번의 바람 마법이다.

공기 덩어리에 눌려서 몸의 움직임이 일순간 멈춘 D님.

그 틈에 소피아는 후퇴하고, 대신 라스가 앞에 나섰다.

"분노! 염마!"

분노 발동에 이어 역시나 7대 죄악 스킬에 부속된 특수 스킬을 발동.

단죄의 신이 모습을 드러내는 듯한 환영과 함께 압도적인 열량을 가진 불꽃이 라스의 몸을 감싼다.

그리고 D님에게 불꽃이 쏟아졌다.

이어서 내가 마법을 발동한다.

"심연 마법, 지옥문!"

D님을 중심으로 심연이 관장하는 어둠이 펼쳐졌다.

곧 어둠이 수렴되며 모든 것을 집어삼키고 D님에게 직격한다.

역시 심연 마법의 발동은 버겁구나…….

어둠이 사라진 자리에서 서 있는 D님은 아직껏 건재했다.

이때 D님에게 가까이 달려가는 소년이 한 명.

멍청하긴?! 저 녀석은 우리 사이에서는 거의 전력이 못 될 만큼 약한 힘밖에 없지 않은가!

도대체 무슨 생각인가?!

D님이 소년을 향하여 검을 휘두른다.

"오라버니!"

쌍검 중 한쪽을 소년의 여동생이 튕겨 냈다.

그러나 다른 한쪽이 가차 없이 소년의 목을 노린다.

"자실!"

나츠메의 고함 소리와 함께 D님의 움직임이 멈췄다.
나츠메?! 설마 두 번째 특수 스킬을 발동한 건가?!
하나로도 부담이 과하게 큰 특수 스킬을 동시에 두 개나 발동하다니?!
죽을 작정인가?!
"용사검!"
다만 나츠메가 힘겹게 만들어준 틈은 소년, 용사 슈레인이 공격을 적중시킬 수 있는 시간을 분명하게 확보해줬다.
눈부신 빛이 주변 일대를 뒤덮는다.
단 한 번뿐이나마 신조차 죽이는 힘을 발휘하는 용사검.
그 힘이 D님에게 직격했다.
……이겼다.

"훌륭해요."

승리를 확신한 직후 D님의 목소리가 들렸다.

"하지만 아직 부족하군요."

그리고 용사 슈레인이 피 웅덩이에 털썩 엎어졌다.

"사력을 다하는 것은 당연하고요. 그에 더하여 한계를 넘는 저력을 발휘하지 못하는 한 세계를 구원하는 보너스는 도저히 내줄 수 없답니다."

그곳에서는 상처 하나 없는 D님이 서 있었다.

아리엘 3

교황 더스틴, 이곳에서 가장 약한 남자인 까닭에, 아니, 초전부터 기절해서 전혀 경계를 당하지 않았던 남자의 한 수 덕분에 전황은 단번에 바뀌었다.

더스틴의 공격 무효화 스킬, 그것을 기점으로 레이세가 공격을 성공시켰다. 또한 연쇄적으로 공격을 이어 나갔다.

나츠메 군이 설마 저렇게 무리하면서 특수 스킬을 2연발로 쓸 줄은 생각하지 못한 데다가 소피아와 라스 군까지 특수 스킬을 처음으로 선보였다.

게다가 야마다 군이 용사검을 썼다.

후방에서 의료팀 노릇을 하며 살짝살짝 활약했던 야마다 군이 설마 이 순간에 뛰쳐나간 것은 예상외였다.

그렇게 적중시킨 모두의 히든카드.

그런데도 D님은 건재했다.

상처 하나도 없는 모습으로.

아예 피해를 안 받지는 않았어.

단지 입은 상처를 순식간에 회복했을 뿐.

뭐, 어차피 결과는 달라지지 않을 테니까 사소한 차이구나.

정말 온 힘으로 총공격을 날렸는데도 상처가 없는 모습은 우리 모두의 마음을 꺾는 데 충분한 임팩트였다.

D님은 분명 최대한 힘을 낮춰주셨다.

틀림없는 사실이야.

D님이 힘을 낮춰주지 않았다면 우리가 아무리 발악을 해도 순살 당했을 테니까.

힘을 낮춰줬는데도 끝내 승산이 보이지 않을 뿐이다.

아마도 D님의 성격상 승리 조건은 제대로 설정되어 있다.

무한하게 상처가 회복되는 사기꾼 짓은 아니야.

일정 이상의 대미지를 가하면 분명 쓰러졌다는 판정을 내줄 것이다.

다만 우리가 끝내 일정 이상의 대미지를 때려 박지 못했을 뿐.

사력을 다하는 것은 당연하다.

그러고 나서 더 한계를 넘는 힘을 쥐어짜지 않는 한 D님을 쓰러뜨릴 수 없다.

세계를 정말 구원하고자 한다면 그 정도는 해내라는 뜻이 아니려나.

그냥 인심을 써서 세계를 구원해주겠는 반가운 제안은 아니었던 거야.

이렇게 되고 보니까 과연 우리가 달성 가능한 목표였는지도 좀 의문이 드는걸.

D님이 공평성을 중시한다면 세계를 구하고자 하는 목표의 대가가 싼값일 리 없으니까.

뭐가 보너스 스테이지야.

보(너)스 스테이지잖아.

후유…….

"고맙다는 말을 해주긴 어렵겠구나아."

전부 다 끝나면 시로에게 꼭 고맙다고 정식으로 말해주고 싶었는데 말이야.

아무래도 말할 기회가 오지는 않을 것 같아.

"아엘, 사엘, 리엘, 피엘. 그동안 고마웠어. 내가 죽은 다음에도 힘차게 살아가면 좋겠네."

시로에게 말을 못 해주는 대신은 아니지만, 퍼펫 타라텍트들에게 감사의 말을 전했다.

퍼펫 타라텍트들은 파들파들 머리를 흔들면서 내 다리에 매달린다.

가지 말라고?

마음은 기쁘지만 지금은 가야 할 때야.

어차피 기껏해야 1년 조금밖에 못 사는 생명이잖아.

그러니까 여기서 다 불살라도 후회는 없어.

앗, 아니지, 시로한테 고맙다고 말을 못 해주는 것 하나는 후회가 남네.

다시 의자에서 일어났다.

앗, 현기증이…….

퀸 두 마리를 소환했던 게 지금 상태의 몸에는 큰 부담이었다.

덕분에 잠깐 일어섰다가 퀸을 소환한 다음에는 또 주저앉아서 맥없이 전황을 지켜보기만 했고.

뭐, 지금 내가 전투에 끼어들어 봤자 아무런 도움이 안 되니까 앉은 채 지켜봤던 게 정답이었지만.

자, 끝까지 앉아 있고 싶었는데 결국은 이렇게 됐다.

현기증이 가시기를 잠깐 기다리다가 어질어질했던 시야가 회복됐을 때 다시 걸음을 내디뎠다.

전장에서는 내가 현기증을 가라앉히는 동안 또 상황이 변동했는지 야마다 군의 여동생이 열화와 같은 기세로 D님에게 용사검을 휘둘러 대고, 조금 떨어진 곳에서는 피투성이가 된 야마다 군을 치료하고 있는 선생님과 하세베 양의 모습이 보였다.

그리고 야마다 군의 옆쪽에는 한쪽 팔을 잃은 로난트가 있네.

아마 단거리 전이로 야마다 군을 회수했을 거야.

그때 팔을 한 개 놓고 왔겠고.

그래도 그 상황에서 야마다 군을 구출한 건 굉장한데.

……아, 더스틴이 온몸으로 피를 쏟아 내는구나.

아마 조화를 두 번째로 썼겠어.

로난트가 야마다 군을 구출할 때 맞춰서 조화를 썼겠지.

어쩐지 아무리 생각해도 살 방법이 없는 상황에서 야마다 군을 구출해서 데려왔더라니.

할아범 둘이 무모하기는.

무모함으로 말하자면 나츠메 군도 마찬가지야.

더스틴과 비슷하게 온몸으로 피를 쏟아 내고 있었다.

더스틴도 나츠메 군도 더 이상은 특수 스킬을 사용하지 못할 것이다.

쓰면 죽는다.

야마다 군도 전선에서 이탈 중.

야마다 군의 소생을 믿고 싸우는 전법은 막혔다.

치료에 전념하고 있는 선생님과 하세베 양도 움직일 수 없어.

오오시마 군은 선생님과 하세베 양을 지켜야 하니 역시나 못 움직인다.

하이린스와 시노하라는 애당초 전력 외이고.

발트, 재는 아직도 기절 중이네. ……응, 괜찮아. 어쩔 수 없어.

남은 전력은 소피아, 라스 군, 벡이랑 용사검을 장비한 여동생, 레이세, 휴번, 니아, 퀸 두 마리.

그리고 일단 전혀 눈에 띄지는 않았지만, 메라조피스 군도 아기자기하게 원거리 공격은 하고 있었다.

전혀 눈에 안 띄는 데다가 능력치의 문제상 전혀 타격을 못 주고 있지만.

"너희는 남아. 살아남아서 시로한테 나 대신 고맙다는 말을 전해줘."

따라오려고 하는 퍼펫 타라텍트들을 말렸다.

이 아이들도 어엿한 전력이기는 하다.

하지만 어째서인지 군이 싸움에 끼우고 싶지 않았다.

살아남기를 바랐다.

"보자~ 그러면 쥐어짜볼까요."

몸을 쭉 편다.

내가 접근하고 있음을 가장 먼저 알아차린 것은 D님이었다.

"견학은 끝난 건가요?"

소리 지르며 덤비는 야마다 군의 여동생을 가볍게 받아치며 D님이 물었다.

"그래야죠. 이대로 가면 승산이 없으니까요."

"당신은 지금 싸우면 확실하게 죽을 텐데요? 그뿐 아니라 혼이 붕괴하겠죠. 그래도 싸울 건가요?"

"네, 뭐. 어차피 늙어서 오래 못 사는 목숨이거든요."

"그렇군요."

D님이 턱에 손을 가져다 대며 상념에 잠긴 자세를 취한다.

"아아아아아아앗!"

여동생은 우리의 대화 따위 알 바 아니라는 듯이 D님에게 검을 휘둘러 댔지만, D님은 진지하게 상대해주지 않는다.

열심히 용사검을 휘둘러도 이미 힘을 써버린 탓에 그냥 튼튼한 검에 불과하거든.

망가지지 않는다는 게 충분히 강점이 되긴 하니까 나름 괜찮은 무기가 맞긴 맞지만.

"아리엘 씨."

이러니저러니 하는 동안에 지금 싸우고 있는 여동생 이외의 아군들이 나의 주위로 모여들었다.

말을 건네는 라스 군의 살갗에는 처참한 화상 자국이 남아 있었다.

특수 스킬의 반동이겠지.

한편 소피아도 뭔가 녹초가 돼서 메라조피스 군에게 부축을 받는 모습이었다.

레이세, 휴번, 니아, 고룡들은 소모가 심해서 숨을 헐떡이고 있다.

"다들 엉망진창이네."

"면목 없습니다."

라스 군이 풀 죽어서 대답하고, 소피아는 묵묵히 어금니를 악물었다.

"한 번 더 힘내줄 수 있겠니?"

"물론이죠."

"맡겨주세요."

"함께하겠습니다."

"좋아."

라스 군, 소피아, 메라조피스 군은 아직도 의욕이 있다.

문제는 고룡들인데.

"뭐야? 레이세, 설마 마음이 꺾여버렸어?"

"……그 · 럴 · 지 · 도."

"한심하네. 이렇게 큰 무대에서 죽을 수 있잖아. 마지막 순간까지 전력을 다 쏟아 내고 웃으면서 떠나는 기개는 보여달란 말이야."

"……그 · 렇 · 군. 어 · 차 · 피 죽 · 을 각 · 오 · 였 · 다. 화 · 려 · 하 · 게 · 스 · 러 · 져 · 주 · 마."

"휘유! 로큰롤이군! 멋지게 가보자고!"

"……나는 사양하고 싶은 마음이네만."

유독 혼자서 누가 부정적인 의견을 내놨는데 무시다, 무시.

지금 이 순간 우리의 마음은 하나로 뭉쳤다!

"그럼 죽을 각오로 해볼까."

지금 또다시 겸양 스킬을 발동하면 나는 죽을 것이다.

그래도 할 일은 다 하는 셈이니까 후회는 없어.

내 목숨을 불살라서 D님에게 꼭 한 방 먹여줄 테다.

"비록 당신은 신의 경지에 이르지는 못했습니다. 하지만 혼의 광채는 어지간한 신보다 가치가 있음을 인정해줄게요."

"영광이로소이다!"

자, 시작하자!

……응? 어라?

뭔가 D님의 발밑에 쪼끄마한 하얀색 거미가 있네?

내가 불현듯 쪼끄맣고 하얀 거미의 존재를 깨달은 순간, 저 녀석을 중심으로 공간이 갈라졌다.

그리고 공간이 갈라진 틈에서 하얀 그림자가 뛰쳐나왔다.

그 하얀 그림자는 D님에게 똑바로 덤벼들었고…….

직후에 무시무시한 충격이 터져 나왔다.

시로 2

쿠로와의 싸움은 시합 중간쯤에서 결판이 나기 시작했다.

쿠로가 전개했었던 이계, 이미 절반 가까이가 하얀 거미에게 잠식당했다.

이 지경까지 왔다면 내가 역전하는 것은 시간문제.

예상 이상으로 쿠로가 약했어.

아니, 약해진 건가.

나랑 싸우기 전부터 쿠로는 에너지가 엄청 줄은 것 같더라고.

보나 마나 시스템에 퍼부었겠지.

즉 나는 에너지가 텅텅 빈 상태의 쿠로를 엄청나게 경계하면서 큰일 났다~ 못 이긴다~ 힘들다~ 떠들었던 셈이다.

와아, 창피해라!

분명 쿠로는 나보다 상격의 신이지만, 에너지 텅텅 빈 상태라면 당연히 내가 이기지!

뭐랄까, 저런 상태에서 굳이 싸움을 건 이유가 궁금할 지경? 쿠로 씨, 나를 너무 우습게 보네?

으헤헷! 그대의 자만심, 목숨으로 값을 치르게나!

그렇게 혀를 할짝거리고 있었는데 뭔가 지상에서 이상한 사태가 벌어졌다.

내가 말이야, 여기 이공간으로 날려 오기 전에 일단은 보험을 걸어 놨거든요.

야마다 군을 사랑의 둥지(웃음)로 전이시켰을 때 쓴 분체 말이야.

그 아이를 야마다 군한테 딱 붙여 놓고, 야마다 군이 보고 듣는 내용을 몰래몰래 도촬 · 도청을 했단 말씀이야.

그랬더니 뭔가 좀? 이야기가 이상한 방향으로 쭉쭉 흘러가네?

야마다 군이 갑자기 사랑의 둥지(웃음)에서 냉큼 탈출을 하더니?

아니, 사역마 계약의 연결을 추적해서 전이하는 게 도대체 뭔데.

그 할아범은 대체 뭘 어떻게 한 거야?

이상하지 않아?

무조건 이상한데.

그다음은 또 무슨 열혈물처럼 야마다 군이 「나는 포기하지 않는다!」라며 분위기를 내기 시작하더니?

아니, 분위기 자체는 딱히 상관없거든?

힘내라, 힘내라! 나는 알 바 아니니까!

그랬는데 신언교에 쳐들어가서 교황이랑 대면하질 않나, 어째서인지 고룡 일부를 아군으로 끌어들이질 않나.

어떻게 한 거야?

게다가 대충 어슬렁어슬렁 돌아다니니까 때마침 선생님이랑 만나 합류하고, 그다음은 「사신의 진짜 정체는 사실 D였다!」「뭐, 뭐라고~?!」라는 전개가 되질 않나.

어어……?

나도 「뭐라고~?」 외치고 싶더라.

이 시점에서 일단 쿠로한테 정전을 제안했지.

여차여차, 떠듬떠듬.

나는 말재주가 없으니까!

쿠로한테 정전 제안을 하는 거라고 이해시킬 때까지 꽤 시간이 걸렸어!

그다음은 또 어째서 이런 제안을 하는 됐는지 설명하는 데 엄청 시간이 걸렸어!

그렇게 애먹는 동안 야마다 군이 염화로 회의를 열고, 엘로 대미궁에서 다들 집합하고, 시스템 중추로 가서 D한테 돌격해버렸다!

빨라! 전개가 넘 빨라!

내 말솜씨를 배려해서 속도 좀 맞춰줘!

게다가 말도 잘 못하는데 한창 싸우는 중에 설득했단 말이야?!

난이도가 넘 높아!

운다?

게다가 말야, 이번 전쟁을 위해 이것저것 준비도 많이 해왔잖아?

그런데 그게 다 뭔가 아리송한 흐름 때문에 일단 중지! 이렇게 선언을 하는 처지가 됐을 때 내 심정을 알아?

운다? 진짜로 운다?!

게다가 좋았어, 좀만 더 때리면 이긴다~! 이런 타이밍이거든?

운다? 진짜로 운다?! 막 엉엉 운다?!

그런고로 나의 분노를 전부 D한테 쏟아붓겠습니다.

이런 건 당연히 정당한 보복이죠.

그런고로 안녕하세요, 죽어!

전이 직후에 눈앞에 있던 D를 향하여 대낫을 콰앙~!

아, 이 대낫은 여기에 오기 직전에 미리 소환했어요.

조금 더 빨리 소환할 수 있었다면 쿠로랑 싸울 때 훨씬 편했을 텐데.

뭐, 어쨌든 D를 때려줄 수 있는 이 타이밍에 소환한 것도 나쁘진 않아.

사실은 다들 궁지에 몰렸을 때 구해주는 느낌으로 멋지게 딱 맞춰 등장하고 싶었는데, 뭔가 조금만 더 늦장 부렸다간 마왕 녀석이 겸허를 발동할 기세였거든.

이러면 그냥 스피드 승부니까 콰앙~! 콰앙~! 콰앙~!

일단은 D씨, 당신에게 입을 열 권리는 안 주겠습니다.

신체가 초속 재생을 한다?

그럼 재생이 아예 불가능할 만큼 열심히 콰앙~! 때려줄 뿐이다!

네가! 울 때까지! 콰앙! 때릴 거야! 영원히!

나의 최종 병기, 대낫의 일격!

직격당하면 아마 쿠로도 적잖이 대미지를 입을 공격을 아주 작정하고 냅다 연속으로 때려 박는다!

아마 나 자신도 같은 수법에 당하면 재생을 못 하고 허망하게 죽을 지경의 공격이지만 더 힘껏 손을 움직인다.

이런 정도로 설마 D가 뒈질 리 없단 말이죠!

그러니까 혹시 운 좋으면 뒈져버려라! 살짝만 기대하며 재생되자마자 싹 날려버리기를 반복, 또 반복한다!

핫핫하!

이대로 세상이 끝날 때까지 반복, 또 반복해주겠어!

"그런 처지는 아무래도 좀 사양을 하고 싶군요?"

뭔가 등 뒤에서 소리가 났다.

콰앙~! 일단 중지!

어느새 고깃덩어리가 되어 있었던 D의 몸이 두둥~ 바닥에서 사라져버렸다.

이 자식, 만만치 않아…….

아니지, 여긴 평범하게 D의 이공간이잖아?

그야 이공간 안 전이 정도는 간단하겠지.

다만 나에게 전혀 감지당하지 않고 해치운다는 게 장난 아니지만.

그리고 은근슬쩍 내 마음을 읽지 않았어?

"후유. 못 말리겠네요. 이런 곳까지 들이닥친 건 예상외였어요. 일단 여기는 그쪽 세계에서 꽤 떨어진 위상에 있는데 말이에요."

아, 뭔가 확실히 전이가 어렵긴 했어.

그래도 야마다 군한테 붙여 놓은 분체를 표적 삼아서 어찌어찌 전이에 성공했지.

그런 점에서 야마다 군, 굿 잡.

다만 내 일생일대의 대결을 망친 수작은 용서 못 해.

그나저나, 그렇게 위상이 다른 이공간이면 할아범 혼자 전이를 성공한 게 말이 안 되잖아.

"그야 시스템 중추에서 시도를 하면 찾아오기 쉽도록 설정했으니까요."

역시 이 자식 마음을 읽고 있잖아~?!

"뭐, 넘어가죠. 보너스 스테이지는 클리어예요. 나한테 규정치 이상의 대미지를 주었으니까요. 딱히 누가 쓰러뜨려야 한다는 제약은 정해 놓지 않았으니 당신 같은 난입자에게도 보너스의 권리가 있습니다. 잘됐네요."

D는 뭔가 맥 빠진다는 듯이 어딘가에서 쓱 의자를 꺼내 앉았다.

그나저나, 저 의자 게이밍 체어잖아…….

"으음~? 으으음……."

마왕이 뭔가 막 주먹을 들어 올렸다가 목표를 놓친 사람이랑 비슷하게 어물거리고 있다.

실제로 비슷한 느낌이겠지.

그런데 너 말야, 내가 여기에 와서 콰앙~ 마무리 짓지 않았으면 죽을 작정이었지?

언니는 절대 용납을 못 하거든요?

천수를 다 누리고 가란 말이야.

봐, 딸내미들도 엄마, 죽으면 안 돼~ 라며 다리에 달라붙어서, 얘들 봐?!

아엘, 사엘, 리엘, 피엘! 너희들 옷은 어쨌어, 옷은?!

어째서 다 큰 아가씨들이 알몸으로 나돌아다니는 거야, 애들아?!

어쩌지, 잠깐 눈을 뗀 사이에 이래저래 다 이상해졌어.

"가장 이상한 주제에 상식인 행세하지 말아줄래요?"

……D씨, 뭔가 오늘 좀 신랄하지 않슴까?

혹시 좀 화가 났나요?

"화내는 거 아닌데요?"

맞네, 화났네, 진짜 화났네.

"화내는 거 아니라니까요."

넹넹, 화 안 나쪄요. 안 나쪄요. 꾸헹?!

“적당히 좀 하세요.”

뭔가 맞았다?! 뭘 맞았는지 모르겠는데 뭔가 맞았다?!

“실례…….”

내가 아픔에 몸부림치던 중 D한테 누군가가 조심스럽게 말을 건넨다.

목소리의 주인은 쿠로다.

그래, 이 녀석은 나랑 같이 여기 이공간으로 전이를 했다.

다만 내가 쾅~! 하는 동안에 멍청하게 멍하니 서 있기만 했던 쓸모없는 허수아비 자식이지만.

“이게 어떻게 된 상황입니까?”

“거기 걔한테 말을 못 들은 거예요?”

거기에 걔가 나야?

“단편적인 말밖에. 이 녀석은 제대로 말을 못 하는지라…….”

나의 필사적인 설득은 단편적인 말이라 해독이 안 됐던 건가. 슬퍼라.

“그럼 처음부터 설명하죠.”

그렇게 D는 사실은 인류 절반을 소멸시킬 생각이었는데 여기까지 찾아온 포상으로 자신을 쓰러뜨리면 보너스로 세계를 구원해주겠다고 제안한 이야기를 시작했다.

보너스로 세계를 구원해준다? 이 자식 세계관에 버그가 났나.

우리가 얼마나 고생해서 세계를 살려보려고 애썼는데 이 녀석은 그냥 보너스로 쓱쓱 세계를 구해주겠다고 지껄인다니까요?

봐봐! 쿠로 씨도 정신을 못 차리잖아!

"마지막 결말은 조금 맥 빠지게 끝났습니다만, 어쨌든 나는 꽤 만족했으니까요."

뭐, 흡혈 양이랑 오니 군이랑 엉망진창이 된 걸 보니까 꽤 날뛴 것 같기는 하네.

야마다 군은 아예 빈사잖아.

이렇게까지 이상한 방향으로 쭉쭉 흘러왔던 건 분명히 야마다 군이 보유한 하늘의 가호 때문이겠지?

야마다 군이 「나는 포기하지 않는다!」 비슷한 분위기를 연출하니까 하늘의 가호가 사용자의 뜻에 맞춰서 유도해준 게 아니려나?

그게 아니면 이렇게 딱 맞아떨어지는 전개는 말이 안 되고.

……역시나 내가 야마다 군을 경계했던 건 정답이었어.

"이제 여신 사리엘을 해방해줄게요. 시스템은 에너지를 주입한 뒤 천천히 자연 소멸하도록 두죠. 스킬과 능력치도 서서히 사라져 갈 거예요. 이렇게 하면 시스템이 사라지는 영향은 최소한으로 제어할 수 있겠죠."

"감사드립니다."

쿠로가 넙죽 엎드리다시피 머리를 확 숙인다.

"이후에 그쪽 세계는 명목상 나의 관리하에 두기는 하겠습니다만, 내가 관여할 일은 사실상 없을 거예요. 규리에디스트디에스, 당신이 관리를 맡아야 해요. 알아들었죠?"

"예."

"그리고 어떤 위기가 발생해도 나의 조력은 없다고 생각해주세요. 나는 그 세계에 이미 만족했고 흥미가 바닥났어요. 당신이 혼자의 힘으로 지켜 나가세요."

"……예."

"물론 세계는 신이라는 존재가 혼자 만들어 가는 게 아니니까요. 그곳에 사는 생물들 또한 별을 더 좋게 만들든 나쁘게 만들든 영향을 끼칠 수 있어요. 본인들도 잘 알 테니 절대로 잊지 마세요."

D의 발언에 인류 대표조가 고개를 끄덕거렸다.

그나저나, 교황이랑 나츠메 군이랑 온몸 피투성이인데 괜찮은 거야?

"그럼 이것으로 월드 퀘스트는 클리어입니다."

《월드 퀘스트 클리어, 세계는 구원받았다.》

아마도 하늘의 목소리(가짜)로 안내 방송을 한 것 같았다.

그리고 분명 이 세상에 들린 하늘의 목소리(가짜)는 이게 마지막이었겠지.

"이제 작별의 시간입니다. 여러분, 다시 만나는 날은 오지 않겠지만 잘 지내도록 해요."

D의 말이 끝나자마자 이곳에 있는 나를 제외한 전원의 발밑에 전이 마술진이 출현했다.

응? 왜 내 발밑에는 안 나타나는 거야?

뭐, 상관없나.

자력으로 휭~ 전이를 하면 되니까.

"어디에 갈 셈이죠? 당신은 내 아래에서 취직 확정인데요?"

네?

"축하해요. 당신을 나의 정식 권속으로 맞아들이겠습니다. 자, 박수, 짝짝짝."

엥? 그런 말 못 들었는데요?
"저번에 말했잖아요? 나는 당신을 놓아줄 생각이 없다고."
어깨를 꽉 붙잡는다.
아, 망했다, 도망 못 치겠다…….
잠깐, 잠깐! 너무 갑자기라 마왕이랑 다른 애들이랑 인사도 못 했어!
아, 아, 아!
모두의 발밑에 있는 전이 마술진이 기동해버린다?!
"아앗! 시로야, 고마워!"
"내가 더, 고마워!"
이게 마지막이니까 힘껏 소리쳤다.
힘껏 손을 흔들어주는 덤도 붙여서.
마왕도 손을 흔들어줬다.
그리고 전이가 발동하자 다들 저쪽 세계로 돌아갔다.
나만 혼자서 사신의 곁에 남아버렸어…….
어라?
이거 혹시 배드 엔드야?

이후의 모두

아리엘

전쟁이 끝난 뒤 권속들과 함께 남몰래 어딘가로 모습을 감췄다.
여신 사리엘과 함께 조용히 여생을 보냈다고 알려져 있다.

소피아

전쟁이 끝난 뒤 권속들과 함께 남몰래 어딘가로 모습을 감췄다.
북방의 극한의 땅에 흡혈귀가 거처하는 성이 존재한다고 먼 미래까지 말이 전해지고 있다.

메라조피스

소피아와 함께 모습을 감췄다.
후배 왈도와 함께 소피아를 쭉 모셨다고 추측된다.

라스

전쟁이 끝난 뒤 남몰래 어딘가로 모습을 감췄다.
이후 행방은 묘연하여 알 수 없다.

슌

전쟁이 끝난 뒤 애너레이트 왕국에 돌아가서 제3왕자였다가 국왕이 된 레스톤을 보좌했다.

이후의 여성 관계는 문헌에도 남지 않아서 수수께끼다.

유리

전쟁이 끝난 뒤 성 아레이우스 교국에 돌아가서 혁명을 일으키고, 신언교 대신 여신 사리엘 교를 설립했다.
여신 사리엘 교 초대 교황으로 취임하여 포교 활동에 매진했다.

카티아

전쟁이 끝난 뒤 애너레이트 왕국에 돌아가서 공작 가문의 영애로 활약했다.
스우레시아 공주 및 교황 유리와는 이후에도 쭉 좋은 벗이자 라이벌로 남았다고 한다.

스우

전쟁이 끝난 뒤 애너레이트 왕국에 돌아가서 오빠 슈레인을 보좌했다.
평생 독신을 고집했다고 알려졌다만, 어느 남성과 깊은 사이였난다는 설이 있기도 하다.

페이

전쟁이 끝난 뒤 애너레이트 왕국에 돌아가서 주인인 슈레인을 보좌했다.
이후 애너레이트 왕국의 수호 성수로서 숭상받게 된다.

유고

전쟁이 끝난 뒤 남몰래 어딘가로 모습을 감췄다.

이후 행방은 묘연하여 알 수 없다.

필리메스

전쟁이 끝난 뒤 각지를 전전하며 엘프의 피를 이어서 박해받고 있는 사람들을 모아들였다.

이후 엘프의 마을이 있던 장소에 신생 엘프의 마을을 건설한다.

안나

전쟁이 끝난 뒤 애너레이트 왕국에 돌아가서 줄곧 슈레인을 섬겼다.

애너레이트 왕국과 신생 엘프의 마을을 연결하는 파이프 역할을 맡았다.

하이린스

전쟁이 끝난 뒤 애너레이트 왕국에 돌아가서 평범한 인간으로 기사가 되어 활동했다.

이후 기사단장까지 승진하여 왕국을 위해 진력했다.

더스틴

전쟁이 끝난 뒤 성 아레이우스 교국에 돌아갔으나 전투 중 입은 상처가 완치되지 못하여 그대로 숨을 거뒀다.

그가 숨을 거뒀던 날, 전 세계에 영웅의 죽음을 알리는 장엄한 종소리가 울려 퍼졌다고 알려져 있다.

쿠니히코

전쟁 중 휴식을 취했던 우펜베베테니아라는 작은 마을에 그대로 정착했다.

아사카와 부부가 되어 나름대로 행복한 부부 생활을 보냈다.

아사카

쿠니히코와 함께 우펜베베테니아라는 작은 마을에 정착했다.

이것저것 농사일 및 부업으로 생계를 꾸려 나가며 아기자기한 행복을 손에 쥐었다.

쿠사마 시노부

전쟁이 끝난 뒤 성 아레이우스 교국에 돌아갔으나 유리에게 부하가 될 것을 강요당했다.

혁명을 돕기도 했고, 교황이 된 유리의 심부름꾼 노릇도 했다.

로난트

전쟁이 끝난 뒤 렝잔드 제국에 돌아가 필두 궁정 마도사로서 활동을 계속했다.

스킬이 없어지더라도 마법을 계속 사용할 수 있도록 연구하여 이후의 마법 문화에 큰 영향을 끼쳤다.

오렐

전투에는 전혀 참전하지 않은 채 태연하게 렝잔드 제국의 궁정 마도사 직위를 유지했다.

다만 혼기를 놓친 데다가 로난트의 무모한 실험에 끌려다니며 고생을 하는 생활은 달라지지 않았다.

발트

전쟁이 끝난 뒤 마족령에 돌아가 마족의 지도자로서 마족을 재건하고자 노력했다.

인족과의 화해 및 융화를 평생의 과제로 삼아 이후의 세간에 다대한 영향을 남겼다.

사나트리아

오래도록 발트의 오른팔로서 활동하다가 이후 결혼을 했다.

동료의 관계로서도 아내로서도 평생 남편을 보좌했다.

다라드

마족령의 총괄 군단장으로 취임하여 마물 및 도적의 피해를 줄이고자 분투했다.

공사에서 두루 발트와 사나트리아 부부를 보좌했다.

페르미나

전쟁이 끝난 뒤 제10군단과 함께 남몰래 어딘가로 모습을 감췄다.

마족령에서 이면 사회를 다스리는 조직으로서 암약했다고 알려져 있는데 진위는 불명.

그 밖의 전생자들

전쟁이 끝난 뒤 저마다의 인생을 걸어 나아갔다.

소소하게나마 행복을 발견한 자도 있었고, 이후 역사에 이름을 남긴 자도 있었다.

아엘, 사엘, 리엘, 피엘

전쟁이 끝난 뒤 아리엘과 함께 남몰래 어딘가로 모습을 감췄다.

이후 긴 세월이 지나 북방의 극한의 땅에 위치하는 성에서 흡혈공주를 모시는 네 명의 메이드를 보았다는 소문이 있다던가.

사리엘

전쟁이 끝난 뒤 아리엘에게 이끌려서 남몰래 어딘가로 모습을 감췄다.

아리엘 등과 최후에 어떤 생활을 보냈는지는 본인만이 알 것이다.

규리에디스트디에스

전쟁이 끝난 뒤 사리엘 및 아리엘과 잠시 시간을 보냈다.

이후 모습을 본 자는 없으나 살아남은 고룡들과 함께 세계를 지켜보고 있다고 전해진다.

레이세

전쟁이 끝난 뒤 규리에디스트디에스 및 고룡들과 함께 남몰래 어딘가로 모습을 감췄다.

은밀하게 인간들 틈에 섞여서 생활하고 있다는 말도 전해진다.

휴번

전쟁이 끝난 뒤 규리에디스트디에스 및 고룡들과 함께 남몰래 어딘가로 모습을 감췄다.

이따금 세상의 하늘을 고속으로 날아다니는 용의 모습이 관측된다던가.

니아

전쟁이 끝난 뒤 규리에디스트디에스 및 고룡들과 함께 남몰래 어딘가로 모습을 감췄다.

북방의 극한의 땅에 있는 성에서 잠을 즐기는 게으름뱅이 용이 있다던가, 없다던가.

벡

전쟁이 끝난 뒤 규리에디스트디에스 및 고룡들과 함께 남몰래 어딘가로 모습을 감췄다.

성검의 소유주로 적합한 용사를 찾아 여행하고 있다는 소문.

악몽의 잔재

이후에도 마물의 종으로서 독자적인 생태계를 구축하여 엘로 대미궁의 정점에서 쭉 군림했다.

종으로서 확립되어 이후에도 끊임없이 자손을 남겼다.

에필로그

아름다운 꽃들이 존재감을 주장하는 정원.

그 중심에 마련해 놓은 탁자에서 우아하게 티타임을 즐기는 여성이 두 명.

한 명은 D.

다른 한 명은 메이드복 차림에 요조숙녀와 같은 외형을 지닌 여성.

좀 무서운 사람이라서 나는 저세상 메이드 씨라고 부르고 있다.

아마 이 사람도 엄청나게 굉장한 신님이야.

"그래서요? 그 세계를 굳이 구하고 온 건가요?"

"네."

"또 쓸데없는 짓을……."

저세상 메이드 씨가 어이없어하며 한숨을 쉰다.

"그런 세계에 쓸데없이 에너지를 공급해서 어쩔 셈이죠. 그냥 낭비잖아요."

"꼭 낭비는 아니랍니다."

저승 메이드 씨의 발언은 저쪽 세상에서 살아가는 사람들한테는 좀 잔인하지만, 신들이 봤을 땐 그냥 알아서 자멸한 별이니까.

굳이 산업 폐기물 비슷한 별을 재활용해주는 건 어지간한 괴짜가 아닌 한 바보짓이 맞기는 하다.

"나는 사실상 에너지를 거의 쓰지 않았거든요."

"……그러면 어디에서 에너지를 조달했는데요?"

"그야 당연히 별을 버리고 떠나려 했던 용들에게서 뽑아냈죠."

"……당신, 용들을 다 죽인 겁니까?"

"네."

지금 밝혀지는 충격적 사실.

쿠로의 옛날 친구들, 전원 D한테 죽었다네요.

그럼 도대체 뭐야?

혹시 시스템은 재들이 훔쳐 가려고 했던 별의 에너지를 써서 만든 거야?

그러면 그냥 원래 자리에 돌려놓은 셈이잖냐~!

"용들도 좋은 에너지가 됐어요."

정정.

죽인 용까지 싹 갈아서 에너지로 썼다.

더 끔찍한 짓을 저질렀구나.

"그 시스템인지 뭔지? 제작했을 때는 그렇게 해결했다고 치고, 이번에 쓴 에너지는 어디에서 회수했는데요?"

"그냥 그 세계에서 나온 에너지였어요."

D의 대답에 고개를 갸웃거리는 저세상 메이드 씨.

"그 세계요, 의외로 에너지가 꽤 쌓여 있었답니다. 마지막에 추가로 치고받은 덕분에 쑥쑥 솟아나기도 했고요."

"월드 퀘스트의 영향이었다고요?"

"맞아요. 월드 퀘스트로 신나게 치고받은 결과, 전례가 없는 기세로 에너지가 보충됐어요. 사망자가 많이 발생하기도 했고요. 세계의 운명을 건 전쟁이라서 모두들 죽기 살기로 싸웠던 결과, 혼에서 솟아나는 에너지가 많아졌나 봐요."

결국에는 D가 다 가져갔다지만, 월드 퀘스트를 발단으로 한 싸움은 절대 무의미하지 않았다는 뜻이다.

"죽음을 각오해서라도 뜻을 이루고자 하는 혼의 광채는 정말 멋져요."

D를 상대로 싸웠을 때도 모두들 진짜 죽자 살자였으니까 에너지가 솟아 나왔나 보다.

그나저나 혼은 참 신기하구나.

무(無)에서 에너지가 솟아나는 셈이잖아.

포티머스도 MA 에너지가 아니라 혼의 에너지를 연구했다면 별을 멸망시키는 짓거리는 하지 않아도 되지 않았으려나.

아니, 그 자식의 경우는 혼을 연구해도 신나게 초월 생물을 만들어 냈을 것 같아서 무서운걸.

뭘 어쩌든 간에 포티머스가 좋은 결과를 가져오진 않았을 거야, 응.

"그래도 부족했을 텐데요?"

"맞아요. 다만 있는 곳에는 있었으니까요. 그 에너지가 지불되기 전에 내가 선납을 해준 것뿐이에요."

D의 말을 듣고서 저승 메이드 씨의 시선이 나를 향한다.

참고로 나는 현재 D의 뒤쪽 옆에서 조용히 서 있다.

메이드복 착용을 강제당한 채. 메이드복 착용을 강제당한 채.

중요한 문제라서 두 번 말했다.

왜 하필 메이드복이야?

저세상 메이드 씨랑 친하기도 하고, D의 취미인가?

아니, 뭐, 이렇게 다과회의 시중을 드는 등 평범하게 메이드의 업무도 맡고 있지만 말야!

"애의 계산으로는 규리에디스트디에스와 싸워서 발생하는 에너지를 시스템에 회수시키고, 그다음 규리에디스트디에스에게서 아슬아슬하게 죽지는 않게 뽑아내고, 자신의 에너지도 고갈 직전까지 다 써버리면 간신히 별의 재생과 인류 보호를 둘 다 성립시킬 수 있었어요."

"그 계산은 맞았고요?"

"네."

들켰구려~.

……네, 맞습니다.

나도 말이야, 맨 처음부터 인류 절반을 확 죽여버릴 생각은 전혀 없었답니다.

왜냐면 그런 짓 했다가는 여신 사리엘이 무슨 짓 저지를지 모른단 말야.

여신 사리엘은 사고방식이 우리랑 달라서 잘 모르겠고, 불확정 요소는 없애는 게 당연히 좋잖아.

애써 마왕이 여신 사리엘을 위해서 노력했는데, 정작 여신 사리엘 때문에 다 망쳐버리거나 하면 슬픔을 지나쳐서 확 돌아버리지 않겠어?

아, 참고로 돌아버리는 건 나야.

인류를 위해서도 여신 사리엘을 위해서도 아니다.

오로지 마왕 한 사람을 위해서 나는 좀 무리를 해서라도 인류를 구하고자 했던 거예요.

후유, 힘들었지. 나도 참 할머니를 넘넘 좋아하는 아이라 고생이라니까.

“참고로 얘는 그때 죽은 시늉을 할 생각이었어요.”

……들켰구려~.

“죽은 시늉이요? 무엇 때문에요?”

“그야 나를 피해서 도망치기 위해서죠. 시체 흉내를 내서 말이에요.”

부들부들. 식은땀 난다…….

“얘는 에너지를 거의 다 잃은 자신이 약체화되는 것도 아랑곳하지 않은 채 나에게서 도망을 계획했던 거예요. 용서할 수 없겠죠?”

흐엑.

“그런 못된 아이한테는 이렇게 목줄을 잘 달아주는 게 맞지 않겠어요?”

“……그래서 이렇게 가까운 곳에다가 매어 놨군요.”

저세상 메이드 씨가 나를 동정의 눈빛으로 바라본다.

그런 눈으로 쳐다보려면 제발 좀 도와주세요!

“지금은 아직 전혀 도무지 요만큼도 전력에 보탬이 안 되는 밑바닥 졸병 애벌레지만요, 엄청난 속도로 신의 경지까지 치고 올라갔던 인재인 만큼 분명히 이른 시기에 상위 신 정도는 되어줄 거예요. 훈련을 시킬 보람이 있죠. 내가 육성 코스를 고안한 게 있어서 이후 계획대로 훈련을 시킬 생각이에요.”

안 돼~?!

보나 마나 무조건 스파르타 코스겠지?!

그런 짓 당하면 죽어버린다니까?!

“따라서 계속 약체화된 상태면 곤란해요. 그만큼 육성 계획에 지장이 생기니까요.”

지장 생겨도 괜찮아!

오히려 제발 생겨줘!

“뭐, 그런 이유로 얘 월급을 선불로 내는 셈 치고 그쪽 세계에 에너지를 공급한 거예요.”

“그래요. 새로운 장난감을 구입한 대금이라는 말이군요.”

……저세상 메이드 씨가 봐도 나는 장난감인가요, 그런가요.

아무튼 에너지를 고갈시켜서 죽은 척하는 작전도 이미 들킨 마당에 도망치는 건 글러먹었잖아.

어우, 나의 내일은 어디에 있나?!

“정말 마음에 들었나 봐요.”

“쏙 들어요.”

“그러고 보니 저는 아직 이 아이의 자세한 내력을 못 들었는데요, 결국 이 아이는 뭐죠?”

뭐냐고 물어보면 어떡해야 되나.

거미입니다만, 문제라도?

■작가 후기

안녕하세요, 이 시리즈를 집필한 바바 오키나입니다.

네, 드디어 이 시리즈도 일단락을 지었습니다.

아직 외전도 써볼까 하는 생각도 있어서 마지막이라고 딱 잘라 말하지는 않겠습니다.

어쨌든 커다란 매듭을 하나 지은 것은 분명하네요.

1권이 발매된 때가 2015년 12월이었으니 대략 6년간 매진했군요.

6년이나 지났구나! 스스로도 놀랍습니다.

눈 깜짝할 새에 달려왔던 6년간이었습니다.

그래도 돌이켜보면 참 많은 일들이 있었어요.

일반 만화와 스핀오프 만화, 애니메이션 제작 등 큰 사건은 물론이고 작은 행사까지 헤아리자면 끝이 없을 만큼 참 많은 일들이 있었습니다.

뭐, 그래서 더더욱 지난 6년이 많은 일 덕분에 눈 깜짝하는 동안 흘러갔지만요.

언제나 「이거 시간이 되려나?」라고 생각하면서 집필했을 만큼 빠듯했던 기억이…….

덕분에 「끝났다~!」라는 달성감에 휩싸이는 것도 아니고 「끝났다……」라며 섭섭함에 잠기는 것도 아니고 새하얗게 불살라버린 느낌입니다.

후, 후후, 나는, 이 시리즈가 끝났으니까 조금은, 쉴 거야…….

아뇨, 뭐, 너무 쉬면 감이 둔해지니까 적당히 쉬고 또 집필 활동을 재개하겠지만요.

음, 다른 의뢰로 받은 일거리도 있어서 집필 활동 자체는 쉴 틈이 없긴 합니다…….

그래도 뭐, 조금 여유가 생긴 건 분명하니까요!

아마도, 진짜, 메이비~.

자, 자아~「거미입니다만, 문제라도?」시리즈 말인데요, 원래는 WEB 연재부터 시작했던 이야기입니다.

연재를 시작했던 당초 목표는 일단 완결까지 쓴다, 이게 전부였습니다.

서적 출간은 전혀 생각도 못 했고, 그뿐 아니라 조회 수라든가 포인트도 딱히 신경을 쓰지 않았습니다.

완결된 다음 혹시나 아는 사람은 아는 묻혀진 명작, 이런 위치에 올라설 수 있다면 좋겠다~ 망상이나 했었죠.

그런데 연재를 시작한 이후 의외로 금방 큰 반응이 있었고, 우왕좌왕하는 사이에 서적 출간이 결정됐습니다.

스스로도 너무 변화가 커서 못 따라갔던 부분이 있군요.

왜냐면 거미 전생이잖아요.

몬스터 전생이라는 틈새 분야에서 더욱 좁다란 틈새를 파고들다니.

애당초 뭐, 누가 읽어주겠냐, 이런 생각이었기에 제 예상이 좋은 의미로 뒤집혀줘서 놀랐습니다.

게다가 서적화. 엥? 제정신이냐?

게다가 만화화. 엥? 제정신이냐?

게다가 스핀오프 만화화. 엥? 제정신이냐?

게다가 애니메이션 제작. 엥? 제정신이냐?

무슨 일 생길 때마다 같은 생각을 했답니다! 넵!

서적 출간 제안을 받았을 때는 당시 편집장님에게 맨 먼저 물어봤던 게 「저기요~ 책이 잘 안 팔리면 몇 권에서 짤리는 건가요?」였거든요.

출간이 짤리기는커녕 이렇게 마지막까지 다 냈습니다.

여기까지 온 것은 많은 분들의 도움이 있던 덕분이라고 생각하는 만큼 감사에 감격입니다.

여기부터는 감사 인사를. 일단 본편은 완결되었으니 평소보다 길게 감사의 말을 적고자 합니다.

먼저 일러스트를 맡아주신 키류 츠카사 선생님.

키류 선생님께서 일러스트 담당을 맡아주신 것은 제가 선생님의 일러스트에 한눈에 홀딱 반해서 「이분이 좋습니다」라고 당시의 담당 편집자분에게 말씀드렸고, 선생님이 제안에 오케이를 해주셨을 때부터 시작됐습니다.

솔직히 말하자면 그땐 정말로 키류 선생님 이외에는 받아들일 수 없는 상태였어서 오케이를 안 해주시면 어쩌나! 무척 불안했었습니다.

지금도 키류 선생님이 아니었다면 어땠을까 하는 생각은 아예 들지도 않습니다.

키류 선생님 없이는 이 시리즈도 완성되지 못했을 만큼 큰 신세를 졌습니다.

키류 선생님, 일러스트를 담당해주셔서 감사했습니다!

만화판을 맡아주신 카카시 아사히로 선생님.

만화 제작 이야기를 들었을 때 솔직히 말하자면 기대감보다 불안감이 더 컸습니다.

안 그래도 소설로 만화를 만드는 게 힘든 작업인데 주인공이 거미였잖아요.

거미의 움직임은 인간과 많이 다르니까요……. 게다가 조형도 아예 다르니까요…….

아무리 생각해도 평범한 만화가분은 딱히 그려본 경험이 없었을 분야입니다.

그렇게 작화상의 문제도 있었던 데다 본작은 스토리도 만화에는 도무지 어울리지 않았죠.

스킬이랑 능력치랑 이런저런 설명은 소설이니까 재미있을 뿐 만화로는 표현이 어려울 테니…….

그러한 여러 불안감은 카카시 선생님께서 싹 날려버려주셨습니다.

주인공의 디자인을 만화로 성립시키기 위해서 키류 선생님의 일러스트를 기본으로 크게 변경을 주는 대담한 개혁.

그 디자인을 유감없이 활용한 묘사.

스킬이랑 능력치랑 여러 설명도 다양하게 변주를 해서 질리지 않게 표현하니 머리에 쏙 들어옵니다.

아니, 카카시 선생님은 아이디어가 얼마나 많은 거야?

진짜 만화판 담당을 카카시 선생님이 맡아주셔서 다행이다! 이렇게 생각하고 있습니다.

정말 감사드립니다!

만화판은 한참 더 이어질 테니 앞으로도 잘 부탁드립니다!

그리고 만화 얘기가 나온 김에 스핀오프 코믹스의 그라탱 도리 선생님.

스핀오프는 뭘 하는 걸까~? 얼떨떨했는데 주인공이 네 명으로 분열한다는 기상천외한 스타트.

시간 배경이 쭉 엘로 대미궁의 안쪽인데 장소가 달라지지 않으면 어떻게 이야기를 끌고 나가지? 얼떨떨했는데 스타트 이상으로 기상천외한 스토리 전개.

아니, 그라탱 도리 선생님은 아이디어가 얼마나 많은 거야?

카카시 선생님 때도 똑같은 생각을 했었는데요, 그라탱 도리 선생님의 경우는 스토리도 자작이니까요. 놀라움도 더욱 컸습니다.

매번 놀라움과 웃음을 전해주셨습니다.

정말 감사합니다! 이쪽도 계속해서 잘 부탁드리겠습니다!

애니메이션 제작에 참여해주신 분들과 이타가키 신 감독님.

애니메이션을 기획할 때부터 이런저런 일이 많았습니다만, 이타가키 감독님을 비롯해서 여러분들 덕분에 애니메이션도 완성되었습니다.

움직이는 거미 양을 봤을 때 느낀 감동은 평생 못 잊어요.

정말 감사했습니다!

담당 편집자 W여사와 전 담당 편집자 K씨.

K씨가 저를 주워주셨고, W여사에게 신세를 졌습니다.

이것저것 모자란 점도 많았습니다만, 두 분의 지원 덕분에 여기까지 올 수 있었습니다.

정말 감사했습니다!

그리고 이 책, 이 책을 구입해서 읽어주셨던 모든 분들께.

소설은 독자 덕분에 존재합니다.

이 시리즈를 읽어주셔서 정말 감사했습니다!

또 어딘가에서 다시 만나기를 기원합니다! 안녕히!

거미입니다만, 문제라도? 16

초판 1쇄 발행 2023년 1월 20일

지은이_ Okina Baba
일러스트_ Tsukasa Kiryu
옮긴이_ 김성래

발행인_ 신현호
편집장_ 김승신
편집진행_ 권세라 · 최혁수 · 김경민 · 최정민
편집디자인_ 양우연
관리 · 영업_ 김민원

펴낸곳_ (주)디앤씨미디어
등록_ 2002년 4월 25일 제20-260호
주소_ 서울시 구로구 디지털로 26길 111 JnK디지털타워 503호
전화_ 02-333-2513(대표)
팩시밀리_ 02-333-2514
이메일_ lnovellove@naver.com
L노벨 공식 카페_ http://cafe.naver.com/lnovel11

KUMO DESUGA, NANIKA? Vol.16

ISBN 979-11-278-6675-4 04830
ISBN 979-11-278-2430-3 (세트)

값 11,000원